PATRICIA BRANDT

Küstenhuhn

PATRICIA BRANDT

Küstenhuhn

KRIMINALROMAN

GMEINER

Personen und Handlung sind frei erfunden.
Ähnlichkeiten mit lebenden oder toten Personen
sind rein zufällig und nicht beabsichtigt.

Immer informiert

Spannung pur – mit unserem Newsletter informieren wir Sie
regelmäßig über Wissenswertes aus unserer Bücherwelt.

Gefällt mir!

Facebook: @Gmeiner.Verlag
Instagram: @gmeinerverlag
Twitter: @GmeinerVerlag

Besuchen Sie uns im Internet:
www.gmeiner-verlag.de

© 2022 – Gmeiner-Verlag GmbH
Im Ehnried 5, 88605 Meßkirch
Telefon 0 75 75 / 20 95 - 0
info@gmeiner-verlag.de
Alle Rechte vorbehalten
1. Auflage 2022

Herstellung: Mirjam Hecht
Umschlaggestaltung: U.O.R.G. Lutz Eberle, Stuttgart
unter Verwendung eines Fotos von: © Coffeemill / Shutterstock
und casc / pixabay
Druck: CPI books GmbH, Leck
Printed in Germany
ISBN 978-3-8392-0151-0

Für Michael

VORWORT

Im September 2021 hatte ich das große Vergnügen, eine Lesung von Patricia Brandt aus ihrem Buch »Imkersterben« beim Ostsee-Krimifestival zu moderieren, und bekam Einblicke in ihren Schaffensprozess als Autorin. Seit dieser Zeit habe ich voller Spannung und brennender Ungeduld auf ihren neuen Krimi »Küstenhuhn« gewartet. Ich wollte unbedingt die weiteren Entwicklungen in der Welt des eigenwilligen, wortkargen Polizisten Oke Oltmanns erfahren, einer Welt aus kleinen und manchmal auch großen Verbrechen, aber vor allem einer Welt, in der schrullige, knorrige, aber auch liebenswerte, heimat- und küstenverbundene Menschen leben. Und natürlich war ich neugierig, in welche Tiefen der Hohwachter »Unterwelt« uns Patricia Brandt diesmal führen würde.

In »Küstenhuhn« geht es um ein Thema, das viele Menschen umtreibt und das es inzwischen auch auf die Agenda politisch Verantwortlicher geschafft hat. Es geht um das Tierwohl oder anders ausgedrückt: um Tierquälerei. Ein Hühnerbaron will in Hohwacht einen großen Hähnchenmastbetrieb errichten. Und die Befürchtungen sind groß, dass er sich dabei nicht an Standards tiergerechter Haltung hält. 26 Hühner auf einem Quadratmeter am Ende der Mast! Diese nicht artgerechte Haltung führt unter anderem zu schmerzhaften Beindeformationen, Herz-Kreislauf-Problemen, Entzündungen und Geschwüren. All das empört einige Hohwachter, und so bildet sich Widerstand, der zu Auseinandersetzungen führt und schließlich auch

Oke Oltmanns mehr beschäftigt, als ihm lieb sein kann. Die Idylle im kleinen Ostseebad ist getrübt.

Patricia Brandt schafft es wieder einmal, ein gesellschaftlich relevantes Thema mit einer Leichtigkeit und Selbstverständlichkeit in einen Kriminalroman so einzubinden, dass es zwar immer präsent, aber nie dominant ist. Im Mittelpunkt stehen die Menschen mit ihren Träumen, Wünschen und Problemen. Und Küstenhuhn Marlene, die ihren Traum vom besseren Leben verwirklicht.

Patricia Brandt erzählt eine facettenreiche, höchst amüsante und unterhaltsame Geschichte, die vor allem eins ist: spannend bis zum Ende. Ein echter Pageturner.

Leo Hansen
Festivalleitung Ostsee-Krimifestival

OKES WELT

Oke Oltmanns: schrulliger XXL-Polizist und Tierpräparator mit Rücken. Er liebt die Ruhe im verträumten Fischerdorf. Darauf nehmen Urlauber und Verbrecher in diesem Sommer aber mal wieder keine Rücksicht. Verheiratet ist er mit der liebenswürdigen Inse.

Vincent Gott: Okes ziemlich neuer Kollege aus Köln. Auf der Suche nach dem Glück hat der 37-Jährige mit Hipster-Bart und Männer-Dutt Dom gegen Ostseestrand getauscht und muss nun feststellen, dass Klüngeln in Norddeutschland etwas anderes ist als in Köln. Zwischen Kiel und Fehmarn wird einfach viel weniger geredet … Immerhin lernt er im neuesten Mordfall mit der Reformhausfachberaterin Jonna Ochtenhausen eine sehr sympathische Zeugin kennen.

Wencke Husmann: Die gesundheitsbewusste Fischbudenbesitzerin vergrault zwar Stammgäste mit veganen Algen-Smoothies, hat aber ein großes Herz für altersschwache Legehennen mit besonderem Spürsinn. Verheiratet ist sie mit dem ausgeglichenen Jan.

Carmen Bachmann: Die blonde Halbtagskraft einer Hamburger Werbeagentur träumt von Delfingesängen und athletischen Surfern am Strand von Brasilien und bekommt stattdessen Schafe auf dem Deich und Bollerwagenfahrer. Nicht mal eine (leere) Ferienwohnung ist in Sicht. Verheiratet ist sie mit dem zurückhaltenden Martin. Ihre Kinder heißen Carla und Cedrik.

Fynn Bartelsen: Hohwachts Hühnerbaron plant, 39.000 Hähnchen zu mästen. Ist es da ein Wunder, dass die Dorfbewohner Protestbettlaken zum Fenster heraushängen – und Schlimmeres anstellen? Seine Frau heißt Berit.

Bernd Busse: Der Bürgermeister von Hohwacht, nie ohne seine Kapitänsjacke zu sehen, ist zwar um den dörflichen Frieden bemüht, kann die Mastanlage formal aber nicht verhindern.

Heiner Dubbels: Polizist aus Lütjenburg, hilft in der Not gern mit Absperrband und Pommes frites aus. Trotz seines Senk- und Spreizfußes ist er auf Zack.

Edeltraut (sie möchte ihren Nachnamen nicht nennen): Hohwachts zuckersüße Bäckereifachverkäuferin. Ihre Rundstücke sind das Beste, was einem Mann zur Hauptappetitzeit in Schleswig-Holstein passieren kann. Bei ihr haben die Hackepeter-Brötchen noch drei Zwiebelringe, da können sich Lütjenburgs Bäcker mal eine Scheibe abschneiden!

Holger Holtermann: Der Briefträger interessiert sich nicht nur für Dorfklatsch, sondern neuerdings auch für Hühner.

Maria Bachmann: Die adrette Rentnerin aus Hamburg hat sich in den feingeistigen Strandkorbvermieter Johann-Magnus Kreyenborg verliebt und lebt seitdem in seinem Reetdachhaus an der Steilküste. Sie ist die Mutter von Carmen Bachmann.

Marlene: einst anonyme Eierproduzentin, heute in Land und Düne bekanntes Küstenhuhn. Die alte Legehenne fährt SUP-Board, sagt den Küstenbewohnern im Strandkorb die Zukunft voraus und findet schließlich ihren eigenen Weg.

Mats Meyer: politisch engagierter Begründer des Vereins »Hühner ohne Grenzen«, lebt mit den Hennen Kofi, Annan und Brain, dem Hirn, in einem Bauwagen. Die Welt könnte friedlicher nicht sein – gäbe es Bartelsen nicht.

Malgorzata Rieken: geschäftstüchtige Inhaberin einer kleinen Pension am Meer.

Axel Scheller: Der Orthopäde in Lütjenburg kümmert sich normalerweise um Okes Rückenprobleme, diesmal muss er einen unnatürlichen Tod feststellen. Er ist mit Swantje verheiratet.

Horst Wieczorek: Der neugierige Ex-Postler aus Hamburg gehört zu Hohwachts treuesten Feriengästen. Besuche gerne seinen Instagram-Account und hinterlasse viele Likes. Sonst kommt er nächstes Jahr wieder!

PROLOG

Eine Frau wie ein Kerl. Den Spruch hörte sie des Öfteren. Sie hatte ein breites Kreuz und mancher Typ beneidete sie um ihre Oberarme. Swantje drückte die Schultern nach hinten und ließ erst den linken, dann den rechten Arm kreisen. Von nichts kam nichts. Nach einem kurzen Aufwärmtraining fühlte sie sich startklar. Swantje tänzelte ein wenig auf der Stelle, legte dann den Kopf zur Seite und es knackte irgendwo im Nacken. Wippend prüfte sie den Sitz ihrer Turnschuhe und den Abstand ihrer Füße zur Startlinie. Das Publikum auf den Zuschauertribünen des Sportforums johlte und pfiff erwartungsfroh.

»Neck and leg break!«, hörte sie jemanden hinter sich rufen. Sie verdrehte die Augen. Der Scheller! Sie hatte ihm bereits einen Korb gegeben, aber dieser Witzbold mit seinem albernen falschen Englisch gab nicht auf. Er war ihr sogar zur Weltmeisterschaft nachgereist. Jetzt saß der Student von der Küste zwischen den ganzen Hauptstädtern und schwenkte ein Plakat für sie – mit lauter Herzen. Irgendwie beeindruckend, seine Hartnäckigkeit. Von seiner Schuppenflechte abgesehen war Axel keine schlechte Partie. Er würde vermutlich irgendwann eine Arztpraxis in Lütjenburg eröffnen. Und mit Fynn war lange Schluss.

Während sie wartete, spürte sie ihren Herzschlag, er war ein wenig schneller als sonst. Sie fühlte sich voller Adrenalin. Heute würde sie in Berlin Gold holen – oder wenigstens Silber.

Als Kind zweier Friesen, beide Meister im Klootschießen, waren ihr Schnelligkeit, Kraft und Konzentration in
die Wiege gelegt. »Kloot«, das kam vom niederdeutschen
»Kluten«, dem Erdklumpen. Eine vorzeitliche Waffe, die
die Friesen ihren Widersachern entgegenschleuderten.
Heute benutzten die Klootschießer mit Blei ausgegos-
sene Holzkugeln.

Das Klootschießen hatte ihr immer Spaß gemacht. Doch
das war im Vergleich zu dem hier nur Jux gewesen.

Einer der Helfer reichte ihr den Gummistiefel. Sie fasste
ihn am Schaft an, nicht am Hacken. Es kam auf die Technik an. Und die beherrschte sie seit ihrem Auslandsjahr in
Finnland perfekt. Sie hatte bei den Besten der besten Gum-
mistiefelweitwerfer gelernt. Die Konkurrenz aus Schwe-
den, Estland und Slowenien konnte einpacken.

Der Helfer gab ihr ein Zeichen und Swantje fixierte einen
imaginären Punkt weit hinten im Stadion. Sie hob den Arm.
Mit aller Kraft schleuderte sie den Stiefel von sich. Während des kurzen Flugs biss sie sich hart auf die Zähne, als
könnte der Stiefel dadurch noch einen Meter weiter fliegen. Gummistiefel verloren im Vergleich zu anderen Wurf
geschossen sehr schnell an Geschwindigkeit, weshalb der
Winkel wichtig war. Noch einen einzigen Meter, betete sie
im Stillen. Der Stiefel traf auf der Grasnarbe auf.

Ein langes Maßband hinter sich herziehend rannte ein
Helfer über das Feld. »34,5 Meter!«, verkündete er laut.
Jubel brandete hinter ihr auf.

34,5 Meter. Sie schwankte. War sie jetzt die neue Welt-
meisterin im Gummistiefelweitwurf? In dem Moment
rammte sie plötzlich jemand von hinten und wirbelte sie
herum, sodass sie vor Überraschung das Gleichgewicht
verlor. Und dann knallte Axel Scheller auf sie. »Swantje!«,

keuchte der junge Mediziner, der sie noch immer fest umklammerte. »You knock me out the socks!«

Das alles ging ihr durch den Kopf, als sie auf dem Küchentisch ihres Architektenhauses in Lütjenburg ihr Plakat beschriftete: »Keine Hähnchenmast in Hohwacht.« Axel Scheller und sie hatten vor mehr als zehn Jahren geheiratet. Sie verstand nicht, warum er sie nicht zum Marktplatz gehen lassen wollte. Er störte sich offensichtlich an dem Protest gegen den geplanten Maststall. Aber irgendjemand musste Fynn Bartelsen doch Einhalt gebieten!

CARMEN

Carmen schnüffelte ein wenig an der Klebstofftube. Aber entweder war es der falsche Kleber, oder ihr Hirn reagierte einfach nicht auf Lösungsmittel. Jedenfalls fiel ihr weiterhin nichts ein. Dabei hoffte Carmen Bachmann, Halbtagskraft in einer Hamburger Werbeagentur und Mutter zweier Kinder, inständig auf einen Geistesblitz. Denn sie sollte einen Text über »Möllers« neue Trendfarbe verfassen.

Pflichtbewusst ließ sie die graue Farbkarte, die die Firma

ihr zugeschickt hatte, erneut auf sich wirken. Kurze Zeit später notierte sie den Satz: »Grau ist das neue Grün.« Ergab das überhaupt einen Sinn?

Der Stift quietschte, so heftig strich sie das Geschriebene durch. Es war nicht mehr viel Platz auf dem Papier. Sie hatte bereits eine Menge Ideen verworfen. Langsam wickelte Carmen eine Haarsträhne um ihren Finger. Als ob das hülfe. »Grau, grau, grau sind alle meine Farben«, sang sie. Dann blickte sie zur Zimmerdecke und überlegte, wer von ihren Bekannten seine Wohnung in dieser tristen Kellerfarbe streichen würde. Ihr fiel niemand ein.

»Unser Grau bringt Farbe in Ihr Leben.« Nicht gut, zu ironisch. Sie ging einmal um den Schreibtisch herum zum Bürofenster und blickte hinaus. Sie sah nichts als langweilige Bürogebäude. Eines grauer als das andere: mausgrau, steingrau, grau. Sie war kurz davor loszuschreien: »Ich muss hier raus!« In ihrem Kopf meldete sich eine lästerliche Stimme: »Mach doch mal grau!« Sie zwang sich, nicht zu denken. An nichts. »Grau, grau blüht der Enzian«, sang die Stimme spöttisch.

Ihre Kollegin Nele steckte ihren roten Lockenkopf durch den Türspalt. »Du noch hier? Willst du nicht langsam nach Hause?«

Carmen sah sie deprimiert an. »Ich kann nicht. Mir fällt nichts ein. Ich bin völlig unkreativ!«, jammerte sie.

Ihre Kollegin lächelte milde. »Nicht immer schwarz-weiß-malen«, antwortete sie leichthin.

Carmen starrte sie mit offenem Mund an. »Du bist ein Genie!«

Zu Hause hatte sie just den Schlüssel ins Schloss gesteckt, als Martin die Tür von innen aufriss. »Wir fahren nach Brasilien!«, jubelte ihr Gatte.

Brasilien? Das verwirrte sie. »Echt jetzt? Haben wir im Lotto gewonnen oder so?« Eigentlich wusste sie bereits in diesem Augenblick, dass sie sich zu viele Hoffnungen machte. Sie machte sich immer zu viele Hoffnungen. Das Gleiche galt für Nudeln und Sorgen. Er grinste schief. »Das Brasilien in Südamerika meine ich nicht. Es gibt noch eins in Schleswig-Holstein.«

Sie streifte die Pumps von den Füßen. »Aha?«

Er sah sie erwartungsvoll an. »Ja, da gibt es einen Strandabschnitt, der so heißt. Freust du dich!?«

Sie hängte ihren Blazer auf einen Bügel in den Garderobenschrank, bevor sie antwortete. »Klar. Ich bin nur so unglaublich erledigt von diesem grau-samen Tag.« Die Trendfarbe schien ihr nicht aus dem Kopf zu gehen. Dass er spontan ein Ferienhaus an der Ostsee gemietet hatte, war wirklich die beste Nachricht des Tages. Die musste nur erst mal richtig zu ihr durchdringen.

Martin hatte sich geändert, seitdem sie vor einiger Zeit eine schlimme Krise durchlitten hatten. Damals hatte er mit seinem Fotoladen tief in den roten Zahlen gesteckt und sie hatten fast nur noch gestritten. Vor allem über Geld. Nachdem sie renoviert und ein paar Veränderungen vorgenommen hatten – so boten sie jetzt auch verschiedene Fotokurse für Anfänger an –, konnten sie mehr und mehr neue Kunden gewinnen. Zu sagen, das Geschäft florierte, wäre allerdings übertrieben.

Die Option auf eine Fernreise gab es schlicht nicht. Um ehrlich zu sein, hätte sie nicht einmal damit gerechnet, dass Martin in diesem Jahr überhaupt verreisen wollte. Deshalb freute sie sich umso mehr über seine Überraschung. Zumal sie ihre Mutter wiedersehen würde. Seitdem Maria von Hamburg-Eppendorf zu ihrem Verlobten an die Hohwachter Steilküste gezogen war, waren Familientreffen selten geworden.

»Wir könnten natürlich auch bei meiner Mutter schlafen. Das würde nichts kosten«, sagte sie auf dem Weg ins Wohnzimmer, wo der Fernseher lief.

»Ja, aber …«, fing er an.

Sein Gesichtsausdruck ließ sie zurückrudern: »Du hast recht. Das Gästezimmer ist zu klein für uns vier.« Sie fläzte sich zu den Kindern aufs Sofa. Er ging in die Küche.

»Hallo, machst du uns Abendbrot?«, wurde sie von Carla begrüßt. Ihre Tochter wandte nicht einmal die Augen vom Fernseher. Sie hatte nicht mitbekommen, dass sich Martin bereits ums Essen kümmerte.

Carmen zog die Beine an und scherzte: »Och, und ich dachte, ihr massiert mir die Füße?«

Carla und ihr Bruder Cedrik schrien unisono: »Iieh! Käsemauken! Weg damit!«

Martin fuhrwerkte einige Zeit nebenan. Dann hörte sie, wie er die Backofentür öffnete und wieder zuklappte. In der Wohnung begann es aromatisch zu duften. »Die Ferienwohnung wird dir gefallen«, rief er, als er mit zwei Tellern ins Wohnzimmer kam. »Sie hat sogar einen Garten mit Hängematte. Kannst sie dir gleich mal im Internet angucken, wenn wir mit der Pizza fertig sind.«

Die Kinder jauchzten: »Oh ja, Pizza!« Die beiden kamen ihr manchmal vor wie Zwillinge.

Etwas später hatte sie eine komplette Pizza Funghi verputzt und alles über die von Martin gebuchte »Surfer-Lounge« und das schleswig-holsteinische Brasilien gegoogelt, was es zu googeln gab. Auch, wieso der kleine Ort in Norddeutschland hieß wie das Land in Südamerika: Einst hatte ein Fischer ein Wrackteil eines Schiffes mit der Aufschrift »California« am Strand gefunden und an seine Hütte genagelt. Ein missgünstiger Nachbar soll daraufhin »Brasilien« an seine Fischerhütte geschrieben haben. Inzwischen gab es sogar ein richtiges Ortsschild »Brasilien«, das bei Souvenirjägern sehr begehrt war. Der Strandabschnitt galt als der sonnenreichste Flecken in der Gemeinde Schönberg und lag genau neben »Kalifornien«. Von dieser ulkigen Geschichte abgesehen entdeckte sie, dass im nahe gelegenen Hohwacht eine große SUP-Board-Regatta stattfinden sollte.

Die Regatta wäre das Highlight für ihren nächsten Reiseblog auf der Homepage von Martins Fotogeschäft. »Das wird bestimmt ein tolles Spektakel«, schwärmte Carmen den Kindern vor und spürte echte Vorfreude. »Es gibt Monster-Boards, auf die bis zu zehn Personen passen! Manche Gruppen verkleiden sich sogar für den Wettbewerb.«

Carla sprang auf, um in der Verkleidungskiste nachzusehen, ob ihr Hexenkostüm noch passte. »Ich weiß nicht, ob Kinder bei der Regatta mitmachen dürfen«, meinte Carmen vorsichtig. »Aber wir können sicher einen Kursus buchen, das ist bestimmt nicht so teuer.«

Cedrik jammerte, dass er kein »gutes« Kostüm habe.

»Du musst dich nicht verkleiden«, beruhigte ihn Carmen schnell.

»Du weißt doch gar nicht, was das ist, Stand-up-Paddling«, stänkerte Carla, die mit einem spitzen Hut ins Zimmer stolzierte.

Als sie später nebeneinander im Bett lagen, fragte Martin: »Freust du dich wirklich auf die Ostsee?«

Sie lüpfte ihre Decke, damit er zu ihr hinüberrutschen konnte. »Klar! Wir waren doch noch nie in Brasilien.« Sie legte ihren Kopf in seine Armbeuge, nahm seinen warmen, nach Pfefferminzzahncreme riechenden Atem auf ihrem Haar wahr und schloss die Augen. Sie fühlte, wie sie müde wurde.

In Gedanken reiste sie ans Meer. Im Halbschlaf gewann sie den Eindruck, schon da zu sein. Sie spürte den pulvrigen Sand unter den Zehen. In der Ferne lockte glitzerndes Wasser. Vor ihrem geistigen Auge sah sie Surfer, die sich in die schäumenden Wellen stürzten. Das Meer rauschte in ihren Ohren. Und hin und wieder blökte leise ein Schaf vom Deich.

OKE

Der Hahn auf dem Lütjenburger Marktplatz flatterte wild mit den Flügeln, was einige Umstehende dazu veranlasste, lächelnd zur Seite zu treten. Dann schüttelte er seinen Kamm und gab ein nicht sehr tierisch klingendes »Kikeriki« von sich.

Kommissar Oke Oltmanns wusste nicht, wer unter dem Vogelkostüm steckte. Doch er wusste, worum es hier ging: Seit Wochen gab es diese Demos auf dem Grünmarkt. Zu den Protestlern gehörten Swantje Scheller, die sportliche Frau des örtlichen Orthopäden, die Reformhausfachberaterin Jonna Ochtenhausen mit den grün gefärbten Haaren, der alte Musikschullehrer Heinze – dessen Haar war so dünn geworden, dass die Kopfhaut durchschimmerte – und noch ein paar andere, die meinten, dass Landwirt Fynn Bartelsen keinen Hähnchenmaststall in Hohwacht bauen dürfe.

Inzwischen war die Grüngefärbte in ihren Birkenstockschuhen ans Mikro getreten. »Wenn ein Maststall in Hohwacht gebaut wird, ist nicht nur von einer örtlichen Geruchsbelästigung auszugehen.« Die Rednerin schien ein wenig nervös zu sein. Sie holte Luft, bevor sie weitersprach: »Nein, nach jedem Mastdurchgang wird Bartelsen den Mist der Tiere entfernen müssen. Und dieser Mist ist nicht nur antibiotikabelastet. Er enthält auch multiresistente Keime.« Die Stimme der jungen Frau klang jetzt schneidend. »Überlegt, was das für Folgen für das Gemüse aus der holsteinischen Schweiz haben wird. Denkt an den Nitrateintrag in den Boden und unser Grund- und Trinkwasser! Denkt an die Gesundheit eurer Kinder! Ein Maststall in Hohwacht geht auch die Lütjenburger etwas an!«

Die Arztfrau Swantje Scheller applaudierte als Erste. Das Klatschen übertönte sogar den Beifall ihrer Mitstreiter, so begeistert schlug sie die Handinnenflächen aufeinander. Oke achtete jedoch nicht weiter auf die kleine Ansammlung. Diesen Sonnabend hatte er frei und gedachte, den Tag in seiner Werkstatt mit einem mausetoten Waschbären zu verbringen. Er wollte seiner Frau nur eben einen Nachschub an Honiggläsern liefern. Inse hatte einen Imker-Lehrgang in Kiel absolviert. Ihre »Ostholsteiner Gartenmischung« verkaufte sich sehr gut.

Eine Kundin wartete bereits darauf, dass er weitere Gläser aus dem Karton beförderte und auf den Tapeziertisch stellte. »Der Honig ist ja so dunkel«, meinte sie an Inse gewandt, »ist da etwa Tanne mit drin? Ich liebe Waldhonig!«

Inses Antwort ging in dem Sprechchor unter, der in diesem Augenblick vor dem Eierstand einsetzte: »Nein zu Tierquälerei, Nein zu Tierquälerei«, hallten einige Stimmen dünn über den Platz. Okes Augen huschten über die Gruppe. Er schätzte die Anzahl der Teilnehmer auf 15. Ein paar Demonstranten hielten Plakate hoch.

»Verschwindet!« Bartelsens Stimme kratzte wie ein Scheuerschwamm auf Porzellan. Während er darauf wartete, dass die Demonstranten das Weite suchten, lüpfte er seine Schiffermütze und wedelte damit herum. So als hätte er vor, sie wie lästige Fliegen zu verscheuchen. Doch seine Gegner verschwanden nicht. Der mannsgroße Hahn schüttelte seinen Stoff-Kamm. Sie hörten ein gedämpftes »Nö« unter dem Kostüm, was einige Passanten zum Lachen brachte. Sie hielten den Streit für ein Schauspiel.

Der Hühnerbauer machte Anstalten, hinter seinem Stand hervorzukommen. Sein Gesicht war jetzt wutverzerrt. »Ziemlich dünnes Nervenkostüm«, raunte jemand in Okes Nähe. Das war kein Geheimnis. Jeder Marktbesucher konnte sehen, dass Bartelsens Nerven blank lagen. Oke räumte gerade zwei leere Honigkartons unter Inses Tapeziertisch, als ihn ein überraschter Ausruf des Vogelmanns zu schnell hochkommen ließ und er sich den Kopf stieß. Düvel ok ne!

Bartelsen hatte dem Hahn offenbar ein Ei an den Kopf geworfen. Alarmiert rief der Kommissar über die Gurken und Dithmarschen Paradiesäpfel am Nachbarstand hinweg: »Hest du nich good slopen, Bartelsen?«

Spätestens jetzt waren die anderen Demonstranten gewarnt. Schützend hielt sich die Scheller ihr Pappschild vor die spitze Nase: »Keine Hähnchenmast in Hohwacht«, stand auf der Pappe. Bartelsen war ein guter Werfer: Das Ei landete genau in der Mitte des Buchstabens »O«. Das nächste folgte sogleich. Die Scheller trat als Erste den Rückzug an. Ihre Schuhe klapperten eilig über das historische Pflaster.

Mit dem überraschenden Eierangriff des Hühnerbarons kam Bewegung in die Gruppe der Protestteilnehmer. Sie stoben auseinander wie Hühner, auf die ein Fuchs Jagd machte. Mit wehendem Kittel flitzte die Reformhausmitarbeiterin in Richtung des Ladengeschäfts, in dem sie sonst Sanddornmarmelade und Körnerkissen verkaufte. Auf halbem Weg verlor sie fast eine ihrer weißen Sandalen. Die beiden Träger des Transparents »Bauernhöfe statt Agrarfabriken« eilten derweil zum Brunnen vor dem Färberhaus von 1576 und nutzten ihn als Deckung.

Der Rückzug der Gegner blieb am Eierstand nicht unbemerkt, aber Bartelsen war in Rage: Das nächste Ei zerschellte an der Bronze von Hein Lüth, die auf dem Brunnen thronte. Zu Lebzeiten soll der Lütjenburger Nachtwächter stets gelächelt haben. Ob das auch auf sein bronzenes Abbild zutraf, war nicht zu sehen: Den Mund der Statue überdeckten Bruchstücke von Eierschale.

Spätestens in diesem Augenblick bemerkten auch andere Marktbesucher, was vor sich ging. Die meisten hasteten schnell weiter oder verschanzten sich, so gut es ging, hinter Hausecken und Ständen. Wer auf dem Platz stehen blieb, riskierte, abgeworfen zu werden. Friseurmeister Bruno Buckmann, der seinem Kunden neben der rosenberankten Apotheke am Marktplatz die Haare stutzte, ließ den

Haarschneider sinken und verriegelte eilig die Ladentür von innen.

Fynn Bartelsen legte in diesem Augenblick richtig los. »Hau ab!«, schrie er und feuerte eine neue Ladung auf den Mann im Vogelkostüm ab. Perplex registrierte Oke, wie der Hühnerbauer – zack, zack, zack – einen ganzen Eierkarton leer machte. Es nützte nichts, dass Gurken-Günther lauthals versuchte, dem Hühnerbaron Einhalt zu gebieten: »Bartelsen, lass dat na!«

Hier war zweifellos die Staatsgewalt gefragt. Dienstfrei hin oder her – dissem Höhnerkraam würde XXL-Polizist Oke ein Ende bereiten. Der tote Waschbär auf seiner Werkbank würde eben noch eine Weile warten müssen. Schade, denn Holger hatte ihm gerade mit der letzten Post die benötigten Hilfsmittel geliefert: eine Waschbärenzunge samt Gebiss. Als passionierter Hobby-Tierpräparator hätte Oke zwar gern passende Augen bestellt. Doch Waschbäraugen waren schwer zu kriegen. Kein Onlineshop führte sie. Oke hatte sich deshalb Hausschafaugen schicken lassen. Aber all das war jetzt unwichtig. Bevor er sich um das leblose Raubtier kümmern konnte, musste er den für seinen Geschmack viel zu lebendigen Bartelsen bändigen.

Verärgert trat Oke über zerbrochene Eier hinweg, während er sich in Richtung Eierstand bewegte. Bartelsen sah ihn nicht kommen. Dass der Besitzer des Hohwachter Legehennenbetriebs offensichtlich den Verstand verloren hatte, fand Oke eigentlich nicht weiter verwunderlich. Bartelsen, der mehr Hühner besaß, als das Fischerdorf Einwohner hatte, galt als meistgehasster Mann im Ort, seit er den Bau einer neuen Hähnchenfarm für 29.999 Tiere angekündigt hatte.

Schon vor Jahren – bei der Inbetriebnahme seiner Biogasanlage – waren die Nachbarn auf die Barrikaden gegangen. Und jetzt wollte Bartelsen die Abwärme dieser Biogas-anlage für die Hähnchenmast nutzen und löste damit einen Sturm der Entrüstung aus. Die Hohwachter waren sich einig: »Nein zu Massentierhaltung!«, stand auf den Bett-laken, die sie zu ihren Fenstern hinaushängten. Es reichte schon, dass Bartelsen einen Legehennenbetrieb führte. Mehr Hühner brauchte Hohwacht nicht. So lautete die allgemeine Überzeugung.

Alles lief auf die nächste Ratssitzung hinaus, bei der über die Anlage entschieden werden sollte. Und so, wie Oke auf dem Revier in Lütjenburg gehört hatte, hatten die Mast-stallgegner bereits eine weitere Demo, dieses Mal vor dem Rathaus, angemeldet. In Lütjenburg arbeitete er neuer-dings hauptsächlich – gezwungenermaßen. Dies war eine Auswirkung der desaströsen Reform, die Polizeichef Jens Hallbohm angezettelt hatte.

Direkt vor seinen Füßen ging ein weiteres Ei zu Bruch und etwas Flüssigkeit spritzte auf seinen Lederschuh. Oke Oltmanns schwoll der Kamm. »Schluss damit, Bartelsen!« Sie waren hier schließlich nicht beim ostfriesischen Eier-werfen.

Oke war jetzt nur noch zwei Schritte vom Hühnerba-ron entfernt. Er wollte ihn packen, um ihn von weiterem Unsinn abzuhalten, als er aus den Augenwinkeln einen Schatten sah. Bartelsen sackte ruckartig nach hinten.

Er konnte nicht mehr verhindern, dass der Hühnerba-ron auf dem Boden aufschlug. Es dauerte nicht lang, bis sich das Pflaster rot verfärbte. Aus der Eierschlacht war blutiger Ernst geworden. Tödlicher Ernst.

JAN

Jan Husmann gab der Autotür einen Schubs mit dem Knie. Die Sonne stach vom Himmel und er schleppte sich mit Salat, Möhren und Kohl ab. Sehnsüchtig warf er einen Blick auf den weiß-blau gestreiften Strandkorb, der ein schattiges Plätzchen hinter der Fischbude bot. Man konnte von hier aus sogar einen Zipfel Ostsee sehen. Auf dem Weg zur Hintertür wäre ihm fast ein Bündel Petersilie aus der Kiste gefallen. Seufzend stellte Jan die Plastikkiste ab, stopfte die grünen Stängel zurück und setzte seinen Gang zur weiß getünchten Strandhütte fort.

Durch ein offenes Fenster konnte er seine Frau bereits hören, bevor er sie sah. Mit einschmeichelnder Stimme rief sie: »Komm! Na, komm schon!« Neugierig lief Jan mit der Gemüsekiste zur Tür. Kurz bevor er die Schwelle erreichte, hörte er Wencke sagen: »Ja, komm genau hierher! Ich habe köstliche Kartoffelpelle für dich.«

Jan wich instinktiv einen Schritt zurück. Pelle? Nicht ihr Ernst! Auch wenn er als ehemaliger Smutje ziemlich abgehärtet war: Wenckes Kochexperimente jagten ihm inzwischen Angst ein.

Schlimm genug, dass sie das Wort »Backfisch« auf der Tafel gestrichen und das Fischhus zur ersten veganen Bude am Platz erklärt hatte. Aber Kartoffelpelle? Taten ihr jetzt auch schon die Kartoffeln leid, sodass sie nur noch deren Pelle essen durften? Irgendwo musste es aufhören!

Zumindest hatte er vorgesorgt und Kartoffelsalat im Zehn-Kilo-Eimer und Fertigfischbuletten gekauft. Beides lag noch versteckt hinter den Getränkekisten im Kofferraum. Wenn Wencke nicht hinschaute, verkaufte er äußerst diskret Fleisch- und Fetthaltiges unter der Ladentheke. Besondere Umstände erforderten besondere Maßnahmen. Und dass seine Frau aus der Fischbude ein Wurzelhaus gemacht hatte, war ein besonderer Umstand. Das fanden die meisten Stammgäste auch!

Argwöhnisch trat Jan in das schummrige Halbdunkel der Strandbude, gefasst auf eine neue vegane Foltermethode. Doch statt hinter der Theke stehend entdeckte er Wencke auf allen vieren unter einem der Tische. Überrascht stellte Jan die Kiste ab. »Was machst du denn da?«

Wencke stand auf. Ihr silbriges Haar schien sich stärker als sonst zu krausen. »Vielleicht kannst du mir helfen?« Sie deutete unter den Tisch. Jan beugte sich hinunter, um zu sehen, was sie meinte.

Dort hockte etwas, das er am ehesten als Nackt-Huhn beschrieben hätte. Falls es so etwas gab. Der Vogel hatte nur wenige Federn. Er sah aus, als hätte jemand begonnen, ihn zu rupfen, und dann kurz vor Schluss aufgegeben.

»Wencke, was ist das?«

Ein strafender Blick seiner Frau traf ihn. »Ein Elefant! Sieht man doch.« Ihrer gereizten Stimmung nach zu urteilen, musste Wencke schon länger versucht haben, das Huhn zu fangen. Und wenn sie das Huhn nicht fangen konnte, brauchte er eigentlich nicht anzufangen, es zu versuchen. Seine Frau war auch mit Ende 50 ein Sport-Ass.

»Wo kommt das Tier überhaupt her?«, erkundigte er sich, um Zeit zu gewinnen.

»Sie heißt Marlene! Mats Meyer hat sie von einem Legehennenbetrieb in der Nähe von Kiel«, erklärte sie. »Der Inhaber wollte seine alten Legehennen loswerden. Da hat Mats angeboten, sie und ein paar andere Hennen mitzunehmen. Er musste nicht mal bezahlen. Und weil ja die Kosten für den Schlachter wegfallen, hat der Fabrikbesitzer sogar noch Gewinn gemacht ...«

Jan kapierte immer noch nicht, warum dieses bemitleidenswerte Geschöpf in ihrer Fischbude saß. »Und warum ist sie nicht bei diesem Mats?«, fragte er vorsichtig.

»Weil«, setzte Wencke an, brach dann aber ab. »Fang sie erst mal!«

Jan wusste, wo seine Grenzen lagen. Ohne Widerworte probierte er zunächst einen Überraschungsangriff. Doch Marlene war schneller. Sie flatterte auf und entfernte sich ein ganzes Stück in die hintere Ecke des Raums.

Wencke beobachtete ihn beim nächsten Versuch. Milde gestimmt berichtete sie: »Mats will einen Verein gründen, um viele Hühner zu retten. Der Verein soll die Hühner kurzzeitig aufnehmen und sie dann an Menschen wie uns kostenlos abgeben – Tierfreunde, die Hühnern ein Zuhause geben wollen.«

Jans rechte Braue schoss steil nach oben. Er konnte sich nicht erinnern, jemals den Wunsch nach Hühnerhaltung geäußert zu haben.

»Fang sie einfach!« Mit diesen Worten drehte sich Wencke um und machte sich daran, weiter auszuladen.

Jan betrachtete Marlenes Schnabel. Verglichen mit Wenckes früherem Hund Wolfgang kam ihm das Huhn relativ harmlos vor. Jan zog die Ärmel hoch und griff wieder ins Leere.

Das Huhn war zwar alt, aber verteufelt schnell. Es hatte einen ausgeprägten Fluchtinstinkt. Erneut bekam er nur Luft zu fassen. Jedes Mal, wenn er glaubte, Marlene zu haben, flog sie fort. Jan begann zu schwitzen. »Gleich dreh ich dir den Hals um!«

Briefträger Holger Holtermann pfiff anerkennend durch die Zähne. Eben hatte er den Kopf durch die Lücke im Plastikvorhang am Eingang gesteckt und von dort die Jagdszene beobachtet. »Haste dich endlich durchgesetzt, Jan? Find ich gut! Diesen ganzen Linsen-Hafer-Klumpatsch konnte kein Mensch mehr sehen! Schlachtest du es selbst?« Holtermann ließ ihn nicht zu Wort kommen: »Weißt du, worauf ich mal wieder könnte?«, fuhr er fort. »Diesen französischen Klassiker: Hähnchen Marbella oder wie das heißt …« Holgers Augen bekamen bei der Vorstellung von Hähnchenbrusthälften an Backpflaumen in einem Sud aus Weißwein einen besonderen Glanz.

»Das hier ist kein Gourmet-Restaurant, sondern eine Fischbude«, erinnerte ihn Jan und rieb sich das Bein: Beim letzten Ausfallschritt in Richtung des türmenden Huhns hatte er eine Sehne überstreckt. Jedenfalls fühlte es sich so an. »Oder wenigstens war es mal eine Fischbude – und zwar eine gute!«

Es reichte ihm jetzt wirklich mit diesem Huhn. Mit der Katzenhaftigkeit eines Manuel Neuers warf sich Jan unvermittelt auf Marlene – und landete hart auf den Bodendielen. Seine Knie brannten wie Feuer. Marlene hatte sich außer Reichweite gebracht. Sie befand sich zu diesem Zeitpunkt auf dem Rettungsring an der Wand. Sie schien kaum Halt zu finden und flatterte heftig mit den Flügeln.

»De is achtern un vörn beslaan«, stellte Holger trocken fest.

Jan fuhr wütend herum: »Schnack nicht! Hilf mir lieber!« Er schüttelte den Kopf über den Briefträger. War der jetzt etwa auch Experte für Geflügel? Jan wusste selbst, dass das Huhn hinten und vorne beschlagen, also verdammt clever war.

»Wahrscheinlich will die Ärmste nicht zurück in die Transportkiste. Sie ist vermutlich vollkommen traumatisiert«, überlegte Wencke laut. Sie schleppte gerade von draußen eine weitere Obst- und Gemüsekiste in Hohwachts neues Veganismus-Zentrum. »Wisst ihr, wie viel Platz die Hühner in diesen Legebatterien haben?«

Jan konnte nicht antworten. Er hatte sie – beinahe.

Auf dem Bauch liegend sah er in Marlenes furchtsame gelbe Augen. Sie befand sich nur wenige Zentimeter von ihm entfernt. Jan hielt die Luft an. Im Zeitlupentempo näherten sich seine Hände unaufhaltsam dem Zielobjekt. Da klingelte Holtermanns Handy – und Marlene wetzte in einem Affenzahn unter den nächsten Barhocker.

Seine bessere Hälfte tauchte vorübergehend in seinem Gesichtsfeld auf. »So wird das sowieso nichts. Wir müssen da psychologischer rangehen.«

Jan wusste, wie man ein Schiff durch die Nacht navigierte, er war sich im Klaren darüber, wie man Fischbuletten scharf anbriet, und er konnte Kaffee wie Teer brühen. Nur mit einer Sache kannte er sich definitiv nicht aus: mit dem Seelenleben eines altersschwachen Haushuhns.

Langsam stand er auf und wischte sich die Hände an seiner Lieblingsjeansshorts ab. Dabei warf er dem wenig dienlichen, weil noch telefonierenden, Besucher Holtermann einen bösen Blick zu. »Wie, psychologischer?«, fauchte er.

Wencke setzte ihre verständnisvolle Miene auf. »Das Rumgehampel macht Marlene mental zu viel Stress. Wir müssen den Druck vom Kessel nehmen! Sie braucht ihren Freiraum! Das müssen wir akzeptieren.«

Sie vernahmen ein leises Kratzen der Krallen auf den Holzdielen. Als hätte das Tier die Worte verstanden, kam es unter dem Stuhl hervor. »Gack«, machte Marlene.

»Du hast gesagt, ich soll sie einfangen«, erinnerte Jan seine Frau.

»Ja, aber das geht nicht. Hühner haben ihren eigenen Kopf.« Sie dachte einen Moment nach. »Hühner ohne Grenzen – das wäre der richtige Name für Mats' Verein. Vielleicht werde ich zweite Vorsitzende …«

Bevor Jan etwas dazu sagen konnte, fiel sein Blick auf Holger. Der Briefträger hatte mittlerweile aufgelegt und starrte mit unnatürlich geweiteten Pupillen zum Fenster hinaus. »Das eben war meine Schwester«, setzte er mit belegter Stimme an und schluckte dann. »Ich soll sie sofort vom Lütjenburger Marktplatz abholen. Da gab es wohl gerade einen Unfall. Ich habe es nicht richtig verstanden. Sie war ganz durcheinander.« Holtermann schluckte wieder. »Jedenfalls soll der Hühnerbaron tot sein …«

OKE

Oke beugte sich so tief über Bartelsen, dass er dessen Blut riechen konnte. Die Haut war an einer Stelle zwischen dem Rand der blauen Seemannsmütze und den ausgeprägten Brauen aufgeplatzt. Blut trat aus der fransigen Wunde hervor. Oke rüttelte für seine Verhältnisse sehr sanft an Bartelsens Schulter. »Bartelsen!?« Doch der Hühnerbaron rührte sich nicht. Sein Blick ging leer in den blauen Himmel über Lütjenburg.

Der Kommissar richtete sich auf, hielt sich das schmerzende Kreuz und sah sich auf dem Marktplatz um. Die Lage war chaotisch. Da half ihm auch seine Körpergröße nicht, die ihm gemeinhin einen guten Überblick verschaffte. Zwischen Schildern, die achtlos zu Boden geworfen worden waren, kaputten Eiern und erschrockenen Gesichtern erkannte er seine Ehefrau. »Sagst du den Kollegen Bescheid?« Schließlich konnte er den Leichnam nicht allein lassen – bei dem Auflauf! Inse erfasste die Situation glücklicherweise auch ohne weitere Erklärungen: Sofort suchte sie nach ihrem Handy in der Handtasche.

Aus einiger Entfernung hörte er den örtlichen Orthopäden lamentieren: »It walks me icecold the back down!« Wo kam der denn jetzt her? Egal, jede Hilfe war ihm recht. Sogar von diesem albernen Knochenbrecher. Während Dr. Axel Scheller Bartelsens Vitalzeichen prüfte, versuchte Oke sich zu erinnern, wen er wo zuletzt wahrgenommen hatte. Dann wandte er sich den Umstehenden zu.

»Hat jemand etwas gesehen?« Die Veränderung der Stimmung kam so schlagartig wie ein Wetterumschwung auf der Ostsee: Die Menschen, die eben noch einen erschrockenen Eindruck gemacht hatten, drehten schnell die Köpfe weg. Niemand wollte als Zeuge aussagen. Typisch: Wenn es darauf ankam, hatte keiner etwas mitbekommen. »Dor warrt de Hund in de Pann verrückt«, knurrte Oke.

Seine Augen suchten den verkleideten Vogelmann. Doch der Kerl musste sich im Kuddelmuddel verdünnisiert haben. Oke wurmte, dass er ihn vorhin nicht gleich auf das Vermummungsverbot hingewiesen hatte. Dann wüsste er jetzt wenigstens, wen er suchen musste. Da hatte er einmal einen freien Tag, und dann passierte so etwas …

Der ältliche Musikpädagoge Heinze lehnte erschöpft an Inses Honigstand, aber den breiten Rücken von Schellers Frau entdeckte Oke inzwischen nirgends mehr. »Düvel ok ne!«, schnauzte er. »Alle bleiben jetzt genau da, wo sie sind. Und zwar so lange, bis alle Befragungen durchgeführt und die Personalien aufgenommen sind.« Offensichtlich traute sich niemand, sich zu rühren. Von der Apotheke wehte ein Luftzug einen schwachen Rosenduft herüber. Die roséfarbenen Blütenbälle überzogen bald die gesamte Hauswand des Backsteingebäudes. Oke sah, dass der Apotheker ihn durch seine Schaufensterscheibe beobachtete. Bruno, der Friseur, stand hinter seiner Ladentür. Offensichtlich unentschlossen, ob er sie entriegeln sollte. Vor dem Bioladen hatten sich einige aufgebrachte Kunden zusammengefunden. Auch sie stierten tatenlos herüber. Es war, als befände sich der Marktplatz in einer Art Schockstarre. Wo eben noch alles in Bewegung gewesen war, blieb jetzt alles still.

Okes Blick ging wieder zu Bartelsen am Boden. Der Arzt stand auf und schüttelte mit ernster Miene den Kopf. Oke erwartete fast einen Spruch, aber dem Facharzt schien der Spaß vergangen zu sein. »Er ist tot.« Mit diesem Satz beendete er seine flüchtige Untersuchung.

Der Kommissar strich über die blonden Stoppeln auf seinem riesenhaften Schädel und seufzte. Bartelsen tot – und das an seinem freien Tag! Mit Bedauern dachte Oke, dass er in nächster Zeit sicher nicht dazu kommen würde, beim Waschbären die Hausschafaugen auszuprobieren.

In der Ferne vernahm er Sirenen. In Kürze würden seine Kollegen eintreffen. Mitarbeiter der Beweissicherung mussten am Tatort Spuren nehmen, dann würden die Kollegen eine Strafanzeige schreiben und Untersuchungsanträge an das Landeskriminalamt stellen. Absprachen mit der Staatsanwaltschaft und dem Gericht mussten getroffen werden. Der ganze große Polizei-Zauber würde über die Beteiligten hereinbrechen. Irgendwer musste die Ladenbesitzer befragen und die Reformhausmitarbeiterin ausfindig machen, fiel ihm ein. Er rief den Arzt zurück: »Und wo ist Ihre Frau?«

Scheller zuckte die Achseln. »Die suche ich auch.«

Oke seufzte. »Wenn sie auftaucht, sagen Sie ihr, sie soll sich auf dem Revier melden. Wir brauchen ihre Zeugenaussage. Vielleicht hat sie etwas gesehen.«

Scheller sah unglücklich drein. Er litt unter einer Schuppenflechte, denn er kratzte sich einen roten Flecken am Nacken wund. »Ich habe ihr noch gesagt, sie soll nicht herkommen ... Diese Demos – was bringt das? Doch nur Unfrieden. Und jetzt sieht man ja, was passiert ist.«

Der Rettungswagen legte eine Vollbremsung vor dem Gemüsestand hin.

Der Kommissar atmete ein weiteres Mal mit klagendem Ton aus. Diesmal vor allem dessentwegen, was auf ihn zukam. Sobald er hier fertig war, würde die Ermittlungsakte an eines der Fachkommissariate abgegeben werden. Und dieses würde dann weitergehende Ermittlungen anstellen. So lief es in seiner neuen Dienststelle in Lütjenburg. In Hohwacht hatte er mehr Freiheiten gehabt. Als Dorfsheriff hatte er sich nirgends reinschnacken lassen.

»Morje!« Das klang nach Vincent Gott. Geschmeidig bewegte sich der Kölner in seinem engsitzenden Designerjackett auf ihn und die Leiche zu. »Schfreumisch!«, frohlockte Gott und Oke überlegte, ob sich Gott tatsächlich darüber freute, ihn zu sehen, oder ob er doch den toten

Bartelsen meinte. Letzteres erschien ihm unwahrschein-
lich. Sein Kollege aus dem Rheinland war ein geselliger
Typ. Und der tote Bartelsen, man konnte über ihn sagen,
was man wollte: In seinem derzeitigen Zustand war er noch
wortkarger als Oke Oltmanns.

Sie standen nun nebeneinander vor den groben Arbeits-
schuhen des Landwirts und blickten auf den leblosen Körper hinab. »Dem dun de Knoche nit mieh wieh«, kommentierte Gott.

»Ne, dem tut nix mehr weh«, bestätigte Oke. Weder die
Knochen noch sonst etwas.

In Bartelsens Gesicht lag ein überraschter Ausdruck.
Oke fragte sich, ob der Hühnerbauer gesehen hatte, wer
seinem Leben das vorschnelle Ende bereitet hatte.

Der Lütjenburger Kollege Heiner Dubbels kam mit
dem Absperrband. Hier, auf dem Marktplatz in Lütjenburg, fühlte er sich nun beinahe überflüssig. Immerhin
hatte er jetzt die Gelegenheit, schon mal nach der Tatwaffe
Ausschau zu halten. Langsam entfernte er sich von Gott,
Heiner und der Leiche.

Die Kriminaltechniker würden, sobald sie eingetroffen waren, die Spuren sichern, es würden Fotos vom Tatort gemacht und die Tatwaffe, wenn möglich, der Tatort-
gruppe übergeben werden. Aber er wollte selbst wissen,
was Bartelsen am Kopf getroffen hatte. War er nun »en
Schandarm« oder nicht?

Mit gesenktem Kopf umrundete Oke den Eierstand und
drückte sich auf der Suche nach Hinweisen an einer Kar-
toffelkiste vorbei. Gurken-Günther musterte ihn argwöhnisch, sagte aber kein Wort.

Okes Augen huschten über das Kopfsteinpflaster und
überprüften die Baumscheibe bei den Mülleimern. Und

dort sah er genau das, wonach er Ausschau gehalten hatte: einen dunklen Brocken. Er lag unweit des Eierstands neben einer zerknüllten Trinktüte. Der Kommissar ging ächzend in die Hocke. Wann hörte diese olle Bandscheibe endlich auf, ihn zu quälen?

»Moin, Chef.« Vor Überraschung drehte Oke den Kopf ruckartig nach hinten, sodass ihm ein greller Schmerz durch den Rücken schoss. Übellaunig blickte er auf das pferdeartige Gebiss seiner früheren Kollegin Jana Schmidt. Sie strahlte über das ganze Gesicht.

Seufzend kam er hoch, indem er sich an dem dreckigen Müllschlucker nach oben zog. »Moin«, brachte er unter Schmerzen hervor.

Es war einige Zeit her, dass sie zusammen in der Polizeistation am Berliner Platz im Küstendorf Dienst getan hatten. Mittlerweile arbeitete sie für die Beweissicherung, trotzdem nannte sie ihn noch so: Chef. »Nett, Sie mal wieder zu sehen, Herr Oltmanns. Wie geht's denn so? Was gibt's Neues?«, fragte sie. Ihr blonder Pferdeschwanz wippte beim Sprechen munter mit.

Oke konnte sich nur wundern: Wollte eigentlich heute jeder einen Klönschnack mit ihm abhalten, während bei Bartelsen die Leichenstarre einsetzte? Nich to glöven!

Jana Schmidts Lächeln verschwand, als er losbollerte: »Tja, was wohl?« Er zeigte auf den Stein beim Müllschlucker. »Da haben Sie zum Beispiel Ihre Tatwaffe. Die ist aber nicht neu. Die ist steinalt.«

Oke wusste, dass er bei seinen Kollegen als humorlos galt. Aber darauf kam es nicht an.

Jana Schmidt reckte interessiert den Hals. Leichtfüßig lief sie um ihn herum und zum Abfalleimer. Dann ging sie in die Hocke, um den Brocken besser sehen zu können. »Das ist ein Feuerstein«, meinte sie nachdenklich und blickte ihn über die Schulter an. »Davon gibt es am Strand Tausende.«

Der Feuerstein hatte die Größe einer Mandarine – und ein Loch in der Mitte. Man hätte eine Schnur hindurchfädeln und ihn vor dem Haus aufhängen können, das schützte angeblich vor Unglück. Stattdessen würde der Stein nun in einer Plastiktüte landen. Denn auf der Oberfläche klebte eine zähflüssige rote Substanz. Oke Oltmanns hätte astreine Waschbäraugen-Imitate darauf verwettet, dass es sich dabei um Bartelsens Blut handelte.

Während er zusah, wie Jana Schmidt den Stein fotografierte, dachte er darüber nach, wie solche Lochsteine an der Ostseeküste hießen: Die Leute in dieser Gegend nannten die Feuersteine mit Loch auch Hühnergötter …

CARMEN

Das Brasilien in Schleswig-Holstein bot in der Tat weder meterhohe Wellen noch Delfingesänge. Das Wasser hier kräuselte sich höchstens. Und wenn einer sang, dann Elternteile, die Kühltaschen, Kinder und Kescher in Bollerwagen über den Deich zogen. Und es gab in Brasilien wirklich Schafe! Es war die reinste norddeutsche Bilderbuchidylle. Martin fuhr langsam zwischen Häusern und Deich auf einer betonierten Straße. Er wollte die richtige Abzweigung nicht verpassen.

Die Ferienhaussiedlung bestand hauptsächlich aus friesischen Häuschen, gebaut aus roten Ziegelsteinen. Sie standen hinter dichten Ligusterhecken, frisch lackierten Zäunen und duftenden Kartoffelrosen. Auch ein blau angemaltes Holzhäuschen entdeckte Carmen, ebenso wie ein altes Reetdachhaus mit kunstvollen Buchsfiguren im Vorgarten. Es gefiel ihr hier auf Anhieb so gut wie im nahegelegenen Küstenstädtchen Hohwacht, wo ihre Mutter neuerdings lebte und wo sie den letzten Urlaub verbracht hatten. Und sogar die Sonne schien!

Martin stoppte vor einem terrakottafarbenen Haus mit vorgezogenem Dach. »Da wären wir«, sagte er. Die von Martin auf den letzten Drücker gebuchte »Surfer-Lounge« fiel ein wenig aus dem Rahmen. Der Eigentümer hatte den Ortsnamen offenbar zum Motto bei der Gestaltung des Feriendomizils gemacht.

Vor dem Haus ragte eine mindestens zwei Meter hohe Bananenpalme empor. Davor war eine Sandfläche aufgeschüttet. Und im Schatten der Terrasse mit piksigen Palmlilien und roten Mosaikplatten luden eine hochwertige Rattan-Sitzgruppe und eine bequem aussehende Hängematte zum Entspannen ein. »Ist das da vorn ein Jacuzzi? Wie cool ist das denn?!«, entfuhr es Carmen. Sie fühlte sich ganz zappelig vor Freude. »Es ist richtig schön hier!«

Martin lächelte, offensichtlich zufrieden mit sich. »Du musst nur deinen Mann machen lassen.«

Während sie sich bereits abschnallten, blieben Carla und Cedrik wortlos auf der Rückbank sitzen. Beide hatten Bluetooth-Knöpfe in den Ohren und machten keine Anstalten auszusteigen. Einerseits empfand sie die Kopfhörer als wohltuende Erfindung, weil sie die Fahrt ohne »Drei Fragezeichen« und »Fünf Freunde« in ohrenbetäubender Lautstärke hinter sich gebracht hatten. Andererseits bekam sie langsam das Gefühl, mit Smartphone-Zombies zusammenzuleben.

»Hallo? Erde an Kinder!«, rief sie nach hinten. »Raus mit euch! Wir sind da. Habt ihr die Palme gesehen? Und guckt mal die Hänge...« Weiter kam sie nicht. Eine Bewegung auf der Terrasse irritierte sie. Eine nur mit einem knappen Bikini bekleidete Frau mit voluminösen Locken trat aus dem Haus. Carmen verfolgte, wie sich die Lockige mit einem langen, reich bereiften Arm einen Wälzer von einem Teakholztischchen angelte – und in die Hängematte legte.

»Falsche Adresse?«, erkundigte sie sich unsicher bei Martin. Aber der schüttelte energisch den Kopf. Perplex beobachteten sie vom Auto aus, wie ein schlohweißer Senior in Badeshorts in der Terrassentür auftauchte. Durch das geöffnete Seitenfenster ihres Autos hörten sie ihn laut und deutlich fragen: »Liebling, willst du deinen Caipi hier draußen trinken?«

In Martins Stirn grub sich eine tiefe Falte. »Was zur Hölle«, zischte er, »machen diese Leute in unserem Ferienhaus?«

OKE

Ihm war gleich klar, dass der Stein eine Bedeutung haben musste. »Hühnergott«, murmelte er, als sie das Lütjenburger Revier betraten.

Die Polizeireform war zugunsten des Reviers in Lütjenburg und zulasten der kleinen Polizeistationen wie Hohwacht, Selent und Laboe ausgefallen. Nur dienstags durfte Oke die in die Jahre gekommene Polizeistation in Hohwacht für zwei Stunden öffnen. Die Kollegen in Selent hatte es noch schlimmer getroffen: Ihre frühere Station war seit Monaten geschlossen. Die Beamten waren wie er zunächst in Lütjenburg untergekommen. Alles Weitere sollte im Zuge der Reform entschieden werden. Völlig unausgegoren, das Ganze!

Das neue Revier in dem roten Backsteingebäude am Gildenplatz entsprach allen Anforderungen, die die Polizeiführung an ein modernes Revier gehabt hatte: Es gab nicht nur schneeweiße Tapeten, Teppiche ohne Brandlöcher und modernste Technik. Selbst eine funkelnde Espressomaschine war vorhanden. Die allerdings funktionierte nicht mehr. Dabei hatte Oke sie nur ein einziges Mal benutzt! Schrotthupen!

Im Pausenraum stand sogar ein Tischkicker. Nicht, dass Oke spielte ...

»Was ist ein Hühnergott?«, fragte Gott und setzte sich locker auf die Schreibtischkante. Oke antwortete nicht. Im Geiste plante er bereits die nächsten Schritte. Erstens: den Kerl im Vogelkostüm finden – wieso hatte er ihm nicht gleich eigenhändig die Maskerade abgerissen? Zweitens: Zeugen befragen! Die Schellersche und die junge Frau aus dem Reformhaus. Beide hatte er schon mehrfach bei den Demos gesehen, weshalb sie mehr über den Vogelmann wissen mussten oder vielleicht sogar seine Komplizinnen waren. Die Scheller war nicht mehr da gewesen, aber die Reformhausmitarbeiterin hatte er noch zur Befragung gebeten. Den Musiklehrer nicht zu vergessen. Auch der Friseur und der Apotheker mussten befragt werden. Er sah auf die Uhr. Jonna Ochtenhausen würde gleich auf dem Revier eintreffen.

Und eigentlich musste er als Allererstes die Witwe Bartelsen in Hohwacht benachrichtigen. Und – war das schon viertens? – seinen Hunger bekämpfen!

Ungeduldig riss der Hohwachter Ermittler an seinem Schreibtisch die Brötchentüte auf, die er sich auf dem Weg besorgt hatte: Missmutig beäugte er die beiden Zwiebelringe auf dem Bett aus duftendem Mett. Nur zwei! »Daar hebben wi't!« Bei Edeltraut gab es immer drei Zwiebelringe! Hohwacht hatte eindeutig seine Vorteile gegenüber Lütjenburg: Edeltrauts Rundstücke waren das Beste, was einem Mann zur Hauptappetitzeit passieren konnte.

Oke registrierte, dass Gott ihn weiterhin fragend anstierte. Der Kölner konnte einer Kuh wirklich das Kalb abnerven. Er würde ja noch mal eine Denkpause einlegen dürfen! Aber Schweigen war nun wirklich nicht Gotts Sache.

»Was ist?«, bölkte Oke.

Gott verschränkte die Arme vor der Brust und fragte erneut: »Was ist ein Hühnergott?«

Oke verschlang den letzten Bissen seines Brötchens und knüllte das Papier zusammen. »Sonntags, kurz vor Mitternacht, versammeln sich die Hühner im Stall, um ihren Hühnergott anzugackern.«

Gott sah ihn ungläubig an.

»Feuerstein mit Loch«, erklärte Oke brummig und zielte auf den Papierkorb. »Hat man früher an Ketten vor den Ställen aufgehängt. Sollte das Vieh vor bösen Geistern beschützen.« Das wusste doch wohl jeder, der nicht gerade aus dem Gebirge kam! Aber Köln gehörte so gesehen auch schon zu Süddeutschland. Oke zog die Grenze etwa bei Münster.

Aus dem Flur drangen aufgebrachte Stimmen herüber. Wenig später standen sechs Personen vor ihnen, von denen sich mehr als die Hälfte stritt: »Unverschämtheit, uns hierher zu nötigen! Sag was, Uwe!« Die Frau, die wollte, dass Uwe etwas sagte, erinnerte ihn an eine ältere Version von Jennifer Lopez.

Uwe, weißes Haar und weißes Hemd, dazu einen roten über die Schultern gelegten Pullover, wandte sich an die zweite, jüngere Frau: »Unser Anwalt wird mich in Kürze zurückrufen. Kann sein, dass Sie das alles hier noch teuer zu stehen kommen wird! Gut möglich, dass wir Sie wegen Nötigung verklagen!«

Die gealterte J.Lo echote: »Verklagen!«

Die junge Frau im Blümchenkleid drängelte sich vor und fasste die ältere am Arm. Die Jüngere kam ihm irgendwie bekannt vor. Doch bevor er überlegen konnte, woher er sie kannte, schoss plötzlich der Weißhaarige vor und geiferte: »Nehmen Sie Ihre Griffel von meiner Frau! Wenn Sie meine Frau noch einmal anfassen, zeigen wir Sie jetzt gleich an – wegen Körperverletzung!«

Die blonde Frau schob jetzt ihrerseits einen Mann vor, groß, hager und mit Denkerstirn, und stellte sich wieder zu

den zwei Kindern, ein Junge und ein Mädchen, die ebenfalls im Flur warteten und offenbar zu ihr gehörten. Der
Mann räusperte sich jedoch nur ausgiebig, weshalb wieder sie selbst sprach: »Sie zeigen mich nicht an! SIE besetzen doch UNSERE Ferienwohnung. Wenn ich nicht irre,
ist so was strafbar! Ich hoffe, die Polizei wird das klären!«
Sechs Augenpaare blickten ihn erwartungsvoll an.

Der Mann mit der hohen Stirn fummelte umständlich
ein knittriges Stück Papier aus der Hosentasche. »Ähm«,
machte er. »Wie meine Frau sagt: Wir haben für die ›Surfer-
Lounge‹ bezahlt und können das auch beweisen.« Damit
hielt er Oke einen Kontoauszug hin.

Offenbar hatten zwei Paare dieselbe Ferienwohnung
gebucht. Sie saßen im Schlamassel und er sollte sie aus
der Verlegenheit befreien. Plötzlich durchzuckte Oke eine
Erkenntnis: Die blonde Frau war Carmen Bachmann aus
Hamburg. Sie schien ihn auch erkannt zu haben. Sonst
würde sie ihn jetzt nicht so merkwürdig angucken. Sie
wirkte über ihr Wiedersehen nicht gerade begeistert, was er
ihr nicht verübelte, da sie in dem einen Sommer Bekanntschaft mit der Hohwachter Ausnüchterungszelle hatte
machen müssen.

»Moin, Herr Oltmanns, lang nicht gesehen«, sagte sie
mit funkelndem Blick.

Er kam nicht dazu zu antworten, denn die Eingangstür
ging erneut auf: »Herr Oltmanns?« Hinter den Urlaubern
entdeckte er nun den grünen Haarschopf der Reformhausfachberaterin. »Entschuldigung, die Herrschaften«, rief sie
nun etwas lauter, »ich muss hier durch. Ich muss zu Oke
Oltmanns.«

Oke schaute auf seine Armbanduhr. Inse hatte sie ihm
geschenkt, das elastische Gliederband ziepte fürchterlich

an den Armhaaren. Die Zeugenbefragung sollte in dieser Minute stattfinden. Aber erst mal musste er diese renitente Horde loswerden.

»Wissen Sie eigentlich, dass uns hier ein halber Urlaubstag verloren geht? Den können wir Ihnen gern in Rechnung stellen«, legte der Alte mit dem roten Pullover wieder los.

Sofort kam die Replik von den Hamburgern: »Wir können genauso beweisen, dass wir bezahlt haben!«

Es wurde Zeit, ein Machtwort zu sprechen. So laut, dass es die Personalrätin Annette Rathjen eine Etage über ihnen hören musste, brüllte er: »Dat langt mi!« Die Anwesenden starrten ihn nervös an.

Nur Gott quasselte weiter. Inzwischen mit der Deern aus dem Reformhaus.

Durchdringend klingelte sein Telefon. Was hier an einem Sonnabend los war – das ging auf keine Kuhhaut. Ein Rummelplatz war nichts dagegen. »Moin«, raunzte er in die Sprechmuschel und: »Moment!« Bevor er weiter telefonierte, scheuchte Oke die beiden Familien fort: »Nehmen Sie bitte alle da drüben Platz – bis ich Sie rufe!«

Am anderen Ende der Leitung wartete Jana Schmidt von der SpuSi geduldig, bis er sich zurückmeldete. »Und – gibt es Fingerabdrücke?«, erkundigte er sich.

Sie nahm ihm den Wind aus den Segeln. »Ne, Sie wissen doch, dass es praktisch unmöglich ist, Fingerabdrücke von einem Stein zu nehmen. Gerade dieser Feuerstein ist sehr rau und scharfkantig, es gibt kaum glatte Stellen.« Oke wusste selbstverständlich, dass die Fingerspur durch Hautfett auf Gegenstände übertragen wurde. Und dass die Chance gering war, hier fündig zu werden. Hätte der Täter frischgewaschene Hände gehabt, wäre dies nahezu unmöglich. In dem Fall hinterließen die Finger kaum Abdrücke.

Immerhin hatte Jana Schmidt Wort gehalten und sich sofort bei ihm gemeldet. Er dankte ihr, legte auf und brachte Gott auf den neuesten Stand. »Die waren schnell. Keine Abdrücke. Wir machen weiter mit der Zeugenbefragung, das heißt, ich will als Erstes zu Berit.« Natürlich kannte er die Witwe. Es gab niemanden in Hohwacht, den Oke nicht kannte.

»Was für Menschen schleppen eigentlich Hühnergötter auf Demos mit?«, fragte er Gott, ohne Hoffnung darauf, eine vernünftige Antwort zu bekommen.

»Vielleicht hatte einer den Stein als Glücksbringer dabei. Haben Sie nicht gesagt, ein Hühnergott bewahrt vor Ungemach?«, überlegte Gott laut und sah ihn erwartungsvoll an.

Oke winkte verdrossen ab. »Aber nicht, wenn man ihn mit Wucht an den Kopp kriegt.« Er nahm den Telefonhörer ab. Bevor er losfuhr, wollte er wenigstens einmal versuchen, die Scheller zu erreichen. Es tutete, doch niemand meldete sich.

Die Tür zum Besprechungszimmer öffnete sich erneut und die gealterte J.Lo, die sich zwischenzeitlich als Nancy Groß ausgewiesen hatte, kam herausgerannt. Ihre Wangen leuchteten kirschrot. Durch die Tür drang lautes Gezänk. »Es tut mir leid, aber ich halte es da drin nicht länger aus! Ich warte draußen«, informierte sie die beiden Kommissare und verließ eilig das Revier.

Keine zwei Minuten später ließ auch Oke die Tür hinter sich ins Schloss fallen. Der Hohwachter Hauptkommissar hatte mehr oder weniger inoffiziell eine Soko Hühnergott ins Leben gerufen und keine Zeit, den Streit um eine Ferienwohnung zu lösen. Das würde warten müssen.

Die Sonne brachte die Dächer der Polizeiwagen vor dem Revier zum Blinken. Oke wuchtete sich unter den nervösen Blicken von Nancy Groß, die vor der Tür unruhig auf und ab ging, in seinen alten Streifenwagen. Es dauerte nicht lang und er ließ die Kleinstadt mit ihren roten Backsteingebäuden hinter sich. Er lenkte den Wagen über die Oldenburger Straße, an der Tankstelle vorbei und weiter bis zur L 164. Je grüner die Landschaft wurde, desto mehr entspannte er sich. Er freute sich, dass er noch eines der alten Modelle fuhr. Es war damals billiger gewesen, den werksseitig eingebauten CD-Player drin zu lassen, statt ihn auszubauen. »Moon river, wider than a mile«, klang es aus den Lautsprechern, als er an der Golfanlage vorbeidüste. Oke summte enthusiastisch mit. Fast hätte er den Hof der Familie Bartelsen verpasst.

CARMEN

Draußen wartete das Strandleben, während sie auf einem unbequemen Stahlrohrstuhl saß, eingesperrt in einen dieser anonymen Konferenzräume. Zusammen mit entsetzlichen Menschen. Die ganze Zeit stach ihr das viel zu intensive Parfum dieser Nancy in die Nase. Selbst als die mal kurz vor der Tür gewesen war, roch drinnen alles extrem nach Zimt und Rose! Nicht auszuhalten!

Und ihr »Uwe«, Professor für Irgendwas mit Controlling – genau hatte sie das nicht verstanden –, telefonierte fast ununterbrochen mit seinem Anwalt. Besonders nervtötend fand sie seine Art zu reden: »Nei-hein, man hat noch keine Anzeige geschrieben«, »Nei-hein, ich weiß nichts – nichts! Was das für Geräusche sind? Ja-ha, das sagte ich doch, wir wurden hier einfach in dieses Besenkämmerchen gesperrt – ja-ha, zusammen mit diesen gestörten Kindern – doch, natürlich, auch mit den Eltern. Aber sie hängt nur am Handy und er hat offenbar noch ganz andere Probleme!«

Carmen hätte vor Wut schreien können. Was bildete sich dieser Knilch ein? Dachte er, sie wäre taub? Hilfesuchend schaute sie zu Martin, was nichts nützte. Ihr Mann würde nicht einschreiten. Er saß da, die Lider zugekniffen. Wahrscheinlich würde er die Augen erst öffnen, wenn sie eine Handgranate auf Uwe und Nancy warf. Leider hatte sie keine dabei, obwohl es an Ostseestränden durchaus Munitionsfunde gab.

Sie zückte ihr Handy und probierte es – zum x-ten Mal – unter der Nummer, unter der Martin die Wohnung gebucht hatte. Sie gehörte zu einem Laden in Lütjenburg, »Lütje.net«, der Besitzer betrieb auch eine Webseite für Ferienhausvermietungen. Es tutete. »Cedrik, lass das«, wies sie ihren Sohn zurecht, während sie das Handy ans Ohr presste. Der Junge hatte vor Langeweile angefangen, mit dem Finger den Staub von den Lamellen der Aluminium-Jalousie zu wischen und in Carlas Richtung zu pusten. Tuut – Tuut.

Carla zappelte vor ihr herum. »Wie lange müssen wir denn noch hierbleiben?«

Sie zuckte die Schultern. Die Polizisten hatten auf sie nicht den Eindruck gemacht, als nähmen sie ihr Problem besonders ernst. Sie glaubte auch nicht, dass ihr dieser dicke Polizist helfen würde. Auf sie wirkte er wie ein grober Klotz.

Seufzend drückte sie die Taste mit dem roten Telefonhörer. Es hatte keinen Zweck. »Lütje.net« war anscheinend sonnabends nicht besetzt. »Ich weiß es nicht, Carla, setz dich einfach wieder hin!« Carla legte ihren kleinen Arm um ihren Hals, wobei sie ihr ein paar Haare ausriss. »Aua, Carla, lass das!«

Carla streckte ihren Mund dicht an Carmens Ohr, sodass sie die Wärme ihres Atems spürte: »Aber ich muss mal groß.«

OKE

Oke hielt auf dem gekiesten Platz vor Bartelsens Haus. Der neue, viktorianisch anmutende Wintergarten, den die Bartelsens an das reetgedeckte Bauernhaus von 1907 hatten anbauen lassen, fiel ihm als Erstes auf. Eine kniehohe Hecke begrenzte den Vorgarten. Jemand hatte sie offensichtlich frisch gestutzt. Es lagen noch einzelne Blätter vom Schneiden zwischen den Kiessteinen. Der Legehennenbetrieb war von hier aus nicht zu sehen.

Obwohl der Sitz unter ihm inzwischen sehr warm war – die Klimaanlage funktionierte nur unregelmäßig –, blieb Oke noch einen Augenblick im Wagen sitzen. Er glaubte nicht, dass bereits jemand aus dem Dorf die Witwe informiert hatte. Soweit er von Inse wusste, wechselten die meisten Hohwachter die Straßenseite, sobald ein Mitglied von Fynn Bartelsens Familie in Sicht kam. »Ja, aber irgendwie sind sie selbst schuld, wenn sie geschnitten werden«, hatte Inse dazu gemeint, »es zwingt sie ja keiner, Tiere zu quälen.« Und so jemand nannte ihn Bullerjan!

Vorsichtshalber prüfte er die Wirkung seiner Mimik im Rückspiegel. Er zuckte zusammen, als ihn sein eigener, stechender Blick aus kleinen, von blonden Wimpern umrahmten Augen traf. Oke probierte ein wenig herum, bis er das Gefühl hatte, der Gesichtsausdruck im Spiegel käme einem aufmunternden Lächeln nahe. Die Witwe hatte etwas Mitgefühl verdient.

Okes Schritte knirschten auf dem Kies, als er auf die breite Eingangstür zuging. Kurz darauf plierte er durch den großzügigen Glasausschnitt. Im Haus rührte sich nichts.

»Bartelsen«, stand in schwungvollen Buchstaben auf dem metallisch glänzenden Klingelschild. Im gleißenden Sonnenlicht war das »B« schlecht zu lesen. Oke betätigte den Klingelknopf und ließ ihn sofort wieder los. Als wollte er die unvermeidliche Störung ungeschehen machen. Es gab auch für hartgesottene Polizisten wie ihn angenehmere Aufgaben, als einer Bekannten zu sagen, dass sie ihren Mann verloren hatte. Einen Augenblick später stand ein junger Mann hinter der Glasscheibe. Der Pony hing ihm wie ein Vorhang vor den Augen. Die Tür wurde geöffnet. »Moin.« Der Jüngling, Oke schätzte ihn auf Mitte bis Ende

20, war einer der beiden Söhne. Lennart oder Malte. Die Kinnpartie hatte er eindeutig vom Vater.

»Ich möchte zu Ihrer Mutter.«

»Ja, sie wäscht sich gerade die Hände. Haben Sie Zahnschmerzen, Herr Oltmanns?« Der Sohn des Hauses musterte ihn besorgt.

»Warum?«, fragte Oke irritiert.

»Ich dachte nur – weil Sie so gucken, als ob Ihnen etwas wehtut ...« In der Stimme des jungen Mannes lag eine Spur Neugier, als er fragte: »Kommen Sie wegen des Bauwagens?«

Oke fühlte sich erneut aus dem Konzept gebracht. »Bauwagen?«

Bartelsen junior nickte. »Jepp. Der steht auf unserem Grund und Boden. Bei der Biogasanlage. Mein Vater sagt, das ist illegal.« Er zog das letzte Wort in die Länge.

Seitdem er lediglich zwei Stunden die Woche am Berliner Platz arbeitete, bekam er wirklich nichts mehr mit, ärgerte sich Oke.

Der Junior taute nun sichtlich auf. »Mein Vater wollte deshalb zu Ihnen kommen. Die Stadtverwaltung unternimmt nämlich rein gar nichts.«

Oke nahm seine Mütze ab, drehte sie in den Händen und überlegte, ob er dem Sohn den Grund für sein Kommen erklären sollte. In dem Moment erschien eine Frau mit praktischem Kurzhaarschnitt in der Tür. Sie trug Jeans und Sweater. An ihrem Pullover klebte ein Buchsblättchen. Oke setzte sein einfühlsames Gesicht auf.

Sie lächelte ihn gequält an. »Moin, Oschi. Ist er weg?«

Oke zögerte, bevor er erwiderte: »So könnte man das sagen ...«

Sie sah erleichtert aus. »Das ist nett, dass du dich kümmerst. Fynn hat erzählt, dass er zu dir wollte. Er würde es nicht zugeben, aber er ist mit den Nerven am Ende. Wenn das hier so weitergeht, trifft ihn bald der Schlag und er fällt tot um.«

Hier musste Oke einhaken, um die verworrene Situation aufzulösen: »Genau darüber wollte ich mit dir reden, Berit. Nur dass es nicht der Schlag war.«

Oke berichtete, so schonend es ihm möglich war, was Fynn Bartelsen an diesem Morgen auf dem Lütjenburger Marktplatz getroffen hatte. Berit reagierte sprachlos. Sie konnte nur den Kopf schütteln.

»Warum?«, fragte sie nach einer Weile. Ihre tränennassen Augen rührten etwas in ihm. Inzwischen hatten sie sich in den Wintergarten gesetzt, in dem es üppig grünte und blühte. Er kam sich vor wie im Urwald. Obwohl eine Tür offen stand, war es ihm hier drin viel zu warm.

»Ich finde raus, warum er getötet wurde«, versprach er mit rauer Stimme. Insgeheim hoffte Oke, dass seine improvisierte Soko Hühnergott Bestand haben würde.

»Seit wir anfingen, über die Hähnchenmast zu reden, wurde es schwierig«, berichtete Berit.

Ihr Sohn saß neben ihr auf der cremefarbenen Polstergarnitur, die Hände zu Fäusten geballt. »Schwierig? Eher mörderisch!«

Seine Mutter reagierte prompt: »Lennart!«, unterbrach sie ihn abrupt. »Pass auf, was du sagst. Wir wissen nicht, wer deinem Vater das angetan hat!« Auf den ersten Blick wirkte Berit mit ihrer schmalen Statur und der jungenhaften Frisur selbst wie eine Halbwüchsige, aber Oke ahnte, welche Stärke in ihr steckte. Diese Frau behielt selbst in einer Situation wie dieser einen klaren Kopf.

»Oschi, du musst Lennart entschuldigen. Wir werden hier im Dorf seit Wochen geschnitten. Die Scheller hätte neulich fast ausgespuckt, als sie mich sah. In der Schule, sagt

Malte, seien sie noch fieser. Wir waren schon verzweifelt, bevor«, sie stockte, »bevor das hier passiert ist.«

Berit Bartelsens Schultern bebten, aber es kamen keine weiteren Tränen. Oke fragte nach dem Mann, der laut Lennarts Beschreibung auf der Wiese nahe der Biogasanlage in einem Bauwagen campierte. Es handelte sich, das wusste Oke, um die Wiese, auf der Fynn Bartelsen sein Hühnerimperium erweitern wollte.

»Erst haben wir nichts gesagt, als er sich da mit seiner rollenden Unterkunft niedergelassen hat. Noch ist es ja eine Brachfläche. Aber dann hat er dieses Transparent an seinen Bauwagen gehängt: ›gnadenloses Mästen, gnadenlose Qual, gnadenloser Bartelsen‹.« Ihr Blick wanderte in den Garten, wo Oke lustige Tonfiguren in Hühnerform im Beet erspähte. »Fynn war außer sich vor Wut. Wäre er bloß gleich zu dir gekommen, Oschi.«

VINCENT

Seit Tagen herrschte in dem ehemaligen Fischerdorf Bilderbuchwetter. Über den bunten Badehütten am Strand hing ein tiefblauer Himmel. Es dat hee schön, dachte Vincent.

Er stand auf der Promenade und stellte beinahe verwundert fest, dass er es bisher tatsächlich nicht einen einzigen Tag bereut hatte, vom Rhein an die Ostsee gezogen zu sein.

Hinter einer Reihe Dünenrosen und Strandkörben erblickte er auf dem Wasser die Silhouette eines Mannes auf einem SUP-Board. Die Stand-up-Paddling-Welle hatte Hohwacht erreicht. Jeden, der auf einem Brett stehen konnte, zog es diesen Sommer augenscheinlich aufs Wasser.

Mit den Händen in den Taschen beobachtete er fasziniert das Treiben am Strand. Eigentlich war er zur Lagebesprechung mit Oke Oltmanns verabredet. Doch die Hektik, die in der Großstadt an der Tagesordnung war, verspürte er hier nicht. Er ließ sich auf seinem Weg ins Fischhus viel Zeit.

Es gab am Strand kaum einen Flecken, der nicht mit Decken oder Luftmatratzen belegt war. Das letzte freie Stück wurde gerade von einem Besucher mit Werder-Handtuch in Beschlag genommen. Jeder im näheren Umkreis konnte seinen Waschbrettbauch bewundern. En Fijur wie e Surfbrett, befand Vincent und verspürte bei diesem Gedanken einen winzigen Stich in der Brust.

Ob Jonna auf solche Typen stand? Die Reformhausfachberaterin hatte ihm während der Befragung fortwährend in die Augen geblickt. Vincent bemerkte, dass ihn ein Familienvater ungehalten fixierte. In einer Hand trug der Fremde eine vollgestopfte Badetasche, in der anderen hielt er die Puppe seiner Tochter.

»Wir wollen durch – oder gehört die Promenade Ihnen?«, meckerte er. Wahrscheinlich ein Ureinwohner.

Stur und schweigsam kamen ihm die meisten Norddeutschen bisher vor. Die Menschen schlossen in Schleswig-Holstein nicht so schnell Bekanntschaft wie in der

Domstadt. Aber wenn man die Küstenbewohner näher kennenlernte ... Seine Gedanken wanderten zu Oke Oltmanns. Der wirkte zwar schrullig, das ja. Aber unter der Uniform steckte kein Unmensch. Da war sich Vincent relativ sicher. Er musste sich nur daran gewöhnen, dass der Hauptkommissar hin und wieder tagelang schwieg. Eine Verhaltensweise, die ihm bisher undenkbar erschienen war.

Sie hatten verabredet, die Lagebesprechung mit einem Imbiss zu verbinden. Oke Oltmanns stand an einem Bartisch, als Vincent ankam, und strich sich Mayonnaise aus den Bartstoppeln. Gott deutete amüsiert auf die Kartoffelsalatreste auf dem Teller, die Oke jetzt mit dem letzten Stück seines Fischbrötchens aufwischte. »Wagt Jan heute offiziell den Aufstand?«

Wenckes Bemühungen, die Hohwachter von einer gesunden, veganen Ernährung zu überzeugen, wurden seit einiger Zeit immer energischer unterlaufen. War die Chefin fort, tischte Jan richtig auf. Und dazu gab es durchaus mal ein Herrengedeck statt Kräutertee.

Oke sah ihn düster an. »Wehe, Sie sagen ein Wort zu Wencke! Sie ist gerade draußen bei dem kaputten Huhn.«

»Welches kaputte Huhn?«, erkundigte sich Vincent, noch immer grinsend.

Oke wedelte mit der freien Hand Richtung Hintertür: »Gehen Sie hin, stellen Sie viele Fragen! Das können Sie doch so gut!« Dann gab er Jan ein Zeichen, indem er den leeren Teller in die Höhe hielt. Keine Frage, der Kollege wollte Nachschub.

Gott drückte die Hintertür auf. Vom Strand klangen Möwenrufe herüber. Wencke und ein halb gerupftes Huhn saßen windgeschützt im Strandkorb am Haus. Das meinte Oke Oltmanns also mit »kaputt«.

»Besser en Plaat als jar kein Hoor.« Mit diesem Scherz näherte er sich der Fischbudenbesitzerin und ihrem ungewöhnlichen Haustier. Das Huhn öffnete ein Auge.

»Moin, Vincent. Was meinst du?«

Gott übersetzte: »Besser eine Glatze als gar kein Haar. War nur so dahingesagt. Was ist mit der Henne passiert?«

Wencke ließ ihr neongelbes Strickzeug in den Schoß sinken. »Ach, das wird schon wieder. Sieh nur, hier wachsen Federn nach. Wenn man bedenkt, was sie hinter sich hat, erholt sie sich gut.« Wencke machte Anstalten aufzustehen. »Ist Oschi auch da?«

Gott stellte sich so, dass sie nicht sofort an ihm vorbeikam. Wenn er eins in seiner Zeit in Hohwacht gelernt hatte, dann dies: Je mehr Kartoffelsalat, Hackepeter, Donuts oder Schnitzel Holsteiner Art der Kommissar in sich reinschaufelte, desto besser der Tag. »Der haut bereits ordentlich rein.« Das zumindest stimmte.

Wencke schien erleichtert. »Sieht er es endlich ein? Ich habe ihm immer gesagt, dass Gesundes schmeckt! Bloß schade, dass Marlene den getrockneten Seetang aufgefressen hat.« Das Huhn gab ein »Gack« von sich. Vielleicht wollte es mehr Seetang.

Es war nicht schwer, Wencke zu überreden, sitzen zu bleiben. »Was strickst du denn da?«

Wencke lächelte: »Eine Warnweste – für Marlene. Damit sie nicht übersehen wird.«

Gott lachte. Wencke nahm ihm den Heiterkeitsausbruch nicht übel. Sie nahm ihm nie etwas übel. »Darf ich?« Er setzte sich zu ihr, und selbst Marlene schien sich nicht an seiner Anwesenheit zu stören. Sie hüpfte nur auf Wenckes Knie.

Nach und nach erfuhr Gott die Geschichte der ausgedienten Legehenne aus Kiel und ihres Retters Mats Meyer.

»Mats ist wirklich ein netter Kerl.« Eine Weile war nur das Klappern von Wenckes Stricknadeln zu hören. »Es sind ganz arme Viecher, Vince«, sagte sie kummervoll.

»Gack«, machte Marlene, als wollte sie das Gesagte bestätigen.

»Sie versteht jedes Wort«, behauptete Wencke.

Die Ex-Legehenne legte den Kopf schief und beäugte ihn interessiert.

»Do bes mer och ene Schöne!« Vincent strich sachte mit dem Zeigefinger über die stippige Hühnerhaut. Marlene schien die Behandlung zu gefallen.

»Hühner werden schnell zahm. Sagt Mats auch. Er meint, sie seien unheimlich schlau und es sei eine Sünde, sie einzusperren«, erzählte Wencke. »Seine Hennen am Bauwagen genießen die totale Freiheit. Und wenn sie Lust haben, spielt er mit ihnen Tic-Tac-Toe.«

Vincent hatte keine Ahnung davon, wie Hühner »Drei gewinnt« spielten, aber ihm lag eine andere Frage auf der Zunge: »Hat dieser Mats gegen den geplanten Maststall auf dem Marktplatz demonstriert?«

Wencke wirkte verblüfft. »Wahrscheinlich, ja, bestimmt. Jedenfalls könnte ich mir das gut vorstellen.« Er wartete, ob Wencke noch etwas sagen würde. Doch sie starrte ihn plötzlich wütend an. »Du willst hoffentlich nicht andeuten, dass mein Freund Mats etwas mit dem Tod von Bartelsen zu tun hat, oder?«

OKE

Manchmal war es von Vorteil, dass Gott so ein Sabbelkopp war. Zufrieden strich sich Oke Oltmanns über die Rundung oberhalb seines Hosenbunds.

Vielleicht konnte er Wencke überreden, eine ganze Hühnerherde aufzunehmen und für alle Westen zu stricken. Das würde sie davon abhalten, kulinarische Verbrechen an ihren Gästen zu begehen. Außerdem fände sie in dem Fall deutlich weniger Zeit, nackt durch die Dünen zu laufen. Auch so ein irres Hobby von ihr.

Wencke musste bei einer dieser Wanderungen das halbe Naturschutzgebiet geplündert haben. Jedenfalls trug der Kollege einen Teil davon auf seinem Teller zum Platz. Gott pikte ein Blatt auf die Gabel und führte es zum Mund. Langsam kaute er darauf herum. »Schmeckt dat Eten?«, erkundigte sich Oke skeptisch. Gott nickte begeistert. Im ernährungsideologischen Bereich schwammen sie definitiv nicht auf einer Wellenlänge. Aber das sollte die Ermittlungen nicht behindern, deshalb umschiffte er das Thema und erkundigte sich stattdessen, was die Befragung von Jonna Ochtenhausen ergeben hatte.

Gott wollte just ein blassgrünes Knäuel in den Mund stecken, doch nun hielt er inne und seine Augen bekamen einen seltsamen Glanz. Und was noch seltsamer war: Gott antwortete nicht. Oke fand das unheimlich. Mit dem stimmte etwas nicht, wenn er nicht mehr sprach. Vielleicht lag es an dem Gestrüpp auf seinem Teller. Der Kollege brauchte dringend eine Ladung Hackepeter!

Wencke kam herüber, das Huhn auf der Schulter. »Ich weiß, dass das jetzt wegen Bartelsens Tod ein bisschen komisch rüberkommt, aber ich wollte euch fragen, ob ihr bei der SUP-Board-Regatta nächste Woche mitmacht. Jans Bruder organisiert uns ein Monster-SUP. Wir brauchen zehn Leute. Seid ihr dabei?«

Gott rief sofort: »Ja, klar!« Und erfreute Wencke mit einer kleinen Gesangseinlage: »Da simmer dabei, dat is prima!«

Oke wartete betont geduldig, bis sich die Gemüse-Fans verabredet hatten und Wencke sich vom Tisch entfernte, dann fragte er: »Nu mal ernsthaft: Was hat sie gesagt?«

Gotts Augen nahmen wieder diesen merkwürdigen Glanz an, dann sprudelte er los: »Sie sagt, dass es ohne Demos nicht geht. Dass die Leute nicht begreifen, was da in den Mastställen abläuft! Dass die Tiere dem Kannibalismus verfallen, weil sie so gestresst sind.«

Oke befahl sich, bis drei zu zählen. »Ich wollte wissen, wer Bartelsen was an den Kopp geschmissen hat, nicht, was sie von Hähnchenmast hält!«

Gott stützte sein Kinn auf seine Hand. »Das hat sie nicht gesagt. Nä, das nicht ...« Er lächelte versonnen vor sich hin.

Oke sah den entrückten Kollegen prüfend von der Seite an. »Ihr Essen wird welk!«

Leider erfuhr er von dem jetzt wieder kauenden Kollegen auch nicht, wer unter dem Vogelkostüm gesteckt hatte. Sie mussten sich an die Scheller halten. »Haben Sie die auftreiben können?«

Gott verneinte und berichtete, dass er die Scheller zu Hause nicht angetroffen habe. »In der Praxis war niemand. Und der Musiklehrer hat gar nichts mitgekriegt. Wie übrigens auch der Friseur und der Apotheker. Wobei ich mit dem Apotheker nicht selbst sprechen konnte. Ihm ist das Ganze auf den Magen geschlagen. Ich frage aber noch mal nach. Ich muss sowieso mit der Buchhändlerin sprechen.« Immerhin war der Kollege ein fixer Dutt. Das musste Oke zugeben.

»Der Friseur hat mir aber erzählt, dass der Bartelsen ein Verhältnis mit der Scheller hatte.«

»Wie bitte? Und jetzt ist er tot und sie weg?« Oke spürte, dass sein Herz schneller schlug.

Der Kollege winkte ab. »Ja, aber die Liaison ist eine Ewigkeit her. Sie sind auf eine Schule gegangen. Muss also nichts zu bedeuten haben … Er hat es nur erwähnt, weil ich ihn nach der Scheller gefragt habe.« Gott nahm ein Schlückchen von seinem stillen Mineralwasser.

Stilles Wasser, dachte Oke. Wencke hatte den Kölner dermaßen unter der Gesundheits-Fuchtel, dass sie dringend zurück ins Polizeirevier mussten. Sonst schlug der Kollege hier womöglich selbst Wurzeln. Aber das mit der Scheller wollte Oke im Hinterkopf behalten.

Seine Hoffnung, dass sich das Problem mit der doppelt vermieteten Ferienwohnung in der Zwischenzeit von allein gelöst oder sich irgendein Kollege darum gekümmert hatte, stellte sich als Fehlanzeige heraus. Die Tochter der Hamburger mit den rattenschwanzähnlichen Zöpfen hüpfte ihnen im engen Flur des Reviers entgegen. »Kann ich ein Stück Papier haben?«

Das Besucherzimmer indes war nicht wiederzuerkennen: Auf dem bekritzelten Konferenztisch lagen Stifte und eine aufgerissene Müslipackung. Deren Inhalt hatte jemand quer über den Tisch verstreut. Einige platt getretene Schokostücke und zerbröselte Nüsse lagen auf dem

Teppichboden. Wie es aussah, hatten die Kinder ihre beiden Rucksäcke einfach auf dem Fußboden ausgekippt. Er trat vorsichtig über Stofftiere, Kaugummipackungen und Mau-Mau-Karten hinweg. Statt friedlich zu spielen, jagten das Mädchen und der Junge kreischend hintereinander her, immer um den Konferenztisch herum, um sich gegenseitig mit Kugelschreibern zu bemalen.

Während Frau Bachmann quer durch den Raum brüllte – »Lasst das!« und »Hört endlich auf!« –, schien der Vater paralysiert. Sein Kopf ruhte in einem rosafarbenen Nackenhörnchen. Die Lider hielt er geschlossen. Sie zuckten unmerklich. Möglicherweise ohnmächtig geworden, dachte Oke. Das hätte ihn nicht gewundert: Die Luft im Konferenzzimmer war zum Schneiden dick.

»Ruhe – Dammi noch mal to!«, bellte Oke und die Kinder blieben wie angewurzelt stehen.

Der Professor drängte sich vor: »Zu Ihrer Information: Unser Anwalt ist auf dem Weg. Dieses Theater hier machen wir nicht länger mit!«

Die Bachmann baute sich ebenfalls vor ihm auf: »Sie schreien meine Kinder nicht an! Außerdem: Die Polizei kann uns nicht ewig festhalten!« Ihr Mann öffnete ein Auge. Unheilverkündend starrte es in Richtung der Fenster. Eine der Lamellen war verbogen und wie der neue Konferenztisch mit Farbstrichen bekritzelt. Oke konnte sich vorstellen, wer dafür verantwortlich war. Die zwei Kinder, die gerade auf den Flur hinausliefen.

Oke nahm die Verfolgung auf. Als er um die Ecke kam, wurde er unfreiwillig Zeuge, wie das Mädchen mit den Zöpfen in Jens Hallbohms Bauch lief. Ausgerechnet. Hallbohm ruckelte gereizt seinen Gürtel zurecht. Seine schlaffen Wangen nahmen bereits einen intensiven roten Farbton an.

»Herr Oltmanns, darf ich Sie kurz sprechen?« Der Polizei-chef klang alles andere als freundlich. Und wenn Hallbohm ihn mit »Herr Oltmanns« ansprach, war Holland in Not.

Was machte der Chef überhaupt in Lütjenburg? Norma-lerweise verließ der nie seine Zentrale in Plön! Dem Poli-zeirevier Plön waren alle Dienststellen nachgeordnet. Per-sönlich ließ sich Hallbohm höchstens blicken, wenn die Verabschiedung eines Kollegen anstand. Abschiede wur-den ausgiebig gefeiert, mit Spalierstehen, Spaßeinsätzen der Wasserwerfer und Schnittchen …

Die meisten arbeiteten bis 62. Nur wer ein Vierteljahr-hundert Wechselschichtdienst gemacht oder in den Fach-kommissariaten Tötungs- und Branddelikte aufgeklärt hatte, der durfte beantragen, ein Jahr früher zu gehen. Oke konnte sich das nicht vorstellen. Er hatte sogar vor, bei Hallbohm ein Verlängerungsjahr anzufordern. Schon wegen Inses teu-rem Imker-Hobby. Ständig brauchte sie neue Gläser, Rähm-chen, Wachsplatten oder spezielle Farbstifte, mit denen sie die Bienenköniginnen ihrer Völker bemalte. »Markieren«, heißt das, hatte sie ihm erklärt. Und das Haus war auch nicht abbezahlt. Aber seit die Polizeistation Hohwacht die meiste Zeit geschlossen hatte, wusste er nicht, ob Hallbohm den Antrag genehmigen würde. »De Hund schiet di wat«, murmelte Oke seufzend, während er hinter seinem Vorge-setzten hertrottete.

»Was ist hier los?« Mit über der Brust verschränkten Armen sah der Polizeichef zu ihm auf, als sie sich in einer Dienststube gegenüberstanden.

»Eine Ferienwohnung wurde doppelt vermietet«, klärte Oke ihn auf. Er fasste die Situation kurz zusammen. Es hatte keinen Sinn, dem Chef Kontra zu geben. Jens Hall-bohm zeigte selten Verständnis.

»Ja und? Ist das ein Grund, mich über den Haufen zu rennen? Diese ganzen Leute müssen schleunigst von hier verschwinden! Hast du gesehen, was die mit unserem neuen Besprechungsraum angestellt haben? Ein einziger Saustall ist das!« Oke musste sich nicht die Mühe machen zu antworten. Hallbohm setzte sein Lamento ungerührt fort. »Die Presse hat wegen Bartelsen nachgefragt. Wir haben einen Totschlag oder sogar einen Mord aufzuklären und du alberst hier mit Kindern herum!« Das stimmte so ja nun auch wieder nicht!

Es war klar, dass die Presse ihnen wegen Bartelsen Feuer unterm Hintern machen würde. Ich kann nicht hexen, dachte er. Das wusste dieser Kloogschieter genauso gut wie er. Laut sagte Oke: »Im Fall Bartelsen gibt es eine erste Spur.«

Hallbohm konnte seine Überraschung schlecht verbergen. Seine Stimme klang ungewöhnlich hoch, als er nachfragte: »Eine Spur?« Oke nickte. Hallbohm schien hin- und hergerissen zwischen Lob und Tadel: »Aha, soso.« Oke wartete ab, was noch kam. »Die Presse fängt nämlich an, Fragen zu stellen, ob es richtig war, hier und da zu kürzen und so weiter und so fort. Du kannst es dir denken.« Natürlich konnte er sich seinen Teil denken: Nach dem tödlichen Zwischenfall auf dem Lütjenburger Marktplatz musste Jens Hallbohm seinen Reform-Murks verteidigen. Und ausgerechnet er sollte ihm dabei helfen. Oke räusperte sich.

»Oschi, du verstehst sicher, was ich meine. Wir müssen den Fall aufklären, schnellstens! Die Polizei kann sich keine negative Presse leisten.«

In diesem Moment steckte Gott den Kopf zur Tür herein. »Käffschen?«

Hallbohm sah ihn an, als verstände er den Sinn des Gesagten zunächst nicht. Kurz darauf schüttelte er den Kopf.»Für mich nicht. Die letzte Tasse um 14.15 Uhr, andernfalls kann ich nicht schlafen. Außerdem muss ich weiter.« Vieldeutig sah er in Okes Richtung.»Und nicht vergessen, Oschi – dies hier ist kein Kindergarten!« Damit rauschte er hinaus, zumindest hatte er das vorgehabt. Doch er wurde direkt hinter der Tür gestoppt.»Bieg dich nach hinten! Und jetzt unten durch!«, befahl eine dünne Mädchenstimme.

Schlimmes vermutend folgte Oke seinem Chef: Die Bachmann-Gören nötigten Hallbohm zum Limbo-Tanz. Statt einer Stange hatten die Hamburger allerdings die Luftmatratze zwischen die Flurwände geklemmt.

»Da kriegst dat kolle Gräsen«, murmelte Oke. Man kriegte einfach das kalte Grausen, wenn der eigene Chef wutschnaubend unter einem giftgrünen Krokodil durchtauchte.

Als Hallbohm das Gebäude verlassen hatte, versuchte sich Heiner Dubbels, der in diesem Moment auf dem Polizeirevier ankam, im karibischen Tanz. Mehrere Kollegen sahen zu. Oke fasste sich an die Stirn und stürzte an sein Telefon.»Du musst mir helfen, Inse! Ich brauche dringend eine Ferienwohnung. Irgendeine!«

Inse hatte offenbar gerade erst alle nicht verkauften Honiggläser ausgeladen, denn sie klang atemlos.»Für uns?«, fragte sie überrascht.

»Nein, für eine Familie mit zwei Kindern«, gab er zurück. »Seit wann mischst du in der Ferienhausvermittlung mit, Oke Oltmanns? Ich denke, du bist bei der Polizei?« Oke schrie jetzt gegen die vor Vergnügen quietschenden Kinder auf dem Flur an.»Inse, ich brauche eine Wohnung! Ihr müsst doch eine haben!« Inse arbeitete zwei Tage die

Woche in einer Ferienwohnungsagentur. Sie schien zu überlegen, jedenfalls blieb sie einen Augenblick still. Oke hörte, wie die Kollegen im Flur klatschten.

»Na gut«, seufzte sie, »ich kann in die Agentur fahren und im Computer nachgucken. Ab wann brauchst du die Wohnung?«

Oke schrie verzweifelt: »Seit drei Stunden!«

Inse lachte künstlich. »Du machst wohl Witze. Ich kriege frühestens ab nächsten Sonnabend etwas. Zum Bettenwechsel. Wir haben Hochsaison, Oschi! Hohwacht ist ausgebucht.«

CARMEN

»Hätten wir das mit den Jalousien melden müssen?« Martin setzte ein verzweifeltes Gesicht auf, das sie zum Lachen brachte.

»Meinst du, Oke Oltmanns verhaftet uns wegen einer angemalten Lamelle?«, fragte sie zurück.

Martin nickte. »Der bestimmt!«

Nach der ganzen Aufregung saßen sie jetzt zu viert auf einer Decke am Strand in Hohwacht. Auf dem Weg dorthin hatten sie bei »Jensen« ein Glas Würstchen geholt. Sie klopfte mit dem Ehering ans Würstchenglas aus dem Supermarkt und überreichte jedem Familienmitglied feierlich ein Wienerle. »Auf einen tollen Urlaub!«

Ironie lag in ihrer Stimme, denn die Familie würde die erste Nacht ihres Urlaubs in der Hohwachter Polizeistation verbringen, was zumindest Cedrik »cool« fand, weil er auf dem Aufblas-Krokodil schlafen wollte. Oke Oltmanns' Kollege, dieser junge Gott, hatte ihnen allerdings versprochen, sich bei der Bundeswehr um Feldbetten zu bemühen. Immerhin. »Vielleicht kriegen wir sogar eine Einmannpackung zum Frühstück«, witzelte sie. »Aber falls nicht – esst mehr Wurst!«

»Haben wir denn rechtlich überhaupt eine Chance, das Geld für die ›Surfer-Lounge‹ zurückzubekommen?«, fragte Martin und tropfte eine Wurst über dem Glas ab. Für jemanden, der zu Hause jeden Cent umdrehte, blieb er relativ gefasst. Das musste sie ihm lassen.

»Ich habe keine Ahnung«, antwortete sie deprimiert und verteilte Würste an die Kinder. »Du hast doch gehört, was Oke Oltmanns gesagt hat: Wir sollen ›Lütje.net‹ die neue Ferienwohnung in Rechnung stellen. Das werden wir auch tun. Obwohl ich ziemlich sicher bin, dass wir das Geld nicht bekommen.« Sie hatten über Oltmanns' Ehefrau eine zweite Ferienwohnung in Hohwacht in Aussicht. Das »Flunderglück« bot einen Panoramablick auf die Aussichtsplattform Flunder über dem Meer und sogar eine eigene Sauna. Es war ein Stranddomizil erster Klasse. Allerdings dementsprechend teuer und zurzeit belegt.

Doch sie würden auch dieses Apartment erst mal bezahlen müssen – und das bei ihrer angespannten Finanzsituation. Ihr Budget reichte keinesfalls für zwei Ferienwohnungen. »Oder hätten wir deiner Meinung nach lieber im Garten beim Professor und seiner Nancy campen sollen?«, fragte sie streitlustig. »Die waren doch so was von …«, sie suchte nach dem passenden Wort, »borniert! Und dann erst der Anwalt! Ein unmöglicher Mensch!« Carmen starrte ihn böse an. Sie ärgerte sich über das Paar und deren Anwalt, aber sie fühlte auch Wut auf Martin. Er hatte sich mal wieder nicht durchsetzen können. Und den bescheuerten Vermieter hätte sie am liebsten ebenfalls an die Wand geklatscht. Er war schließlich für den Schlamassel verantwortlich und stellte sich nun tot.

Martin sah sie unsicher an. »Von Campen habe ich doch gar nichts gesagt!«

Sie spürte brennende Magensäure aufsteigen. Hauptsache, sie bekam nicht wieder tagelang Sodbrennen – das hätte ihr gerade noch gefehlt. »Wir haben gebucht – und wir können das belegen! Wir hätten dableiben müssen. Ich hätte mich einfach in die Hängematte legen sollen. Von mir aus auf diese Botox-Nancy drauf! Dass du aber auch nie was sagst, wenn es drauf ankommt!«

Martin warf ihr einen mahnenden Blick zu. Wahrscheinlich wegen der Kinder. Sie hatten sich vorgenommen, nicht mehr so viel zu streiten. Carla und Cedrik hatten aber sowieso ihre Ohrstöpsel drin und hörten so laut »Drei Fragezeichen«, dass sie hätte mitsprechen können. Sie tippte ihre Tochter an die Schulter und bohrte ihren anderen Zeigefinger in Cedriks Oberarm: »Stellt das leiser!«

Sie wollte nicht streiten. Aber das Ganze wurmte sie. »Am besten, du fährst zu diesem Shop«, schlug sie vor. »Stell diesen Kerl zur Rede! Sorge dafür, dass wir unser Geld wiederkriegen!«

Eine Mittfünfzigerin mit einer verspiegelten Pilotenbrille schaute aus einem benachbarten Strandkorb böse zu ihnen herüber: »Hallo Sie! Könnten Sie wohl leiser sprechen? Mein Mann war gerade eingeschlafen.«

Carmen zog eine genervte Grimasse.

Unbeholfen nestelte Martin an seiner Fototasche herum. Offenbar wollte er die Flucht antreten, um Pflanzen abzulichten. »Du weißt, ich bin nicht so der rebellische Typ.« Martin flüsterte die Worte fast.

Wenn er jetzt auf eine Fotosafari abhaute, würde sie ausflippen. »Wenn du es nicht tust, mach ich es!«

Erleichterung zeichnete sich in seinem Gesicht ab. »So machen wir es!«

Trotz des Ärgers verspürte sie Hunger. Mit zwei Fingern zog sie sich das letzte Bockwürstchen aus dem Wasser. Sie kam nicht dazu, abzubeißen. Sie hatte sie nicht kommen sehen, aber mit einem Mal spürte sie an der nackten Schulter einen Lufthauch, den die Schwingen einer riesigen Möwe verursachten. Fast streifte der Flügel ihre Schulter. Ein unartikulierter Schrei löste sich von ihren Lippen: »Uah!« Schützend hielt sie zugleich die Hände über den Kopf.

»Ksch, ksch«, versuchte Martin etwas lahm, ihr beizuspringen. Doch die Möwe flog schon weiter – Carmens Wurst im Schnabel.

OKE

Jens Hallbohm hatte nichts mehr von sich hören lassen. Das hinterließ bei Oke ein ungutes Gefühl. Irgendwie wurde er den Eindruck nicht los, dass Hallbohm ihm die Schuld am Limbo-Getanze im Lütjenburger Revier gab.

Immerhin hatte er dem Polizeichef erste Ergebnisse mitteilen können, was die Spur im Fall des getöteten Hühnerbarons betraf. Es gab tatsächlich eine. Oder wenigstens ein Spürchen. Denn dass ein Maststallgegner illegal auf Bartelsens Brachland campierte, musste zwar nichts bedeuten, war aber zumindest ungewöhnlich. Bei dem Besetzer handelte es sich, wie er von Berit erfahren hatte, um Mats Meyer, Mitglied im Rat Hohwacht. Den wollte er heute noch befragen.

Vincent Gott stieg auf der Fahrerseite ein. Angeblich fuhr ihm Oke zu rasant. »Wer wohnt denn mitten in der Pampa in einem Bauwagen?«, erkundigte sich der Kollege bei Oke. Er sah dem Kölner an, dass sich dieser ein Leben ohne fließend Wasser und Strom schwerlich vorstellen konnte. Dann schien Gott etwas einzufallen, denn er drehte ihm plötzlich den Kopf zu: »Ach, das könnte natürlich der Mats Meyer sein, Wenckes Hühnerfreund!«

Ungnädig betrachtete Oke seinen Fahrer. Gott legte gerade das Kinn auf die Brust, offenbar weil er einen Fussel auf seinem Kragen entdeckt hatte. Umständlich pulte er an dem Stoff herum. Oke konnte das Getüdel nicht länger ertragen: »Herr Gott! Fahr to!«

Endlich ließ Gott den Wagen an. Ungeduldig rutschte Oke auf seinem Sitz hin und her, als könnte er die Motorumdrehungen dadurch beschleunigen. Während Gott in einem für Okes Empfinden schneckengleichen Tempo über die Landstraße zuckelte, dachte Oke darüber nach, warum er nicht früher von diesem Aktivisten auf der Wiese erfahren hatte. Wenn sogar Wencke von ihm wusste. Es lag an seinem Dienst in Lütjenburg. In alten Zeiten, als er sich ausschließlich um die Sorgen und Nöte der Hohwachter gekümmert hatte, da wäre er selbst im Bilde gewesen.

Nach einer halben Ewigkeit, so kam es Oke vor, rumpelte der Dienstwagen über eine vernachlässigte Grünfläche mit vielen Kuhlen. Sie wurden auf ihren Sitzen ordentlich durchgeschüttelt, sodass sich Oke den Schädel stieß. Dieser Umstand riss ihn zumindest kurzzeitig aus seiner Grübelei.

Der Bauwagen stand vor dem spitzen grünen Kunststoffdach des Faulbehälters der Biogasanlage. Schon diese Anlage war den meisten ein Dorn im Auge. Und nun wollten die Bartelsens die Anlage nutzen, um einen Hähnchenmaststall zu betreiben. Mit Hühnern kannte sich die Familie schließlich bestens aus. Oke fiel ein, dass er Gott bisher nicht erzählt hatte, dass nun der Sohn den Maststall bauen wollte. Gott wich einem dürren Schössling aus und Okes Kopf rumste erneut gegen die Scheibe des Beifahrersitzes.

»Echt? Der will das durchziehen?«

Statt zu antworten, bellte Oke, sich den angestoßenen Schädel reibend: »Achtung. Hühner!« Beherzt griff er ins Steuer, gerade rechtzeitig, bevor die Reifen das Federvieh überrollten.

»Ich jläuve, et jeiht los!«, schnappte Gott, wobei nicht klar war, ob er Okes Pranken auf dem Lenkrad oder das freilaufende Huhn meinte.

Der Wagen soff ab. Das nächste Mal fuhr er wieder selbst, beschloss Oke. Wo hatte Gott bloß Fahren gelernt? Auf

68

der Kölner Kirmes? Das war ja hier drin schlimmer als in der »Wilden Maus«.

Oke riss die Beifahrertür auf und torkelte, leicht angeditscht, ins Freie, direkt auf den alten Bauwagen zu. Dieser stand auf einem angerosteten Fahrgestell inmitten knöchelhoher Brombeerranken. Der Anhänger konnte früher blau gewesen sein. Genau ließ sich das nicht mehr feststellen: Der Lack war abgeblättert und großzügig mit Graffiti übersprüht worden.

Der Bewohner stand in der offenen Tür und hatte die Hände in die Taschen einer khakifarbenen Shorts gebohrt. Obenrum trug er ein Karo-Hemd, das ihm um die knochige Brust schlackerte. Unter den Achseln zeichneten sich dunkle Flecken ab.

»Demm jeit de Fott op Grundeis«, raunte Gott, der hinter Oke durch die Wicken watete. Ob dem Kerl der Arsch auf Grundeis ging, konnte Oke von hier aus schlecht einschätzen. Vielleicht herrschte im Bauwagen nur eine Bullenhitze.

»Moin!« Zwei Hennen, die sich eben aus dem Schatten der Lochtreppe am Bauwagen vorwagten, zogen sich bei Okes Begrüßung schnell wieder zurück.

Der Besetzer der Bartelsenschen Wiese erwiderte den Gruß nicht gerade begeistert. »Moin. Was wollen Sie?«

Oke stellte sich breitbeinig vor dem Bauwagenbewohner auf. »Polizei Hohwacht, äh, Lütjenburg, Ihre Papiere bitte.«

Der dünne Mann beäugte ihn argwöhnisch. »Sie kennen mich doch! Ich sitze für die Tierschutzpartei im Rat Hohwacht.« Oke bestand darauf, dass Meyer seine Papiere holte.

»Wenn Sie wollen, können Sie da warten.« Meyer zeigte auf zwei kippelige Plastikstühle vor seiner Unterkunft.

Oke machte keine Anstalten, sich hinzusetzen. Er ging Meyer hinterher, um einen Blick in den Bauwagen zu werfen. Volltreffer: Über einem Stuhl hing das Vogelkostüm. Oke dachte an das Vermummungsverbot. Aber das wollte er nicht ansprechen. Noch nicht.

Oke prüfte den Ausweis, den Meyer ihm gereicht hatte, lange, bevor er sagte: »Mats Meyer – Sie sind in Hohwacht gemeldet …«

Meyer bestätigte: »Bei meiner Mutter.«

Oke erkundigte sich nach Meyers Verwandtschaftsgrad zu Sieglinde Meyer, der Dorfältesten.

»Meine Ururgroßmutter.« Gelernt hatte Meyer Phytotherapie. Oke überlegte, ob er noch andere Phytotherapeuten kannte. »Ja, die meisten haben das Wort noch nie gehört«, sagte Meyer etwas arrogant. »Ich bin so was wie ein Kräuterkundler und nebenbei engagiere ich mich in Hohwacht politisch in der Tierschutzpartei, aber das wissen Sie.«

Oke fand den Kräuterkundler insgesamt ziemlich vorlaut. Wahrscheinlich hatte er die Gene seiner Vorfahrin.

Gott hatte offenbar einen weiteren Fussel auf seinem Hemd entdeckt.

»Haben Sie Wencke Husmann ein Huhn besorgt?«, erkundigte sich Oke.

Meyer nickte.

»Aber ihre Marlene stammt nicht aus Bartelsens Betrieb, oder?«

Meyer sah wütend auf: »Als ob der mir Hühner überlassen würde … Nein, die Hühner kommen aus einem Betrieb in der Nähe von Kiel. Der Betreiber verschenkt sie an mich beziehungsweise an meinen Verein ›Hühner ohne Grenzen‹.«

70

Die brütende Hitze machte ihn fertig. Schwer ließ sich Oke jetzt doch auf einen der Plastikstühle im Schatten des Bauwagens sinken. Es war einfach zu anstrengend, die ganze Zeit in der prallen Sonne zu stehen. Die anderen folgten seinem Beispiel. Die Hühner hatten sich bei Okes Näherkommen unter das Bauwagengestell zurückgezogen und kamen zögernd wieder darunter hervor, als der XXL-Polizist sich gesetzt hatte. »Gegen die Hühnervermittlung haben wir nichts«, stellte Oke klar, »es geht um diesen Bauwagen. Es ist Ihnen vermutlich bewusst, dass Sie hier nicht mit dem Wagen stehen können. Das ist Privatgrund!« Meyer blickte schuldbewusst auf seine Füße. Jetzt war der richtige Zeitpunkt gekommen, ans Eingemachte zu gehen: »Sie waren doch auch bei der Demo. Warum sind Sie abgehauen?«

Es folgte eine Stille, in der nur die Motorengeräusche von der nahen Landesstraße und das leise Gegacker der Hühner zu hören waren. »Ist Bartelsen tot?« Meyers Augen suchten die Antwort in Gotts Gesicht.

»Toter geht's nicht«, knurrte Oke. Er führte hier die Befragung!

Meyer stand abrupt auf. »Ich habe es mir gedacht. Aber damit habe ich nichts zu tun!«

Oke blies Luft durch die Nasenlöcher. »Erzählen Sie mir nichts!« Seine Finger zeigten auf Meyers Behausung. »Da drinnen hängt das Vogelkostüm, in dem ich Sie auf dem Marktplatz gesehen habe. Sie sind es, der diesen Aufruhr angezettelt hat!«

Unsicher zog Meyer ein Tabakpäckchen aus seiner knittrigen Brusttasche. »Gut, ich gebe zu, ich war dort. Ich habe protestiert und ich habe gesehen, wie Bartelsen gestürzt ist. Aber ich wusste nicht, dass er tot ist! Ich dachte, er hätte auch ein Ei abbekommen oder so was.« Das Tabakpäckchen in seiner Hand schien er vergessen zu haben. Meyers hervorstehender Adamsapfel bewegte sich aufgeregt die magere Kehle auf und ab.

»Was soll das Getue?«, raunzte Oke. »Sie haben Bartelsen fertiggemacht, über Monate, mit Ihrem Bauwagen, den Demos … Sie wollten die Maststallanlage verhindern und haben auf dem Marktplatz die Chance ergriffen, die sich Ihnen bot. Vielleicht im Affekt! Warum sonst sollten Sie sich vermummt haben?«

Mit etwas Verzögerung erfasste Meyer die Anschuldigung, die in Okes Worten steckte. Seine Augen flackerten, als er erst Gott und danach Oke anstarrte. »Ich«, begann er, »ich wollte die Hähnchenmast verhindern, das schon, aber ich habe ihm nichts angetan! Ich bin doch kein Mörder!«

Oke betrachtete ihn einen Moment wortlos, dann dröhnte er: »Und warum sollte ich das glauben?«

Mats Meyer erinnerte sich an seinen Tabak. Er klappte den Beutel auf und nahm ein Blättchen heraus. »Keine Ahnung! Ich weiß nicht. Es war alles nicht so schlimm, wie es jetzt aussieht.« Meyer schien sich langsam zu fangen. Oder er überspielte seine Nervosität. Geschickt drehte er sich nun eine Zigarette. »Bartelsen hat gedroht, den Bauwagen abschleppen zu lassen, aber mir war klar, dass das nicht passieren würde. Ich war mir da ganz sicher. Es lag auch kein Räumungstitel vor oder so was. Ich weiß das, weil ich ans Verwaltungsgericht Schleswig-Holstein geschrieben habe.«

Er steckte die Zigarette an, zog hastig daran und stieß den Rauch aus. Oke wedelte die Rauchschwaden fort. Meyer trat die Zigarette am Boden aus, direkt nachdem er sie angezündet hatte. »Entschuldigung.« So sicher schien er sich seiner doch nicht zu sein.

»Aber Ihnen war doch klar, dass dieses Land Bartelsens gehört?«

Meyer schüttelte den Kopf. »Erst nicht. Ich dachte ehrlich, das Gelände gehört der Stadt.«

Oke wusste nicht, ob er das glauben sollte, und sah zu Gott. Doch der schrieb fleißig auf seinem Smartphone mit.

Eine Sache interessierte Oke persönlich. »Haben Sie wirklich gedacht, Sie könnten den Bau des Maststalls verhindern?«

Mats Meyer wirkte empört. »Hätte ich sonst demonstriert?« Er schickte eine zweite Gegenfrage hinterher: »Außerdem, was hätte ich sonst tun sollen? Ihn umbringen?« Letzteres war ihm offensichtlich herausgerutscht.

Oke stand unvermittelt auf. Meyer wirkte plötzlich besorgt, wie er dastand, mit eingezogenen Schultern. Oke stellte den Stuhl betont ordentlich ins Gras zurück und machte einige Schritte auf die Deko-Kette zu, die vom Vordach des Bauwagens herabbaumelte: Jemand hatte Hühnergötter und Treibholz abwechselnd an einer Schnur aufgefädelt. »Sammeln Sie Hühnergötter?«

Meyer sah ihn verwirrt an. »Sammeln kann man das nicht nennen …«

Er würde Meyer jetzt mit zur Wache nehmen. Am besten, er holte die Staatsanwaltschaft mit ins Boot. Der Streit um den Maststall konnte ein Motiv sein. Polizeichef Hallbohm würde Augen machen.

Oke wandte sich von der Kette ab und dirigierte Meyer in den Streifenwagen. Dessen Adamsapfel geriet erneut in Bewegung. »Wir hatten Streit wegen des Maststalls, aber das war's. Deswegen brauchen Sie mich nicht mitzunehmen.« Als Oke und Gott schwiegen, tönte er trotzig: »Ich werde auf der Wache nicht ein Wort sagen!«

Würde Meyer tatsächlich nicht aussagen, was er nicht musste, würde nach Akten- und Spurenlage entschieden werden, überlegte Oke. Hier bestimmte die Staatsanwaltschaft, ob schon hinreichender Tatverdacht für die Haft vorlag. Und die war sehr pingelig.

»Wie lange wird das dauern? Wer kümmert sich um meine Hühner? Jemand muss für Kofi und Annan sorgen ...«

Er musste sich verhört haben. »Für Kofi Annan?«

Meyer deutete auf die Hühner, die in sicherem Abstand im Gras pickten. »Die beiden waren die Ersten, die ich aus Kiel geholt habe.«

Wer benannte Hühner nach einem Friedensnobelpreisträger?

»Ich sage Wencke Bescheid!«, bot sich Gott an.

Meyer sah ihn dankbar an. »Ja, besser wäre es. Ich vermute, nur Brain, das Hirn, würde sich selbst zu helfen wissen«, sagte er mit Blick auf ein drittes Huhn unter der Lochtreppe.

Mehrere Stunden später war die offizielle Befragung Mats Meyers im Revier abgeschlossen. Oke hätte sich sonst wohin beißen können. Die Staatsanwaltschaft hatte den Ökopolitiker gehen lassen. Es gab keinen handfesten Beweis. Außerdem hatte sich Sieglinde Meyer schon auf Konfrontationskurs gebracht und Hallbohm angekündigt, Beschwerde gegen ihn und Gott einzureichen.

Er musste einen Zeugen finden, wenn er Meyer hinter Gitter bringen wollte. Warum hatte er selbst bloß nicht besser aufgepasst auf dem Marktplatz! Oke ärgerte sich. Zugleich fragte er sich, ob der Ökopolitiker tatsächlich so blöd oder verblendet gewesen sein konnte, Bartelsen bei der Demo abzumurksen. Auffälliger ging es ja nun nicht. Aber wenn er andersherum ein Exempel statuieren wollte, damit es in Zukunft keine Hähnchenmast in Hohwacht geben würde, schwebten dann nicht Mutter Bartelsen und ihre Söhne in Gefahr? Er rief Berit an und bat sie, vorsichtig zu sein.

Schlecht gelaunt kam Oke nach Hause. Für heute hatte er wirklich genug. Er erzählte Inse von seinem Tag.

»Meyer?«, fragte Inse, die die Wäsche zusammenlegte. »Du meinst den Tierschützer?«

Oke bejahte. Er hatte ein schlechtes Gewissen wegen Inse. Sie hatte einen harten Vormittag gehabt, der mit dem überraschenden Ableben Bartelsens angefangen und der unerquicklichen Suche nach einer Ferienwohnung für die Bachmanns aufgehört hatte. Es war diesen Sommer wirklich zu verrückt: Es gab in dem einstigen Fischerdorf mittlerweile etwa dreimal so viele Betten wie Einwohner – alle belegt. Zudem hatte er sie mit dem Abbau des Honigstands allein gelassen. Deshalb zog Oke jetzt ein Wäschestück nach dem anderen aus dem Korb.

»Was machst du da?«, fragte Inse alarmiert. Hausarbeiten gehörten normalerweise nicht zu seinen Lieblingsbeschäftigungen.

»Ich unterstütze dich. Dat is een Klacks för mi.«
Inse lachte ungläubig.

»Ach ja, und Swantje Scheller suchen wir auch. Wir brauchen ihre Aussage. Keine Ahnung, wo sie steckt …«

»Die wird schon wieder auftauchen«, meinte Inse und widmete sich der Wäsche.

Nachdem er das Laken zu einem rundlichen Dreieck gefaltet und dafür einen ersten Rüffler von Inse kassiert hatte, sprach sie ihn auf Mats Meyer an: »Es war schon komisch, dass er gleich nach der Wahl bei den Grünen aus- und in die Tierschutzpartei eingetreten ist.«

Oke zuckte die Achseln. »Kann sein«, meinte er und legte eines seiner Hemden an der Knopfleiste zusammen und schlang die Ärmel eng drumherum. Er legte die Hemdenwurst in den Korb, was ihm einen weiteren bösen Blick einbrachte. An Meyers Parteiwechsel konnte er auch bei längerem Nachdenken nichts finden. Selbst wenn damals die Zeitungen darüber berichtet hatten: »Deutschlands einziger Ratssitz der Tierschutzpartei!«

Meyers Parteiwechsel hatte vielleicht ein Geschmäckle gehabt, strafbar war so etwas nicht, dachte er. Aber dass der Staatsanwalt den Politiker im Fall Bartelsen hatte einfach gehen lassen, regte ihn auf.

Dabei war das Vorgehen der Staatsanwaltschaft nachvollziehbar: Nicht der Täter musste seine Unschuld nachweisen, sondern die Strafermittlungsbehörden die Tat. Und Oke hatte nur einen Feuerstein mit Bartelsens Blut und eine Menge Leute, die nichts gesehen hatten.

»Meyer hat jedenfalls einen Verein gegründet, ›Hühner ohne Grenzen e.V.‹ oder so ähnlich. Er holt die Viecher aus einer Hühnerfarm in Kiel. Wencke hat auch eines.« Inse verdrehte die Augen.

»Weiß ich – Wencke denkt bereits, sie hätten eine besondere Verbindung, also sie und das Huhn, nicht sie und Meyer. Mir war nur nicht klar, dass Meyer so weit gegangen ist. Ich meine, ein Grundstück zu besetzen, das ist illegal, oder nicht?«

Oke brummte nur. Er konzentrierte sich darauf, den Büstenhalter so zusammenzulegen, dass es Inses Ansprüchen genügte. Unauffällig ließ er den BH kurz darauf zurück in den Korb gleiten.

»Wencke erzählt jedenfalls überall rum, was Meyer für ein guter Kerl sei.«

Sollte er seine Ermittlungen etwa nach den Sympathien einer gesundheitsfanatischen Fischbudenbesitzerin richten? Oke sagte nichts. Ihn beschäftigte mittlerweile eine andere Sache: »Wir wollen aber kein Huhn«, meinte er vorsichtig. »Wir haben ja schon deine Bienen!« Bei Inse und ihrer Busenfreundin Wencke wusste man nämlich nie, was sie als Nächstes aushecken. Gut möglich, dass bereits eine Großbestellung Hühner für Oltmanns an Meyer raus war.

Inses Augen leuchteten. »Eigentlich wollte ich schon immer Hühner halten. Ich werde Wencke mal fragen ... Außerdem hast du schließlich auch jede Menge Tiere in deiner Werkstatt.«

Oke stöhnte. »Aber die sind alle dood, Inse!«

Im nächsten Moment zog sie etwas Flauschiges aus dem Wäschekorb. Eine Schrecksekunde lang hielt er das schwarz-weiß gestreifte Fussel-Teil für den Schwanz seines Präparationsobjekts. Aber es war nicht der Waschbär, sondern nur ihr neuer Wollpulli, der einen Schonwaschgang durchlaufen hatte. Er sah schon Gespenster.

Die Sache war die: Je länger er den Waschbären im nicht konservierten Zustand beließ, desto schneller schritt die Verwesung voran, und der Waschbär lag nun seit Stunden auf der Werkbank. Im Schuppen würde es inzwischen riechen wie im Pumakäfig bei Hagenbeck. Er musste den Körper schnellstmöglich öffnen und die Innereien entfernen. Sonst konnte die Luft nicht entweichen. Düvel ok ne – nichts als Stress.

Nicht nur, dass sich die Küstenbewohner jetzt schon am Wochenende umlegen ließen. Neuerdings erwarteten die Touristen auch noch, dass ihnen die örtliche Polizei eine

Ferienwohnung besorgte. Er durfte gar nicht daran denken, was die Bachmänner gerade mit dem Revier anstellten. »Hoffentlich kritzeln die Kinder nicht die Tapeten voll«, sagte er etwas sprunghaft.

Inse wusste trotzdem, wovon er sprach. »Mach dir keine Sorgen, Oschi. Wir finden schon etwas. Es kann sein, dass das ›Flunderglück‹ frei wird. Der Besitzer hat sich den Knöchel verstaucht und kommt womöglich nicht. Er geht morgen zum Arzt. Dann wissen wir mehr«, beruhigte sie ihn. »Ihm gehört ein schönes Apartment. Es würde mich für die Familie freuen, wenn sie da einziehen könnte. Erinnere dich, was sie in ihrem letzten Urlaub für Hohwacht getan haben: Er hat mit seinem Foto von der Stranddistel doch erst gezeigt, was wir hier für Naturschätze haben. Außerdem ist es wirklich schlimm, wie die Leute heutzutage betrogen werden.«

Oke wurde hellhörig. »Was meinst du?«

Ihr Blick hing an seinem schiefen Wäschestapel, als sie antwortete: »Ach, das hat meine Kollegin aus der Agentur erzählt: dass im Internet neuerdings ständig Wohnungen angeboten werden, die gar nicht existieren.«

Oke nickte zustimmend. »Aber das passiert in Portugal und Spanien – nicht hier im Kreis Plön.«

Inse schüttelte den Kopf. »Da liegst du falsch, mein Lieber. Auf Rügen war das! Ich meine, ich hatte dir das haarklein erzählt. Seit du in Lütjenburg arbeitest, hörst du mir nie richtig zu! Oder hörst du vielleicht schlecht? Dann mache ich dir einen Termin beim Ohrenarzt.«

Er schaltete auf Durchzug. Es war also mittlerweile ein gängiges Geschäftsmodell, Wohnungen anzubieten, die es nicht gab? Aber hier verhielt sich der Fall anders: Die Ferienwohnung in Brasilien existierte! Und es mangelte auch nicht an Bewohnern. Im Gegenteil. Es gab augenblicklich viel zu viele Personen, die in die Wohnung drängten. Er konnte sich keinen Reim darauf machen. Er war sich nicht mal sicher, ob er es hier tatsächlich mit einer Straftat zu tun hatte. Was ihm eher zu denken gab, war, dass Swantje Scheller nicht aufgetaucht war. Sein Schädel brummte. Immerhin war keine Wäsche mehr übrig, die er hätte zusammenlegen müssen.

Okes Gedanken wanderten zum Waschbären. Es gab verschiedene Möglichkeiten der Stellung bei Haarwild. Lauernd oder liegend.

Inse schnappte sich den Wäschekorb. »Nun geh schon in deine Werkstatt – ich muss sowieso noch stricken. Aber wehe, die Innereien von diesem Tier landen obenauf in meiner Biotonne!«

Oke fragte, ob sie erwarte, dass er das Gedärm im Garten vergrub.

»Von mir aus, aber nicht bei den Radieschen!« Sie drehte sich zu ihm um. »Pass auf, dass du nicht stolperst, im Eingang stehen ein paar leere Honigeimer.«

Überall wurde er aus seinen angestammten Territorien verdrängt, erst aus der Wache, jetzt aus der Werkstatt.

Oke trat in die laue Abendluft hinaus, die Hände auf das sonnenwarme Treppengeländer gelegt blickte er auf die blühenden Rosen im Garten, die angeblich auch bei Prinz Charles in Highgrove wuchsen. Für wen musste Inse eigentlich stricken? Er hoffte, für das Huhn und nicht für ihn. Trotz der ganzen Abmesserei geriet der Halsausschnitt ihrer Pullunder immer zu eng. Anderseits: Wie viele Warnwesten konnte eine gewöhnliche Legehenne überhaupt gebrauchen?

CARMEN

Neben ihr atmete Martin ruhig und gleichmäßig. Auch aus dem Nebenraum drangen keine Geräusche. Carmen sah zur Uhr. Es war nach acht. Herrlich. So lange schlief sie sonst nie. Aber nach der ersten Nacht im Revier waren sie alle fix und fertig gewesen. Diese Bundeswehr-Betten! Bequem ging anders.

In dieser zweiten Nacht in Hohwacht hatte sie hingegen tief und fest geschlafen. Energiegeladen schlug sie die blütenweiße Bettdecke zurück und lief in ihrem dünnen Nachthemd barfuß ins Wohnzimmer. Der Wohnraum der Ferienwohnung besaß eine breite Fensterfront. Daran schloss sich ein großer Balkon mit Tisch und sechs Stühlen an. Hier konnte die ganze Familie mit Blick aufs Meer frühstücken.

Was für eine tolle Ferienwohnung, dachte sie. Die Lage war grandios. Direkt vor der Wohnung verlief die Strandpromenade. Nur ein paar Meter trennten sie von einem Streifen pinkfarbener Dünenrosen. Dahinter begann der weiße Sandstrand. Sie schaute auf das dunkelblaue Meer. Was für ein Panorama! Ganz in der Nähe blitzte das Metallgeländer der Flunder im Morgenlicht. Die Flunder war eine hölzerne Aussichtsplattform direkt über dem Wasser. Sie hätte stundenlang einfach nur aus dem Fenster gucken können, aber sie verspürte jetzt Hunger.

Sie dachte an Edeltrauts Bäckerei und ihr fiel ein, dass Inse Oltmanns etwas von einem Brötchenservice gesagt hatte. Auf Zehenspitzen schlich sie zur Tür, zog diese auf und freute sich: An der Klinke hing bereits ein Beutel. Auch eine Zeitung steckte in der Tasche. Keine Frage, sie war im Urlaubsparadies angekommen. In einem sauteuren Urlaubsparadies!

Mit gemischten Gefühlen dachte sie an die »Surfer-Lounge« mit den ausladenden Möbeln und der bunten Hängematte auf der Terrasse. Diese arrogante Professorengattin konnte jetzt mopsfidel unter der Banane residieren, ohne sich Gedanken darüber zu machen, wie sie ihr Geld von diesem dubiosen Shop-Besitzer zurückbekam. Und sie? Musste sich Gedanken machen. Das wurmte sie. Und wie!

Mit einem Ruck zog sie die Besteckschublade auf. Messer und Gabeln schlugen krachend aneinander. Jetzt waren sicher alle Familienmitglieder wach. Gut so, dann konnten sie beim Decken helfen. Wieso sollte sie sich um alles kümmern? Sie hatte schließlich auch Urlaub!

»Darf ich?«, fragte Martin eine Viertelstunde später und griff nach der Zeitung. Sie saßen zu zweit am Tisch. Dabei hatte sie ewig herumhantiert, damit sie alle draußen frühstücken konnten. Aber die Kinder schliefen wie Murmeltiere, und nun wollte er auch noch die Zeitung als Erster lesen.

Schnell legte sie ihre Hand auf das Blatt: »Nein!«

Martin grinste schief. »Oh, ist uns eine Laus über die Leber gelaufen?«

Dass er sie auf ihre schlechte Laune ansprach, brachte sie erst recht in Rage. Außerdem war es um diese Zeit auf dem Balkon ungemütlich. Der Wind, der an diesem Morgen vom Meer kam, ließ sie frösteln. »Es ist hier saukalt!«

Begütigend strich er ihr über die Gänsehaut auf dem nackten Oberarm. »Komm, zieh nicht so einen Flunsch.

Es ist toll hier. Du brauchst nur einen Wintermantel.« Sie stöhnte verzweifelt auf. »Sehr lustig.«

Martins Stimme blieb sanft: »Wir fahren morgen nach Lütjenburg und statten diesem Vermieter einen Besuch ab. Ist das ein Plan?«

So kannte sie ihren zurückhaltenden Mann zwar nicht. Aber ja, das war ein Plan! Versöhnlich reichte sie ihm den Sportteil über die Kaffeetasse hinweg: »Dann darfst du damit anfangen.«

Sie biss gerade in ihren Strandläufer – warum die Hohwachter ihre Brötchen nach Schnepfenvögeln benannten, hatte sie nie verstanden –, als sie auf eine Überschrift stieß, die sie sofort in den Bann zog: »Fake-Ferienwohnungen«. Aufgeregt las sie den Text darunter. »Die Traumferienwohnung oder das Traumferienhaus ist gebucht, und plötzlich stellt sich alles als fauler Zauber heraus. Touristen sollten bei der Wahl ihres Urlaubsdomizils wachsam sein, raten Verbraucherschützer. Woran Sie Fake-Angebote erkennen ...« Sie blickte kurz von den Zeilen auf, als sie spürte, wie ihr die klebrig-süße Erdbeermarmelade an der Hand herunterlief. Sie hatte das Brötchen schief gehalten und nun war ihre schöne weiße Hose voller roter Flecken. »Oh, Mist!«

Cedrik tauchte im Schlafanzug an der Balkontür auf, die Haare vom Liegen verstrubbelt. »Oh, Strandvogel-Brötchen! Kannst du mir eins schmieren? Mit Schokocreme?«

Sie drängte sich an ihm vorbei, um ihre Hose in der Küche zu säubern. »Das kannst du selbst, Faulpelz.«

Eine schlotternde Carla kam ihr entgegen. »Es kommt so kalt hier rein! Können wir drinnen essen – mit Fernsehen? Bitte!«

Carmen hatte eine andere Idee: »Wir schmieren uns ein paar Brötchen und essen sie am Strand. Da scheint gleich die Sonne. Versprochen!« Auffordernd sah sie Martin an. »Die Zeitung nehmen wir auch mit runter!«

Eine halbe Stunde später hatten sie es geschafft, ausreichend Proviant, Handtücher, eine Tube Sonnencreme und ein Schwimmtier in zwei riesige Taschen zu quetschen und sich am Strand häuslich niederzulassen. Die Kinder rannten sofort zum Wasser. Cedrik sprang über jede Welle, die ankam. Die Ostsee hatte gefühlt höchstens zehn Grad, die Luft war ebenfalls noch kalt, aber das schien den Kindern nun nichts mehr auszumachen.

Sie steckte sich eine Haarsträhne hinters Ohr und faltete die Zeitung kleiner, damit der Wind weniger Angriffsfläche hatte. »Hör mal zu, Martin. Vielleicht sind wir Opfer eines Verbrechers geworden!« Sie räusperte sich: »Es gibt Hinweise, die helfen, Betrüger zu entlarven.« Der Wind wehte ihr wieder eine Strähne ins Gesicht und sie reichte ihm die Zeitung. »Lies selbst.« Er überflog den Text.

»Hier steht, dass es einen stutzig machen sollte, wenn die Miete auffallend niedrig ist«, meinte er stirnrunzelnd. »Günstig war die ›Surfer-Lounge‹ schon. Eigentlich fast zu günstig, wenn man die Lage bedenkt. Direkt am Strand von Brasilien … Aber andererseits haben wir wahrscheinlich einfach eine Buchungslücke erwischt …«

Schon regte sich Widerstand in ihr: »Schön wäre es …«

Martin vertiefte sich wieder in den Artikel und sie ließ den Blick über den Strand schweifen. Selbst um diese frühe Zeit war er nicht leer. Und je höher die Sonne stieg, desto schneller füllten sich die Strandkörbe. Auf dem Wasser war ein erstes SUP-Board zu sehen. Die Frau darauf sah toll aus, schlank und unheimlich braun gebrannt. Wie konnte man an der Ostsee so braun werden? »Bestimmt Selbstbräuner!«, tippte sie missmutig.

»Was hast du gesagt?«, fragte Martin, ohne sie anzusehen.

»Nichts.«

Die Boards wurden von einer Surfschule in der Nähe vermietet. Die Schule lag einen guten Kilometer entfernt, bei den grünen Fischerhütten am Strand, und gehörte dem Bruder von Jan aus dem Fischhus, wenn sie sich richtig erinnerte. Sie wollte später hinübergehen und die Kinder für einen SUP-Board-Kursus anmelden. Carla und Cedrik hätten in der Surfschule Spaß und sie hätte ein lohnendes Thema für einen neuen Beitrag ihres Reiseblogs …

»Skeptisch sollten Urlauber werden, wenn der Vermieter den Gesamtpreis sofort abbuchen will. Eine verbreitete Masche ist, dass Internetgauner sogar über seriöse Vermittlerportale Ferienwohnungen anbieten, die nicht existieren. In solchen Fällen verschwinden Anzahlung und Restzahlung auf schnell wieder aufgelösten Konten im Ausland – das Geld des Feriengastes ist verloren.« Martin sah sie konsterniert an.

»Lies weiter!«, forderte sie ihn auf.

Seine Augen huschten über die nächsten Textzeilen. »Hier steht, dass man darauf achten soll, dass einem spätestens mit der Zahlungsanweisung die vollständige Adresse des Ferienobjekts vorliegt.«

»Ja, eine Adresse haben wir«, sagte sie gedehnt, »aber es geht ja nie jemand ans Telefon. Und das macht mich skeptisch. In der Zeitung steht, dass es Betrüger vermeiden, Telefonate zu führen. Wer nur den Anrufbeantworter dran hat, sollte misstrauisch werden – und wir erreichen niemanden!«

Martin sah sie ernst an. »Wir fahren da auf jeden Fall vorbei!«

Carla kam vom Wasser herübergerannt, dabei flog Sand auf die Decke. »Mama, guck mal, da ist ein Huhn!« Ihre Finger zeigten aufs Meer, wo gerade ein weiteres SUP-Board vorbeifuhr. Am Bug stand eine Frau. Im Gegenlicht war das Gesicht nicht auszumachen. Aber mit der Frisur, die sie an den Professor von »Zurück in die Zukunft« erinnerte, hätte sie die Fischbudenbesitzerin Wencke Husmann überall erkannt. Und am Heck ihres SUP-Boards saß in der Tat ein weißes Huhn.

Carmen sprang auf. »Das ist ja cool! Martin, hol deine Kamera!«

Sie liefen mit den Kindern zusammen zur Wasserlinie, wo bereits andere Strandbesucher das Huhn auf dem Brett bestaunten.

»Wencke trainiert bestimmt für die Regatta«, meinte eine Frau im Bikini vor ihnen. Ihre Rückseite unterteilte sich in mehrere, rot verbrannte Fettringe.

»Glaube ich auch«, bestätigte ihr Begleiter, ein schmächtiger Mann. »Aber wo ist denn ihre Mannschaft? Ich dachte, der Holtermann fährt da auch mit.«

Die Frau stöhnte auf, als hätte sie auf eine Zitrone gebissen. »Puuh. Holtermann? Nicht dein Ernst? Wann soll der ans Ziel kommen? Weihnachten? Der kann nicht mal die Post pünktlich ausliefern.«

Der Mann schwieg kurz, dann witzelte er: »Es sei denn, das Huhn paddelt für zwei.« Beide brachen in ein übertrieben lautes Lachen aus. Carmen rückte ein Stück von dem Paar ab.

»Können wir Tretboot fahren?« Das war Cedrik.

Sie lächelte ihn an. »Ich dachte, ihr wolltet Stand-up-Paddling ausprobieren …«

Cedrik bohrte den großen Zeh tief in den feuchten Sand. »Ach nö, ich hab ja kein Huhn!« Kinderlogik! »Außerdem sind Tretboote besser – die haben eine Rutsche ins Wasser.«

Klar, wenn sie schon mal Pläne für ihren Reiseblog hatte, wurden die garantiert durchkreuzt. Familie!

Egal, dachte sie. Der Gedanke an die »Surfer-Lounge« würde sie sowieso nicht eher loslassen, bis sie den Inhaber von »Lütje.net« zur Rede gestellt hatte. »Klar, du kannst heute mit Papa und Carla Tretboot fahren und wir leihen dann morgen ein SUP-Board aus.« Sie würde dieser Ferienvermietung eben allein einen Besuch abstatten.

VINCENT

Im Schaufenster des Geschäfts für Anglerbedarf hing ein Zettel. »Rekordliste Flunder«, stand darauf. Vincent überflog die Namen der Rekordhalter: Knut Sommer hatte 1986 eine dreieinhalbtausend Gramm schwere Flunder aus der Ostsee gezogen und hielt damit seitdem den Rekord. Der Zweitplatzierte hatte es auf einen 2.700 Gramm schweren Burschen gebracht.

Es lag eine Anzeige gegen den Inhaber von »Lütje.net«
vor. Telefonisch war dieser Lübbe Gronau jedoch nicht
erreichbar, weshalb Vincent auf einen Sprung vorbeischauen
wollte. Der Shop lag in der Nähe des Reviers. Auf dem Weg
dorthin kam er am Angelladen vorbei. Dieser befand sich
in einem umgebauten Einfamilienhaus aus rotem Backstein
und bot ein umfangreiches Sortiment an Anglerhosen, Stie-
feln und Angelruten.

Soweit er wusste, gab es in der Ostsee immer weniger Fische. Gleichzeitig galt die Gegend um Hohwacht
als Eldorado für Angler. Die Angelsaison dauerte hier das
ganze Jahr über. Vor allem das Brandungsangeln lockte
viele Gäste an die Ostseestrände. In der kühleren Jahres-
zeit fingen die Freunde des Angelsports Dorsche. Zwischen
April und September fischten sie Flundern, Schollen und
Steinbutte. Er fragte sich, ob Angeln etwas für ihn wäre.
Im Wasser stehen, nichts als die Weite des Horizonts vor
sich. Aber er würde eine Wathose tragen müssen … Nicht
gerade chic.

Durch die Scheibe sah er zwei Kunden vor einer Wand
mit verschiedenen Angelhaken. Sie schienen mit dem Verkäufer zu fachsimpeln. Er wollte gerade weiter, als ihm
jemand von hinten an die Schulter tippte. »Ach du lieber
Gott, gehst du jetzt unter die Angler?« Kollegin Dünya
Yilmaz, eine der Sachbearbeiterinnen, strahlte ihn an.

»Tach schmal«, grüßte er locker zurück. »Ich doch nicht.
Ich bin 100 Prozent Veggie.«

Sie rang sich ein Lächeln ab. Dann entstand eine kurze
Pause, in der sich ihr Blick veränderte. Sie sah mit einem
Mal ernst aus. »Habt ihr eigentlich was Neues in der Bart-
elsen-Sache?« Gott verneinte.

Dünya gab sich wichtigtuerisch: »Solltet ihr aber.«

»Wieso?« Vincent verstand nicht, worauf sie hinauswollte. »Hallbohm hat den Oltmanns auf dem Kieker.« Damit schien sie ihn stehen lassen zu wollen, denn sie schulterte ihre Handtasche neu und nickte ihm zum Abschied zu.

Er hielt sie zurück. »Warte! Was soll der Quatsch?«

Leicht überheblich blickte sie ihn aus ihren braunen Augen an. »Ich darf dir nichts sagen«, meinte sie zögerlich, gab sich dann aber offenbar einen Ruck. »Okay, aber von mir hast du es nicht: Hallbohm will Oke Oltmanns loswerden. Offiziell wegen der Hohwachter Polizeistation. Die wollen sie komplett dichtmachen. Aber Susi und ich glauben, er ist sauer wegen Bartelsen. Na ja, weil Oltmanns praktisch direkt danebenstand, als … Dann noch die Sache mit den Lamellen im Besprechungszimmer.« Dünya spielte am Gurt ihrer Tasche. »Und es kam auch nicht so gut an, dass er diese Familie hat im Revier schlafen lassen.«

Wie betäubt stand Vincent auf dem Bürgersteig. In seinem Kopf rauschte es. »Was heißt denn ›loswerden‹? Die können ihn doch nicht einfach suspendieren, weil Kinder die Lamellen verbogen haben! Und das mit Bartelsen, das war einfach Pech! Hätte er sich davorschmeißen sollen?«

Dünya zuckte die Schultern. »Keine Ahnung, ist nicht meine Angelegenheit!«

Vincent wollte sie noch nicht gehen lassen. »Und er weiß nichts?«

Sie legte den Kopf schief. »Ne, tut der nicht. Aber die Personalabteilung hat ein Schreiben gefertigt, das bald auf seinem Schreibtisch landen dürfte.«

Dünya griff wieder nach dem Gurt ihrer Handtasche. »So, Herr Gott, ich muss jetzt mal los. Ich habe nämlich heute frei«, verabschiedete sich die Sachbearbeiterin.

Nachdenklich ging Vincent weiter und lief blind für

seine Umgebung an der Eingangstür des Shops mit ange-
schlossener Ferienhausvermittlung vorbei. Er bemerkte es
kurz darauf und drehte um.

Durch die Scheibe sah er eine Frau, die wild gestikulierend auf einen schmierigen Typen hinter dem Tresen ein-
redete. Vincent drückte von beiden unbemerkt die Ladentür auf.

»Ich hab Ihnen gesagt, dass es ein Versehen war«, gellte
der Mann gerade, als Vincent in den Raum trat. An der Wand
hingen jede Menge T-Shirts mit verschiedenen Sprüchen.

Die blonde Frau giftete zurück: »Wie kann denn so etwas
aus Versehen passieren?«

Er erkannte Carmen Bachmann. Was machte die denn
hier? Stellte sie selbst Nachforschungen an? Vincent wusste
nicht recht, wie er das finden sollte.

»Morje. Gibt's hier ein Problemchen?« Vincent blickte
von einem zum anderen. »Vincent Gott von der Polizei Lütjenburg. Sind Sie Lübbe Gronau, Inhaber von ›Lütje.net‹?«

Gronau wirkte wütend, als er sich ein paarmal mit der
Hand über seinen bloßen Oberarm fuhr. Eine Geste, als
würde er plötzlich frieren. »Darauf können Sie einen lassen!« Gronau starrte ihn gereizt an.

Vincent blieb ruhig. »Die Dame hier«, bei den Worten nickte er Carmen Bachmann zu, »war bei uns auf
dem Revier. Es liegt eine Anzeige gegen Sie vor. Offenbar
haben Sie ja gerade miteinander über die besagte Ferienwohnung gesprochen. Vielleicht erklären Sie mal, wie es
zu dem Dilemma kommen konnte!«

Carmen lächelte, dankbar für die Schützenhilfe. Während er auf Lübbe Gronaus Antwort wartete, registrierte
Vincent den Aufdruck auf dessen T-Shirt: »Einen Scheiß
muss ich«. Offenbar war das Gronaus Leitspruch, denn

der Geschäftsmann meinte nur: »Ich hab schon mit ihr geredet.« Dabei nickte er kurz in Richtung der Urlauberin.

Gronau hatte sandfarbene Augen. Vincent musste unweigerlich an eine Flunder denken. Flundern vergruben sich vor ihren Feinden im Sand am Meeresgrund, behielten sie aber im Blick.

Fische ließen sich ködern: »Wenn Sie hier nicht reden wollen – dann möchte ich Sie bitten, mitzukommen. Es sind einige Fragen zu beantworten.« Lübbe Gronau fuhr sich bei dieser Drohung wieder über den Arm, ein nervöser Tick, erkannte Vincent.

»Wieso gleich so uncharmant? Ich sage doch die ganze Zeit zu ihr«, er zeigte auf Carmen Bachmann, »das war ein Scheißcomputerfehler. Sie haben ja keine Ahnung, was hier im Sommer los ist. Manchmal denke ich, das hier ist nicht Hohwacht, sondern Klein-Sylt.«

OKE

»Computerfehler?«, fragten er und Wencke gleichzeitig. Es war wie immer voll und laut um die Mittagszeit im Fischhus. Oke pikte mit den Zinken seiner Gabel verdrießlich in einen grauen Lappen. Von der Form her erinnerte dieser an eine Schuhsohle, von der Konsistenz an zu lange gekochte Nudeln. Schon zweimal war ihm das Zeug von der Gabel gerutscht.

Bevor Gott antworten konnte, erkundigte sich Wencke: »Sag mal, Oschi, schmeckt dir mein veganes Fischerfrühstück nicht?«

Oke hütete sich, die falsche Antwort zu geben. Er wollte keine stundenlangen Vorträge über Ernährung provozieren.

»Es ist so köstlich!«, kam ihm Gott zu Hilfe. »Ich wusste gar nicht, was man aus Tofu alles machen kann. Toller Rührei-Ersatz.«

Jetzt konnte sich Oke doch nicht mehr zurückhalten: Demonstrativ schwenkte er eine Gurkenscheibe über den Tisch. »Und was ist das? Krabben-Ersatz?«

Wencke stemmte die Fäuste in die Hüften. »Wusste ich doch, dass du mein Essen nicht magst! Dabei solltest du jetzt viel Gemüse essen, Oschi. Im Alter verbraucht der Körper weniger Energie, benötigt aber genauso viele Nährstoffe.«

»Angeblich hat der Computer die Buchung akzeptiert, obwohl die Wohnung zu diesem Zeitpunkt bereits vermietet war«, fuhr Gott eilig dazwischen. Nachdem er einen zweiten Schluck von seinem stillen Mineralwasser genommen hatte, meinte er: »Unfreundlicher Typ, dieser Gronau, hat aber schöne T-Shirts in seinem Shop. Hätte mir fast eins gekauft. Hätte richtig gut zu mir gepasst.«

Wencke schaute neugierig drein. »Und was stand drauf?«

Gott grinste. »Meeresgott.«

Von draußen drang markerschütterndes Geschrei herein. Kurz darauf schlug ein Mann mit brüllendem Kind auf dem Arm die Plane zurück. »Haben Sie mal ein Pflaster? Meine Tochter hat sich den Zeh an einer Muschel geschnitten.« Der Vater eilte zwischen den Tischen hindurch. Dabei streckte er den Fuß des Kindes vor wie ein Ritter seine Lanze. Den großen Zeh zierte ein blutbeflecktes Taschentuch.

Wencke wickelte es vorsichtig ab, besah sich mit Chirurgenblick die kleine Schnittwunde und zog einen gerade frei gewordenen Barhocker herüber. »Du setzt dich hier hin und passt auf mein Huhn auf, und ich hole dir ein Pflaster, okay?« Das kleine Mädchen hörte prompt auf zu weinen, als Wencke ihr das Huhn auf die Schulter setzte. »Gah«, sagte Marlene. Oke wunderte sich über diesen Laut. Er klang seltsam fremd.

Oke dachte nicht weiter darüber nach. Stattdessen überlegte er, während er Wenckes Rücken nachsah, wie er Gott die Soja-Sohlen zuschustern könnte. Aber der Kollege kam ihm zuvor. »Wenn Sie Ihren Tofu nicht wollen – ich nehme ihn gern.« Oke schob ihm den Teller zu. Dabei musterte er den Kölner genauer. Irgendwie war der immer noch komisch drauf. Zwar hatte er jetzt nicht mehr diesen merkwürdigen Glanz in den Augen wie neulich, als Oke sich nach der Befragung der Reformhausmitarbeiterin erkundigt hatte – der Kollege war eindeutig verschossen –, aber zwischendurch warf Gott ihm immer wieder kurze, abschätzende Blicke zu, die Oke absolut nicht zu deuten wusste. Es wirkte fast, als hätte er etwas auf dem Herzen.

Sein eigenes Magengrummeln unterbrach diese Überlegung. Jan schien bedauerlicherweise nicht im Fischhus zu sein. Wahrscheinlich hielt er sich bei seinem Bruder Fiete in der Surfschule auf und half, die Regatta vorzubereiten, kombinierte Oke. Wat'n Schiet! Irgendwann würde er durch die Ritzen fallen, wenn man ihn weiter aushungerte.

Wencke kam mit einem Pflaster zurück. »Und kriegen die Bachmanns ihr Geld wieder?«, fragte sie, an der Stelle anknüpfend, an der sie unterbrochen worden waren.

»Dieser Gronau hat nur herumgedruckst«, berichtete Gott von seinem Besuch. »Ich konnte ihn nicht zu einer klaren Aussage bringen. Der hat nur von einer Versicherung geredet, über die er das angeblich regeln will. Er muss das Geld zurückzahlen. Aber ich vermute, die Familie wird echte Schwierigkeiten mit ihm haben. Carmen Bachmann war übrigens da – im Laden, meine ich.«

Oke horchte auf. »Hat die nicht genug Chaos auf dem Revier angerichtet? Muss die jetzt auch noch polizeiliche Ermittlungen torpedieren?«

Gott sah ihn nicht direkt an, als er meinte: »Ja, Hallbohm ist auch noch etwas aufgebracht deswegen.«

Argwöhnisch betrachtete Oke den Kollegen. »Wann haben Sie mit Hallbohm gesprochen?«

Gott wand sich. »Ich gar nicht. Dünya meinte etwas in der Richtung.«

Dünya wusste, dass Hallbohm stinkig über das Chaos im Revier war? Dann sprach sicher schon die halbe Wache drüber. Oke verspürte eine leichte Übelkeit, die nicht vom Hunger herrührte. Hatte er es doch geahnt, dass er sich Hallbohms Zorn zugezogen hatte. Er schluckte seine Sorgen hinunter und sagte unvermittelt: »Schauen Sie bei POLAS nach.« Das Polizei-Auskunft-System bot allen Dienststellen bundesweit die Möglichkeit, Fahndungsauskünfte aus dem Schengener Informationssystem einzuholen sowie Direktanfragen an das Zentrale Verkehrsinformationssystem und das Ausländerzentralregister zu stellen.

»Was soll ich nachschauen?«, fragte Gott irritiert.

»Ob Sie was über Lübbe Gronau finden! Lassen Sie sich

auch einen Auszug aus dem Handelsregister schicken.« Auch wenn Hallbohm nicht wollte, dass er seine Zeit mit obdachlosen Touristen verplemperte, konnte es nicht schaden, gründlich zu sein. Das war seine Devise, immer schon gewesen.

Das kleine Mädchen trug plötzlich Marlene im Arm an ihnen vorbei. »Darf ich das Huhn mitnehmen?«

CARMEN

»Die Kinder sind jetzt schon so groß, die wollen sich überhaupt nicht mehr mit ihrer Oma unterhalten.« Ihre Mutter hatte eine frische Dauerwelle und trug die Haare kürzer, fiel Carmen auf. Ihre Klamotten, pinkfarbenes Glitzer-Shirt zur hellrosa Jeans, waren perfekt aufeinander abgestimmt. Dermaßen aufgebrezelt hatte sich Oma Maria vor den Kindern aufgebaut, die eingekuschelt in Strandlaken auf einer Decke hockten, die Ohren fest mit In-Ear-Kopfhörern verstöpselt. Nach der Tretboottour mit ihrem Vater schienen Carla und Cedrik nicht fähig, Konversation mit Verwandten zu betreiben.

»Mama, lass sie«, sagte Carmen. »Die beiden waren die ganze Zeit mit Martin auf dem Wasser.«

Maria blickte sie prüfend an. »Und wo warst du?«

Ihre Mutter machte sie rasend. Da hatten sie sich Monate nicht gesehen, weil sich Maria in einen Hohwachter Strandkorbvermieter verliebt und alles für ihn in Hamburg stehen und liegen gelassen hatte. Und nach fünf Minuten Wiedersehensfreude nörgelte sie bereits an ihr und den Kindern herum. »Setz dich doch erst mal«, sagte Carmen und klopfte neben sich auf die Decke. »Ich habe von der Bäckerei in Lütjenburg Kuchen mitgebracht.«

Maria blieb unschlüssig stehen. »Ihr wollt hier im Sand sitzen? Warum habt ihr keinen Strandkorb genommen?«, fragte sie irritiert. »Johann-Magnus wird das nicht verstehen. Ich schlage vor, wir ziehen um. Außerdem: Wieso kaufst du Kuchen? Ich habe für heute Nachmittag extra für euch gebacken!«

Wenn ihre Mutter den Vorschlag unterbreitete, umzuziehen, kam das einem Marschbefehl gleich. Schicksalsergeben packte Martin bereits die Strandtaschen. Kurz darauf setzte sich die kleine Gruppe in Bewegung.

Johann-Magnus kam aus seinem Büdchen heraus, um sie mit höflichen Worten zu tadeln, dass sie sich nicht eher an ihn gewandt hatten. Dann wies er ihnen drei Strandkörbe direkt am Wasser zu. Kurze Zeit später lehnte Carmen sich in das Polster, streifte die Sandalen von den Füßen und genoss die Aussicht. Eine Möwe flog über das in der Sonne funkelnde Meer. Im Schnabel trug sie etwas davon. Wahrscheinlich mein Wienerle, dachte Carmen mit Galgenhumor.

Sie atmete durch und nahm sich vor, sich nicht mehr zu ärgern. Sie schloss die Augen. Der Wind war abgeflacht und das Stimmengewirr am Strand vermischte sich mit dem wiederkehrenden Flüstern der Wellen. »Das fühlt sich endlich mal nach Urlaub an.« Wohlig streckte sie die Arme aus, wobei sie ihre Mutter versehentlich unsanft anstieß.

»Mach dich nicht immer so breit, Carmen. Was ist denn nun mit eurer ›Surfer-Lounge‹?« Die Stimme ihrer Mutter klang ungeduldig. Dabei hatte sie ihr das meiste schon am Telefon erzählt. »Ja, aber bekommt ihr das Geld wieder oder nicht? Ihr hättet überhaupt nicht gleich alles bezahlen dürfen!« Immer noch garnierte Maria ihre Sätze gern mit Vorwürfen. Das hatte sich seit ihrer Verlobung mit dem Strandkorbvermieter nicht geändert.

»Natürlich kriegen wir unser Geld zurück, Mama«, behauptete Carmen. Sie gab sich betont gelassen. Obwohl sie sich ihrer Behauptung nicht sicher war. »Der Vermieter muss uns das Geld wiedergeben! Aber ich weiß eben nicht, wann er das tut. Er wollte da irgendwas mit der Versicherung klären. Das hat er dem Kollegen von diesem Oltmanns gesagt.«

Ihre Mutter beugte sich vor: »Jetzt hör mal zu, Kind! Ihr könnt nicht für zwei Wohnungen bezahlen, wenn ihr nur in einer wohnt! Der hat euch ganz klar betrogen! Da muss die Polizei doch was machen.« Sie redete sich in Rage: »Ich wäre da ja mehr hinterher. Wenn das mein Geld wäre, wäre ich erst wieder gegangen, wenn ich es zurückbekommen hätte.« Sie holte Luft und ereiferte sich: »Das ist doch alles Lug und Betrug. Bauernfängerei! Das darfst du nicht hinnehmen!«

Maria rutschte bei diesem Ausbruch immer weiter auf dem gestreiften Sitz nach vorn. Carmen beugte sich vor, um ihre Mutter unter das Dach des Strandkorbs zurückzuziehen. »Denk an deinen Blutdruck, Mama.«

Sie spürte die Blicke, bevor sie sie sah. Als sie hinschaute, erkannte sie Horst Wieczorek im Strandkorb nebenan. Ihr

Hamburger Nachbar weilte in Hohwacht! Wie furchtbar! Sie konnte diesen entsetzlichen Ruheständler nicht leiden. Er war ein ehemaliger Postbeamter, der nichts Besseres zu tun hatte, als an den Briefkästen des Mehrparteienhauses herumzulungern und die Kinder anzumeckern. Instinktiv zog sie den Kopf ein. Doch zu spät, Verstecken nutzte nichts mehr: Horst Wieczorek war schon aufgestanden und kam direkt auf sie zu: »Moin, Moin, die Damen!« Er blickte aufmerksam in die Runde: »Ach, die ganze Familie ist hier! Ist ja toll.«

Carmens Blick glitt an Wieczoreks sonnenverbrannten Schultern hinunter und blieb an seinem glühend roten Prellbauch hängen. Er hatte eindeutig zu lange in der Sonne gesessen. Und sie fand es im Übrigen ganz und gar nicht »toll«, dass Wieczorek ihnen jetzt auch noch hinterherreiste. Sie sah zu Martin hinüber. Was hatte er zu dieser unangenehmen Überraschung zu sagen? Nichts! Ihr Mann las angestrengt in einem Pflanzenbuch, das er sich verdächtig dicht vors Gesicht hielt.

Horst Wieczorek räusperte sich. »Ich möchte mich ja nicht einmischen«, fing er an. »Aber man kommt in diesen Strandkörben nicht umhin, das eine oder andere Wort mitzuhören.« Dieser Blockwart hatte ungeniert gelauscht!

»Tatsächlich?«, fragte sie schroff.

Ihrem Hamburger Nachbarn schien ihr unterkühlter Ton nicht aufzufallen. »Ja, und ich habe mal eben gegoogelt. ›Lütje.net‹ ist ja nur eine Ferienhausvermittlung!«

Carmen kochte innerlich. »Und was soll das heißen?«

Wieczorek spitzte die Lippen. »Ich hätte da einen Vorschlag.«

Seine Wichtigtuerei hatte sie noch nie leiden können. Nun konnte sie sich nur mit Mühe beherrschen, ihn nicht anzuschreien. Einigermaßen erstaunt hörte sie, wie Martin sich mit einem Mal interessiert erkundigte: »Was für einen Vorschlag?« Wir lasen jetzt also gar nicht mehr …

Der Hamburger befand sich in seinem Element. »Meiner Meinung nach sollten Sie den Eigentümer der ›Surfer-Lounge‹ ausfindig machen und hören, was er zu dem Ganzen sagt. Sie können das Geld auch von ihm zurückfordern.«

Der Vorschlag klang nicht so dumm, musste sie zugeben. Martin schien Feuer und Flamme zu sein. »Aber wie sollen wir den Eigentümer finden?«, fragte er. »Dieser Mensch von ›Lütje.net‹ wird uns keinen Namen und schon gar keine Adresse geben …«

Wieczoreks Pupillen bewegten sich beim Nachdenken nach rechts oben.

»Das kann Carmen recherchieren!«, unterbrach Maria den Denkprozess.

Carmen verdrehte die Augen. »Ich arbeite bei einer Werbeagentur und nicht in der Rechercheabteilung eines Nachrichtenmagazin«, erinnerte sie ihre Mutter. Die Einsicht war gleich Null.

»Eben«, meinte Maria nur.

Alle sahen Wieczorek erwartungsvoll an.

Er zögerte einen Moment, in dem er einen Blick in seinen Strandkorb warf, wo seine Frau Pommes aß. »Ich könnte mich in der Nachbarschaft der ›Surfer-Lounge‹ für Sie umhören, die Post im Haus im Auge behalten … In welcher Straße befindet sich denn das Apartment?«

Das kam definitiv nicht infrage! Carmen warf ihrem Gatten einen warnenden Blick zu. Doch Martin schien eindeutig zum Feind übergelaufen zu sein.

»Wenn Herr Wieczorek meint, dass das helfen könnte …«

Typisch Martin. Immer froh, wenn andere für ihn die Kohlen aus dem Feuer holten.

Carmen wandte sich an ihren Hamburger Nachbarn, um ihm eine Absage zu erteilen: »Danke, aber wir kommen zurecht.«

Maria fuhr ihr über den Mund: »Papperlapapp! Du willst doch dein Geld wieder, Carmen!« Und an Wieczorek gewandt flötete sie: »Wir nehmen Ihr Angebot sehr gern an, lieber Herr Wieczorek. Zusammen sind wir garantiert schneller als die Polizei.«

BERIT

Sie schreckte mit rasendem Herzen hoch. Irgendetwas, ein lauter Knall, hatte sie geweckt. Sie wusste nur nicht, ob sie das Geräusch geträumt hatte. Vom Schlaf leicht benommen lauschte sie in die Dunkelheit, aber sie hörte rein gar nichts.

Der altmodische Radiowecker auf ihrem Nachttisch zeigte die Ziffern 4:22. Das Phosphorgrün der Zahlen leuchtete kalt in die Dunkelheit und tauchte die Kiefernholzplatte des Nachttisches in ein unwirkliches Licht. Sie schwang die Beine über den Bettrand, und mit einem Mal wurde ihr bewusst, dass ein weiterer Tag ohne Fynn angebrochen war. Eine Welle aus Trauer und Schmerz überkam sie. 4:23. Eine Minute war vergangen. Sie saß einfach da auf der harten Holzkante. Unter den nackten Sohlen spürte sie dabei den flauschigen Flokati vor ihrem Bett. Sie verharrte einen weiteren Moment, um wach zu werden und schlüpfte in die bereitstehenden Pantoffeln.

Angst vor Einbrechern hatte sie nicht. Als Jugendliche hatte sie dem Schützenverein angehört. Sie wusste, wie sie eine Waffe betätigte. Zielsicherheit war ebenfalls kein Problem. Mit einem offenen Angriff konnte sie umgehen. Was sie fertigmachte, war die wortlose Feindseligkeit, die ihr bis zu Fynns Tod im Dorf entgegengeschlagen war.

Auf dem Flur traf sie auf Lennart. Er musste ebenfalls aufgewacht sein. Und er war schneller als sie gewesen: Ihr Ältester hatte die Schrotflinte aus dem Stahlschrank in Fynns Arbeitszimmer geholt. Also hatte sie sich das laute Geräusch tatsächlich nicht eingebildet. Sie fühlte ihren Pulsschlag.

Schweigend schlichen sie beide weiter. Da sie in der oberen Etage nichts Ungewöhnliches feststellten, Malte schlief offenbar wie ein Stein, gingen sie zur Treppe. Auf der ersten Stufe stehend, nahm Berit plötzlich ein leises Klacken wahr. Es kam aus Richtung des Wohnzimmers. Kurz sah sie zu Lennart hinüber, daraufhin entsicherte ihr Sohn das Gewehr. Er hatte das Klacken auch gehört! Ein Einbrecher würde hier nicht unversehrt hinauskommen.

Als sie sich der einen Spalt breit geöffneten Wohnzimmertür näherten, spürte sie einen kalten Lufthauch auf ihrer Haut. Während Lennart den Lauf des Gewehres auf den Spalt richtete, stieß sie die Tür energisch auf. Der Raum war leer. Jemand oder etwas hatte die große Fensterscheibe zertrümmert. Die Scherben lagen über den Boden verteilt. Das Klackern kam von der kleinen Stange, mit der der Vorhang bewegt werden konnte. Bei jedem Windzug schlug die Stange leicht gegen die Stehlampe. Während Lennart die unteren Räume absuchte, stand sie allein vor dem schwarzen Loch im Rahmen.

In der Ecke hingen noch ein paar Reste der Glasscheibe. Spitze und scharfkantige Scherben, die den Blick auf einen sternenklaren Nachthimmel einrahmten. Lennart stürzte hinter ihr ins Zimmer und zog sie heftig vom Fenster weg. »Er kann noch draußen sein!«

Er. Sie wusste nicht, wer dieser »er« sein könnte. Fahrig fingerte sie, jetzt unter dem Fenstersims hockend, nach der Fernbedienung. Sie lag auf der Fensterbank. Als ihre Finger das kleine schwarze Teil erwischten, ließ sie die Außenjalousie hinab. Mit einem Rattern stürzten die Lamellen nach unten.

Berit stand langsam auf. Lennart neben ihr ließ die Waffe sinken. Sie spürte, wie die Anspannung aus ihm wich. Langsam, wie aus einem kaputten Fahrradreifen.

Da fiel ihr Blick auf den Hühnergott auf dem Teppich. Sie hatte das Gefühl, ihr Herz würde aussetzen. Sie hatte es geahnt: Fynns Mörder hatte es auf die ganze Familie abgesehen. Sie hatte Mühe, stehen zu bleiben. Sie musste sich an der Sofalehne abstützen.

Ihr Sohn bückte sich nach dem Hühnergott. »Nicht!«, rief sie schnell. »Fass ihn nicht an. Vielleicht findet die Polizei diesmal Spuren«, sagte sie. Berit merkte selbst, wie hoffnungslos sie klang. Malte rief oben von der Treppe. Sie schickte ihn zurück ins Bett. »Alles gut, schlaf weiter!«

Lennart nahm das Telefon in die Hand. »Soll ich Oke Oltmanns anrufen?«

Sie bewegte sich wie in Trance um das Sofa herum und ließ sich darauf sinken. »Ja, natürlich, das solltest du tun.« Als er sich wegdrehte, rief sie ihn leise zurück. »Lenny, wir müssen über den Maststall reden.«

In seinem Gesicht zeichnete sich erst Erstaunen und dann Unmut ab. »Du willst dich hoffentlich nicht unterkriegen lassen!« Er konnte seine Enttäuschung nicht verbergen.

»Ich weiß, dass du Papas Pläne verwirklichen willst, Lenny. Aber du siehst doch, was hier gerade passiert ist. Und ich fürchte, das wird erst aufhören, wenn wir verkünden, dass es keine Hähnchenmast in Hohwacht geben wird.«

Lennart straffte die Schultern. »Meinst du, ich lass mir von irgendeinem dieser Dorftrottel Angst einjagen? Die wollen doch nur, dass wir aufgeben!«

Seine Arme hingen schlaff an seinem jungenhaft wirkenden Körper herab. Beinahe so, als habe er keine Kraft mehr, sie zu heben. Berit stand auf und strich mechanisch über seine Schulter. »Ich weiß, Lennart. Aber denk an deinen Bruder, was der schon alles aushalten musste.« Sie räusperte sich. Es gefiel ihr nicht, dass sie nur noch ein dünnes Stimmchen zu besitzen schien. Sie musste sich zusammenreißen. »Ruf jetzt erst mal Oke an. Aber wir beide müssen eine Entscheidung treffen, was den Bau der Anlage angeht, besser früher als später.« Sie sprach nicht aus, was sie noch dachte, nämlich, dass sie auf keinen Fall zulassen konnte, dass einem ihrer Kinder etwas passierte. Sie betrachtete die Schrotflinte, die nun am Sessel lehnte. Sie würde nicht zögern, sie zu gebrauchen.

OKE

Das helle Glöckchen über der Tür bimmelte, als er den Laden betrat. Der Duft frischer Brötchen, der ausgetretene, aber blitzsaubere Fliesenboden mit dem Schachbrettmuster und Edeltrauts sorgfältig gearbeitete Hochsteckfrisur hatten eine beruhigende Wirkung auf sein aufgewühltes Gemüt. »Moin, wo geiht die dat, Oschi?« Edeltraut zwinkerte ihm gutmütig zu.

»Mutt ja«, erwiderte Oke.

Sie legte den Kopf schief und eine helle Locke löste sich aus dem Haargebinde.

»Könnte besser sein«, gab er jetzt zu.

Seine Lieblingsbäckereifachverkäuferin nickte verständnisvoll, als hätte sie keine andere Antwort erwartet. »Wenn ole Bööm umplant warrt, gaht se in.« Sah er etwa aus wie eine alte Krüppelkiefer, die einging – nachdem man sie von Hohwacht nach Lütjenburg verpflanzt hatte? Sie täuschte sich: Wenn er heute deprimiert aus der Wäsche guckte, dann deshalb, weil er einen Anpfiff von Hallbohm kassiert hatte, weil jemand das Fenster der Bartelsens eingeworfen hatte. Die Bartelsen-Sache hätte längst aufgeklärt werden müssen. Dann wäre das Fenster noch ganz. So sah es der Polizeichef – und Oke musste ihm leider Recht geben.

Bevor er sich weiter grämen konnte, begann Edeltraut, Hackepeter-Brötchen für ihn zu schmieren. »Hätte den Meyer doch mehr in die Mangel nehmen müssen«, murmelte Oke vor sich hin.

»Mats Meyer?«, erkundigte sie sich. »Den Tierschützer aus'm Rat?« Edeltrauts Hochsteckfrisur wackelte bedenklich. »Meyer hat Berits Fenster eingeworfen und ihren Mann auf dem Gewissen? Dat is ja nicht to glöven, Oschi!«

Oke setzte eine undurchdringliche Miene auf. Es gab schließlich so etwas wie ein Dienstgeheimnis. Es war zwar ein bisschen spät dafür, aber Oke versuchte dennoch, sich aus diesem Schlamassel herauszuwinden. »Was sagt die Uhr? Ach du Schann, ich muss los, Edeltraut!« Er reichte ihr schnell sein von Inse mit Liebe geschmiertes Avocadocreme-Vollkornbrot und nahm ihr im Gegenzug etwas umständlich sein Frühstückspaket ab: »Danke!« Er hatte mit der Bäckereifachverkäuferin seines Vertrauens vor einiger Zeit einen besonderen Frühstücksdeal vereinbart. Sie bekam seitdem jeden Morgen etwas Veganes, er etwas Leckeres.

Edeltraut, die langsam gewahr wurde, dass der Hauptkommissar sie um interessante Informationen bringen wollte, eilte hinter ihrem Tresen hervor. »Dank ok, Oschi!« Ihr Blick war der eines Schulmädchens beim Abschlussball, das die Hoffnung auf den ersten Kuss nicht aufgeben mochte. »Und verhaftest du den Meyer jetzt?«

Oke wusste nicht recht, was er sagen sollte. Er entschied sich für: »Halt die Ohren steif!« Damit trat er schnell unter der bimmelnden Türglocke hindurch ins Freie.

Wie er Edeltraut kannte, würde die Nachricht von Meyers Schuld im Fall Bartelsen zügig die Runde machen.

Wahrscheinlich sollte er Meyer festnehmen. Bevor die Hohwachter ihn wie eine Sau durchs Dorf trieben. Aber vielleicht lief doch alles auf die Wurfkünste von Swantje Scheller hinaus. Sie hatte angeblich ein Verhältnis mit dem toten Bartelsen gehabt. Hatte er es am Ende mit einer Beziehungstat zu tun? Nach all den Jahren?

Oke spielte in Gedanken verschiedene Möglichkeiten durch, während er in der Hohwachter Polizeistation am Berliner Platz saß und seine Hackepeter-Brötchen vertilgte. Dabei starrte er auf den hellen Fleck an der Tapete, wo früher der Meerschweinchen-Kalender seiner Kollegin gehangen hatte. Niemand kam vorbei, um eine Anzeige aufzugeben oder einen Klönschnack abzuhalten. Wahrscheinlich hatten ihn die Hohwachter bereits abgeschrieben, jetzt, da er so viel Zeit in Lütjenburg verbrachte. Nicht mal die Meyersche ließ sich blicken, obwohl sie doch sonst immer auf ihrer Runde mit dem Rollator an der Wache vorbeikam. Wahrscheinlich war sie beleidigt, dass er ihren Verwandten in die Mangel genommen hatte.

Oke schielte in den leeren, angeschlagenen Becher und überlegte, ob er einen neuen Versuch unternehmen sollte, die Kaffeemaschine zum Laufen zu bringen. Er schaltete den »An«-Knopf aus und wieder an. Aber das rote Lämpchen leuchtete nicht einmal auf. Wütend ließ er seine Faust auf den Deckel der Maschine hinabsausen: »Ik dösch di to Appelmoos! Schrotthupen!«

»Gehört das zu Ihrem Berufsethos, Herr Oltmanns? Zuschlagen, bis nur noch Mus übrig ist?« Angriffslustig stöckelte Hohwachts Tourismuschefin Barbara Mehrtens in die Wache, den verkniffenen Mund hatte sie mit einer dicken Schicht Lippenstift abgedeckt. »Wir erwarten 5.000 Tagesgäste zur Regatta! Und Polizeigewalt ist nichts, mit dem wir als Tourismusstandort punkten könnten!« Sie legte eine Kunstpause ein. »Schlimm genug, was bereits jetzt über die Polizei in der Zeitung steht!«

Die Mehrtens spielte vermutlich auf den Artikel auf Seite drei in der lokalen Zeitung an: »Örtliche Polizei handlungsunfähig«. In seinem Text kritisierte der Autor die von Hallbohm eingeleitete Polizeireform im Kreis Plön. Dadurch, dass die Polizei mehr und mehr in der Fläche ausgedünnt werde, ginge Bürgerservice verloren und könnten Verbrechen nicht mehr so schnell aufgeklärt werden, hieß es in dem Bericht. Der Kommentator erwähnte auch den »unerledigten Fall« des Hohwachter Hühnerbarons.

Oke zog die Augenbrauen zusammen. »Keine Sorge, wir kümmern uns um den Mord, Frau Mehrtens.« Doch Barbara Mehrtens gehörte nicht zu den Personen im Küstenort, die sich schnell abwimmeln ließen. Herablassend musterte die Tourismuschefin das Großraumbüro. Als fühlte sie sich dadurch angesprochen, begann die Kaffeemaschine unversehens zu blubbern.

Mehrtens' Augen huschten von der brodelnden Maschine über die fleckige Auslegeware. Jetzt, da das Büro bereits halb leergeräumt war, fiel dessen bedauernswerter Zustand sofort ins Auge. Zuletzt blieb Barbara Mehrtens' Blick an dem Skelett der Birkenfeige hängen. Diese befand sich im letzten Stadium einer sich seit Monaten hinziehenden Phase des Blattabwurfs.

»Herr Oltmanns, als Vorständin sehe ich es als absolut dringlich an, dass die Polizei den Täter im Fall Bartelsen hinter Gitter bringt – und zwar vor Regattabeginn! Zumal Sie ja wissen, dass es Meyer war!« Nachrichten sprachen sich in Hohwacht noch schneller herum, als er es für möglich gehalten hatte.

CARMEN

Es gab das alte Brasilien mit dem Seesternweg, Panstede und dem Fischer-Ehlers-Weg. Der neuere Teil von Brasilien lag rund um den Möwenweg, wo die »Surfer-Lounge« zu finden war. Der Möwenweg war eine Spielstraße und führte durch eine Siedlung, in der viele Häuser an Touristen vermietet wurden. Autoverkehr gab es hier wenig, hauptsächlich am Wochenende zum Bettenwechsel, wenn Urlauber abfuhren und neue anreisten.

Jetzt allerdings herrschte auf der Straße gähnende Leere. Sie parkten in einer freien Lücke vor einem der Ferienhäuser. Zwei Mädchen, die sich gerade an einem Hauseingang Inlineskates anschnallten, waren die einzigen Menschen weit und breit. Abgesehen von Maria, ihr und – Wieczorek, den sie in Gedanken verfluchte. Die Umstände für »eine verdeckte Ermittlung«, wie Wieczorek ihren Ausflug beschrieb, konnten nicht schlechter sein. Sie fielen auf wie die sprichwörtlichen bunten Hunde. Hoffentlich sahen diese Nancy Groß und ihr arroganter Gatte nicht gerade zum Fenster hinaus.

Die Hoffnung, die Erkundigungen über den Besitzer der »Surfer-Lounge« unauffällig einzuziehen, schwand, als das offensichtlich jüngere Mädchen sie ansprach: »Sucht ihr jemanden?« Das Mädchen sah sie erwartungsvoll an. Ihr Gesicht schien nur aus Sommersprossen zu bestehen. »Wir könnten euch suchen helfen.«

»Nein, nein. Wir kommen zurecht«, antwortete sie hastig und hoffte, dass die Kinder endlich losrollen würden. Aber die Mädchen hatten es nicht eilig.

»Wir sind schon eine Woche hier. Wir kommen aus Hannover und wohnen da drüben.« Die Sommersprossige zeigte auf das hellblaue Haus mit dem hübschen, grün lackierten Gartentor, aus dem die Mädchen eben gekommen waren.

»Wie schön«, sagte Carmen, weil ihr nichts Besseres einfiel. Sie ärgerte sich, Wieczoreks Schnapsidee zugestimmt zu haben. Es war ihr unangenehm, hier so neugierig herumzuschnüffeln.

»Der Mann hat eine lustige Mütze auf«, sagte die Sommersprossige und deutete auf Wieczoreks Propellermütze.

Wieczorek stand halb geduckt hinter dem Auto. »Wir müssen dichter an das Zielobjekt!«

Carmen fühlte sich wie in einem schlechten Film. Sie schaute sich nach ihrer Mutter um, die aber nicht mehr beim Wagen stand. Entgeistert stellte sie fest, dass sich Maria bereits abgesondert hatte. Die kleine Gestalt in Rosé schlenderte vollkommen gelassen – und ohne Deckung – direkt auf die »Surfer-Lounge« zu.

»Mama!«, zischte Carmen. »Bleib hier!« Ihre Mutter tat so, als hörte sie sie nicht.

»Du hast ein schönes Kleid an«, sagte das sommerfleckige Kind und rollte ihr unbeholfen hinterher. »Sollen wir dir hier alles zeigen?« Das Mädchen schien sehr anhänglich zu sein. »Zum Strand geht's da lang.« Sie zeigte mit einem schmutzigen Finger in die entgegengesetzte Richtung. Das andere Mädchen, das größer und kräftiger war, sah sie nur an und kaute verlegen auf einer Haarsträhne herum. Wieso bloß hatte sie Carla und Cedrik zum SUP-Kursus geschickt? Die beiden hätten ihre Verfolgerinnen zumindest ablenken können.

JAN

Träge schaukelten die roten Bojen auf dem Wasser. Die Ostsee plätscherte hier, zwischen Schilfgürtel und Sandbank, ruhig vor sich hin. Seicht umspülte das Meerwasser seine Beine. Trotzdem gab es mögliche Gefahren, vor denen er die Kinder warnen musste: »Denkt an das Schießgebiet des Truppenübungsplatzes und achtet auf die Markierungen. Ihr wollt euch doch keine Kugel einfangen!«

Die Jungen und Mädchen schauten ihn groß an. Sie hatten die Hände bereits auf ihre im Wasser liegenden Bretter gelegt, bereit loszufahren. »Schießen die echt?«, wollte ein Junge mit Schürfwunde am Kinn wissen.

»Ja, das tun sie. Deshalb bleiben wir alle schön in Hör- und Rufweite, klar?« Der Junge nickte eifrig.

»Dürfen wir jetzt?« Die Frage kam von einem Mädchen, das er schon mal gesehen hatte. Carla Bachmann, fiel ihm ein. Manche Familien kamen jeden Sommer nach Hohwacht. Jan lächelte freundlich. »Na klar, rauf aufs Brett! Und keine Angst, wenn ihr fallt, tut's im Wasser nicht weh.« Wie immer schafften es die meisten Kinder auf Anhieb, auf dem Brett kniend die Balance zu halten. Es dauerte nie lange, bis sie den Dreh raushatten.

SUP war die Abkürzung von Stand-up-Paddling, und stehend paddeln konnte im Prinzip jeder, Jung oder Alt. Sogar Hunde konnten mitfahren – und Hühner. Wencke hatte Marlene nun schon ein paarmal mit aufs Wasser genommen. Die beiden liebten ihre gemeinsamen Ausflüge – vor allem morgens bei Sonnenaufgang.

Ein Surfer glitt vorbei und nickte ihm zu. Jan half häufig bei seinem Bruder in der Surfschule aus und war bei den hiesigen Wassersportlern bekannt. Lässig hob er das Paddel zum Gruß. Dann wies er seine Schüler an: »Jetzt kommt der nächste Schritt: Stellt eure Füße mittig aufs Board, die Knie leicht gebeugt. Genau so!«, lobte er, als die ersten Kinder auf ihren Brettern standen. »Jetzt probiert mal, das Paddel vorne ins Wasser einzutauchen. Ich mach es vor. Guckt zu!« Er drehte mit seinem Board eine kleine Runde um die Schülergruppe. »Ihr müsst das Paddel im 90-Grad-Winkel durchs Wasser ziehen. Drei Schläge links, drei rechts. Probiert es einfach aus.«

Sechs Boards bewegten sich kreuz und quer durchs Wasser. Kinder lernten immer schneller als die Erwachsenen. Carla paddelte zügig von dannen. »Hey, Carla! Komm zurück!«, rief er laut.

Das Mädchen drehte sich erschrocken um. »Werde ich hier schon erschossen?«

CARMEN

Wieczoreks Propellermütze tauchte vor ihr auf. Er hatte die Deckung des Wagens aufgegeben und nutzte seine Qualitäten als Blockwart, um die Mädchen abzuschütteln: »Verschwindet!«

Seine Schroffheit wirkte sofort: Die Mädchen machten schleunigst die Biege. Nicht, ohne sich noch zweimal umzudrehen.

Maria war die Straße weiter hinabgelaufen. Sie stand offenbar im Begriff, die Gartenpforte der »Surfer-Lounge« zu öffnen, und winkte sie unübersehbar zu sich. Carmen näherte sich mit gesenktem Kopf, in der Hoffnung, so weniger Aufmerksamkeit auf sich zu ziehen.

»Mama!«, raunte sie. »Was willst du da? Ich denke, wir wollen nur die Nachbarn befragen!«

Ihre Mutter reagierte nicht. Die Auswahl an Nachbarn fiel überschaubar aus, musste Carmen zugeben. Wahrscheinlich hingen die alle an der Brazil-Bar ab und schlürften Cocktails. Und sie? Was tat sie? Sie führte ein Ermittlertrio zweifelhafter Qualifikation an, das es bisher lediglich geschafft hatte, zwei netten Schulmädchen einen Schrecken einzujagen. Das hatte doch keinen Zweck. Carmen versuchte, ihre Mutter am Arm wegzuziehen. »Carmen, lass mich«, moserte Maria. »Ich will nur mal gucken, was euch entgangen ist … Die Hängematte ist ja toll. Da würde ich gern mal drin liegen …«

Kaum hatte sie den Satz ausgesprochen, begann die Hängematte zu wackeln, und Nancys Kopf, diesmal umwickelt mit einem türkisgrünen Handtuch-Turban, tauchte auf. Ungläubig starrte die Professorengattin mit weit aufgerissenen Augen den Gartenweg hinunter. »Uwe!«, kreischte sie unvermittelt. Als sich Uwe auf Kommando nicht blicken ließ, trat Nancy hastig den Rückzug an und lief geradewegs durch die offene Terrassentür ins Haus.

Maria tänzelte in ihren Sneakern über den Gartenweg.
»Mama, bleib hier! Was soll das? Du gehst da nicht hin!« Sie spürte, wie sich ihre Nackenhaare aufstellten.

»Reg dich nicht immer so auf, Carmen. Wir fragen nur nach, ob die Herrschaften inzwischen wissen, wer Eigentümer des Hauses ist. Sicher wollen die sich auch beschweren. Wir sind schließlich alle erwachsen und können ganz normal miteinander reden …« Schnurstracks hielt Maria auf die geöffnete Terrassentür zu. Zögernd ging Carmen hinterher.

Als sie sich einer bauchigen Vase mit getrockneten Palmblättern an der Hauswand näherte, hörte sie Professor Uwe Groß' gedämpfte Stimme im Haus. »Ja, bitte! Schicken Sie so schnell wie möglich einen Wagen. Meine Frau hat große Angst! Wer weiß, wozu diese Leute fähig sind.« Es entstand eine kurze Pause. Dann redete Groß weiter. »Also die Alte in Pink kennen wir nicht, aber die Junge! Die ist anscheinend von unserer Ferienwohnung besessen! Sie will hier ständig einziehen! Obwohl wir hier drin wohnen! Das ist purer Terror!«

Nach einer kurzen Pause fragte er: »IS? Eher nicht. Das ist, wenn überhaupt, etwas Neues. Eine Terroreinheit, die es auf Touristen abgesehen hat!« Groß hörte offenbar kurz zu, dann fragte er nach: »Bewaffnet? Woher soll ich das wissen? Zutrauen würden wir es ihr!« Kurz darauf wandte sich der Professor an seine Frau: »Nancy-Liebling, die Polizei sagt, wir sollen uns verbarrikadieren!«

Es rumste laut, als ihnen die Terrassentür vor der Nase zugeschlagen wurde.

Anstatt wegzulaufen, wie es das Beste gewesen wäre, trommelte ihre Mutter jetzt gegen die Glasscheibe. Carmens Herz machte einen Satz. »Mama!«, rief sie entsetzt. »Lass das!«

Maria ließ sich nicht abhalten. »Kind, das ist doch wirklich albern! Wir wollen doch nur reden!« Oben flog ein Fenster auf und jemand warf eine Porzellanvase hinaus. Klirrend ging diese auf den Platten zu Bruch. Das Ehepaar schien in seiner Not zum Angriff überzugehen.

Erschrocken wandte sich Carmen zu Wieczorek um und erstarrte mitten in der Bewegung, als sie sah, dass ihr Nachbar in diesem Moment etwas metallisch Glänzendes aus seiner braunen Schultertasche zog. Und soweit Carmen das erkennen konnte, handelte es sich, ihr wurden die Knie schwach, um eine Waffe.

OKE

Die Wiese wirkte ebenso verwaist wie Mats Meyers Wohnwagen. Oke rüttelte versuchsweise am Türgriff. »Herr Meyer?« Nichts rührte sich. Sunnerbor.

Die Sonne stach. Ihm war heiß, sein Hemd klebte am Rücken. Wo zur Hölle trieb sich dieser Meyer rum? Oke stapfte einmal um das Bauwagengestell herum, ein Huhn flatterte aufgeregt fort. Die Scheller nicht da, Meyer nicht da? Was sollte das werden? Ein Hühnerkomplott?

Oke ließ sich verdrossen auf den Fahrersitz plumpsen. Er hatte sich gerade angeschnallt, als ein Funkspruch reinkam, der sein Blut in Wallung brachte: »Bewaffneter Überfall in Brasilien!« Erst glaubte Oke, sich verhört zu haben, deshalb fragte er nach. Die Zentrale bestätigte jedoch: »Überfall in Brasilien.« Ein Ehepaar werde in seiner Ferienwohnung bedroht. »Irgendeine neue Terrorzelle scheint da ihr Unwesen zu treiben!«, informierte ihn der Kollege Lasse Friedrichsen. Oke schwante Ungemach.

»Hießen die Anrufer Groß?« Er fragte, obwohl er die Antwort zu kennen glaubte.

»Genau, Groß. Sie Nancy, er Uwe Groß!«, bestätigte Lasse Friedrichsen, der wie er von einer der wegrationierten Dienststellen nach Lütjenburg versetzt worden war.

Oke stöhnte. »Ist Carmen Bachmann vor Ort?«

Lasse Friedrichsen antwortete nicht, er schien nachzusehen, was er sich bei dem Anruf aus Brasilien notiert hatte. »Ne, von einer Carmen haben die nichts gesagt. Nur, dass die Frau besessen sei von der Ferienwohnung. Und sie meinten, dass eine Verrückte in Pink versuchen würde, die Scheibe der Terrassentür einzuschlagen. Tja, und dann ist da noch dieser Kerl mit der Waffe. Sei vorsichtig, Oschi, ich schicke dir Verstärkung.«

Oke ließ den Wagen an. »Du kriegst die Motten!«, murrte er. Natürlich steckte Familie Bachmann dahinter! Was war nur mit diesen Hamburgern los? Völlig durchgeknallt! »Das Paar soll sich verbarrikadieren«, meinte Oke an den Kollegen gewandt. »Habe ich auch schon gesagt!«, meinte Friedrichsen. Er klang sehr zufrieden mit sich.

Das Polizeiauto schaukelte über die Kuhlen in der Wiese. Sobald er Asphalt unter den Reifen hatte, trat Oke aufs Gas.

Natürlich fuhr er nach Brasilien. »Ich habe ja auch nichts anderes zu tun«, dachte er ironisch, »als mich um Überfälle auf Ferienwohnungen zu kümmern.«

Er düste über Behrensdorf und Hohenfelde Richtung Schönberg. Aus den Boxen drang »What a Wonderful World«, und Oke sang mit Louis Armstrong mit.

WENCKE

Heute war Marlenes großer Tag! Wo auch immer Wencke mit dem Huhn aufkreuzte, klickten Kameras. Marlene war bei Einheimischen und Feriengästen gleichermaßen beliebt. Und nun sollte sie sogar ins Fernsehen kommen.

Ein Fernsehbeitrag war harte Arbeit. Das erkannte sie jetzt. Es dauerte gefühlte Stunden, bis die Kameras im Fischhus aufgebaut waren. Am Tresen gefiel der Kamerafrau das Licht nicht und im Vorzelt war es ihr zu laut, weil ständig Gäste kamen oder gingen.

Erst hatte sie für das Fernsehteam Algen-Smoothies gemacht, dann hatte sie mit ihnen ein wenig über gesunde Ernährung, Hühnerhaltung und den Sinn und Zweck von Strickwesten für Hennen plaudern wollen. Doch niemand schien Zeit zu haben. Die Crew blieb nie an einer Stelle, sondern befand sich ständig in Bewegung. Irgendjemand schob immer gerade ein Stativ umher, rollte Kabel aus oder rief »Check, Check« ins Mikro. Es fiel nicht mal auf, als sie sich mit dem »Star« der Sendung davonmachte.

Wencke setzte sich mit Marlene in den Strandkorb. Es war ein guter Platz, um ein wenig Abstand vom Getümmel im Fischhus zu bekommen. Wencke wandte sich Marlene zu, die auf das rote Samtkissen neben ihr flatterte.

Sie strich dem Huhn sachte über die nachgewachsenen Federn. Marlene gab einen kleinen Laut von sich und schloss die knittrigen Augenlider. Sie schien rundum zufrieden zu sein.

Sie verstanden sich inzwischen sehr gut. Was vor allem daran lag, dass Marlene eine empathische Zuhörerin war. Und wenn sie Marlene mit aufs SUP nahm und ein paar Yogaübungen auf dem Brett absolvierte oder mit ihr in den Dünen spazieren ging, spürte sie ein besonderes Band zwischen sich und der alten Legehenne. Auch wenn Inse meinte, dass es so was nicht gebe.

Sie musste zugeben, sie hatte vor Marlene in Hühnern ebenfalls nie mehr als Eierlieferanten gesehen. Wie die meisten Menschen hatte sie Hühner sogar für dumm gehalten. »Dummes Huhn«, sagte man doch. Aber Marlene hatte im Gegenteil einen guten Spürsinn und ein hervorragendes Gedächtnis. Wenn es zum Beispiel darum ging, sich zu erinnern, wo Jan die Fischbuletten aus dem Großmarkt versteckt hatte, versagte sie nie. »Sag deiner Miss

Marple, sie soll ihren Schnabel in ihre eigenen Angelegenheiten stecken«, empörte sich Jan dann.

»Frau Husmann?« Die Kamerafrau steckte den Kopf zur Tür heraus. »Wir wären so weit.« Sie sollte an dem Bar-Tisch vor dem verblichenen Rettungsring Platz nehmen.

Die Kamerafrau, eine blasse Person in einem Spaghettiträger-Top, ausgefransten Jeans und unförmigen Boots, bewegte sich vorsichtig auf sie zu. »Entschuldigung, Ihre Haare stehen hier etwas ab«, erklärte die Blasse und wollte ihr ins Haar fassen. Wencke wich zurück. Die ruckartige Bewegung veranlasste Marlene, mit den Flügeln zu schlagen, was wiederum die Fernsehfrau verunsicherte. »Oder Kai, gib ihr mal eben meinen Handspiegel aus der Tasche!« Kai, der eher wie ein langhaariger Bombenleger wirkte als wie ein Mitarbeiter des öffentlich-rechtlichen Fernsehens, kramte verdrossen in ihrem olivgrünen Rucksack herum.

»Für mich müssen Sie keinen Spiegel holen«, sagte Wencke schnell. »Meine Haare sehen immer so aus.« Sie lächelte schief. »Da kann man nichts machen. Das ist Natur.« Die Kamerafrau gab sich geschlagen, wirkte aber frustriert.

In dem Moment stand Fernsehmoderator Roy Lundt von seinem Barhocker auf. »Ist unser Film-Huhn bereit?«

Der Moderator, ein hypernervöser Typ mit roter Höckernase, hatte etwas abseits gesessen und sich mit seinen Interviewfragen beschäftigt. Je länger er auf seine Spickzettel gestarrt hatte, desto häufiger hatte er seinen deformierten Nasenrücken befingert. Den Smoothie hatte er gar nicht angerührt, stellte Wencke enttäuscht fest. Sie ließ sich aber nichts anmerken. »Natürlich!«, antwortete sie.

»Grack«, machte Marlene.

»Klingt ja seltsam, Ihr Huhn«, wunderte sich Lundt und fuhr sich fahrig durchs Haar. Je näher die Aufnahme rückte,

desto aufgeregter schien er. Wencke zuckte die Achseln.
Lundt fiel noch etwas ein: »Denken Sie bitte dran: Nur
kurze Antworten geben, ein bis zwei Sätze genügen!« Er
lachte gekünstelt. »Sendezeit ist teuer.« Der Fernsehrepor-
ter warf einen letzten Blick auf seinen Spickzettel, verstaute
ihn in der Gesäßtasche und gab der Frau an der Kamera
das Startsignal: »Okay, ready.«

Roy Lundt sah jetzt geradewegs in die Linse. Er hatte
tatsächlich Lampenfieber, bemerkte Wencke. Nicht nur
seine Hände zitterten, auch seine Stimme vibrierte leicht,
als er ins Handmikro sprach: »Wir sind heute im Fischhus in Hohwacht bei Wencke Husmann, und die Fischbude hat seit ein paar Wochen Zuwachs: Frau Husmann,
wie sind Sie aufs Huhn gekommen?«

Ein Zimmermann auf der Walz, der am Tresen auf Bedie-
nung wartete, rief dazwischen: »Kann man hier heute nix
bestellen? Ich wollte bloß ein Fischbrötchen.«

Da sie mit dem Rücken zum Tresen saß, rief sie kur-
zerhand über die Schulter: »Bestellen können Sie – aber
keine Fischbrötchen. Heute gibt's Blumenkohl-Algen-
Bratlinge und Wenckes Algen-Glück, das ist ein Smoothie. Ich komm gleich mal rüber.« Dann lächelte sie, jetzt
ganz Geschäftsfrau, in die Kamera. »Also das ist hier keine
Fischbude mehr in dem Sinne. Wir verkaufen nur noch
vegane Speisen …«

Lundt gab der Kamerafrau ein hektisches Zeichen und
die Aufnahme wurde abgebrochen. Seine blasse Kollegin
stöhnte. »Frau Husmann, eine Bitte«, sagte Roy Lundt mit
der betont geduldigen Stimme eines Erziehers im Kindergarten, »bleiben Sie beim Thema – und bitte brüllen Sie
nicht quer durch den Raum! Am besten, wir sperren das
Fischhus kurz ab. Geht das?«

Wencke schüttelte energisch den Kopf. »Das geht gar nicht!«

Der Fernsehmoderator seufzte. »Na gut, dann geht's hoffentlich ohne Störung weiter.« Er warf dem Zimmermann einen abfälligen Blick zu.

»Um es kurz zu machen«, sie sah Beifall heischend zu Lundt, aber der reagierte nicht, »Marlene habe ich von Mats bekommen, Herrn Meyer, meine ich, der für die Tierschutzpartei im Rat in Hohwacht sitzt. Erst hatte er sich von den Grünen aufstellen lassen, aber das war wohl nicht seine Partei.«

Lundt formte mit den Lippen das Wort »kurz«.

Wencke wollte sich nicht aus dem Konzept bringen lassen. »Ich finde die Grünen auch nicht mehr so gut! Das muss man auch mal sagen können.« Lundts Kopf sah aus, als würde er gleich explodieren, und sie beeilte sich zu antworten: »Mats, also Herr Meyer, hat jedenfalls einen Verein gegründet, den wir gerade ›Hühner ohne Grenzen‹ getauft haben. Aufgabe des Vereins ist es, Legehennen aus zu engen Ställen zu retten. So kam Marlene ins Fischhus.« Sie spitzte die Lippen und wartete höflich auf die nächste Frage. Doch bevor Lundt diese stellen konnte, meldete sich der Zimmermann erneut zu Wort. Er hatte offenbar vergessen, dass er still sein sollte, oder es war ihm egal: »Haben Sie auch Pommes?«

Lundt zuckte ein weiteres Mal zusammen, als Wencke über die Schulter zurückbölkte: »Ne, zu viel Fett!«

Roy Lundt ließ die Kamera erneut stoppen. Marlene nutzte die Zeit, um draußen frische Luft zu schnappen. Das hätte Lundt ebenfalls gutgetan, dachte Wencke. Sein Gesicht hatte eine sehr ungesunde Farbe angenommen, selbst als es weiterging, wirkte er noch mitgenommen.

»Sie sprechen von alten Legehennen. Wie alt sind die Tiere, die Sie retten?« Roy Lundt klang sehr beherrscht.

»Das ist eine gute Frage«, lobte sie ihn, auch, weil sie das Gefühl hatte, den Moderator etwas aufmuntern zu müssen. »Eigentlich sind sie gar nicht alt. Marlene zum Beispiel feiert im August ihren zweiten Geburtstag.« Der Zimmermann im Hintergrund gluckste. »Aber für den Landwirt sind Hühner in dem Alter zu nichts mehr nutze. Sie legen zwar noch, aber nicht mehr so viel. Für den Hühnerbauern ein Verlustgeschäft. Deshalb lässt er die alten Hennen töten. Ich finde das schrecklich …«

Der Zimmermann an der Theke hatte sich offensichtlich entschieden. »Dann probiere ich mal das Gemüsedingens.«

Roy Lundt schien inzwischen wild entschlossen, das Interview so rasch wie möglich zu beenden. Er wies die Kamerafrau an, einfach draufzuhalten. »Soll das heißen, ›Hühner ohne Grenzen e.V.‹ vermittelt Tiere aus illegal wirtschaftenden Betrieben?«

Wencke schüttelte den Kopf. »Ne! Bodenhaltung ist legal. Aber für mich eben nicht artgerecht.«

Eigentlich hätte sie gern von den Eiern erzählt, die Marlene stets hinterm Dünengras versteckte, aber in dem Moment kam Postbote Holtermann herein und bestaunte das Kabelgewirr: »Oha. Wer von euch albernen Hühnern kommt ins Fernsehen?«

Bevor Wencke ihn zurechtstauchen konnte, winkte der Zimmermann mit seinem schwarzen Zunft-Hut: »Ich hab nicht ewig Zeit! Kriege ich hier nun was zu essen oder nicht? Andere Leute müssen schließlich arbeiten.«

Sie wollte sich bei Roy Lundt vergewissern, ob es in Ordnung sei, kurz den ungehaltenen Gast zu bedienen, aber der Moderator war von der Bildfläche verschwunden. Er war mit dem Oberkörper unter einen Bar-Tisch abgetaucht. Es erschien ihr, als suchte er etwas: »Wo ist denn jetzt das verflixte Huhn hin? War das die ganze Zeit nicht dabei?«

OKE

Dies war nicht sein Tag. Nicht nur, dass er mal wieder die Bachmanns – diesmal in neuer Zusammensetzung – an den Hacken hatte. Es kam zusätzlich Papierkram auf ihn zu, weil er Horst Wieczoreks »Waffe« hatte beschlagnahmen müssen, unter Androhung eines Bußgelds. Dieser Mensch führte tatsächlich eine täuschend echt aussehende Pistole mit sich! Weil er sich für einen Ermittler hielt! Oke schüttelte den Kopf. Die Welt außerhalb seiner Werkstatt am Möwenweg wurde immer spleeniger. Und zu allem Überfluss traf sich heute der Hohwachter Gemeinderat, um über die Pläne für den Hähnchenmaststall zu beraten.

Um 19 Uhr sollte die Sitzung beginnen. Wegen des großen öffentlichen Interesses hatte Bürgermeister Bernd Busse die Versammlung in den Frühstückssaal der Pension »Malgorzatas Zimmervermietung und Meer« an die Strandpromenade verlegt.

Okes Armbanduhr zeigte kurz nach sechs, als er in einer Nebenstraße der Pension eintraf, an der die Mannschaftsbusse der Hundertschaft warteten. Hallbohm hatte auch einen Wasserwerfer geordert. Normalerweise wurden die Wasserwerfer im Kreis hauptsächlich zu den Abschiedsfeiern scheidender Kollegen eingesetzt. Offenbar erwartete der Polizeichef eine Straßenschlacht mit Horden militanter Tierschützer – oder einen Flächenbrand.

Einige Kollegen stiegen aus, um sich die Beine zu vertreten. Die meisten sahen düster drein. Heiner Dubbels, früher Polizeistation Selent, hatte seinen Humor jedoch nicht verloren. »Jetzt ein Feierabendbierchen. Das wäre ein Träumchen!« Er deutete mit dem Daumen in Richtung Strandpromenade.

»Wenn du eine Abkühlung brauchst, stell dich vor den Wasserwerfer«, frotzelte ein anderer Polizist.

Zwischen den Schutzhelmen tauchte der dottergelbe Haarschopf der Pensionswirtin auf. Sie zeigte auf das Polizeiaufgebot: »Was wird das hier, wenn's fertig ist, Oschi?« Malgorzata Rieken hatte polnische Wurzeln und rollte das »R« mehr als sonst, was Oke als Zeichen ihrer Aufregung deutete. Schließlich fand nicht alle Tage eine Ratssitzung in ihrem Frühstückssaal statt.

»Nicht meine Idee«, knurrte er. Polizeichef Hallbohm übertrieb es wirklich. Am Hotel hatte Oke nicht einen einzigen Demonstranten ausgemacht. Er konnte sich nicht vorstellen, dass noch jemand nach dem Zwischenfall mit Bartelsen demonstrieren wollte. Außer vielleicht Mats Meyer.

Malgorzata beobachtete, wie Heiner genüsslich einen Müsliriegel auswickelte, und ein Leuchten trat in ihre Augen. Jäh konnte die Wirtin der Situation etwas Positives abgewinnen: »Haben deine Kollegen Hunger?« Kaum, dass sie die Frage gestellt hatte, trabte sie in Richtung der Mannschaftsbusse. Er vermutete, um erste Bestellungen entgegenzunehmen.

Ein paar Stadtteilpolitiker tauchten zwischen den Polizisten auf. Wieso kamen die jetzt alle hier entlang? Neugierig glotzten die Abgeordneten auf die Mannschaftsbusse. Oke erkannte Freddy Klose von der CDU, der prompt stehen blieb: »Moin, Oschi! Wo geiht di dat?«

Oke fummelte an seinem engen Hemdkragen. »Mutt ja.«

Die Kollegen standen sich weiter die Beine in den Bauch. Alle bis auf Heiner, der saß auf der Bordsteinkante und zerrte an seinem Einsatzstiefel. »Senk- und Spreizfuß«, erklärte er, während er sich die Zehen rieb. »Wirklich schmerzhaft.«

Oke lief zum Hotel. Fast glaubte er, Mats Meyer würde nicht kommen. Doch kurze Zeit später sah er das Hahnenkostüm und stiefelte darauf zu: Mit diesem komischen Vogel hatte er ein Hühnchen zu rupfen.

»Moin, Herr Meyer!«

Die Antwort klang dumpf, weil Meyer den Vogelkopf nicht abnahm: »Moin, Herr Kommissar.« Wollte Meyer ihn etwa vergackeiern?

»Nehmen Sie das Ding ab – Dammi noch mal to!«, bollerte Oke. »Sie verstoßen gegen das Vermummungsverbot!«

Meyer zog den Vogelkopf ab, seine Haare standen wie elektrisiert ab. »Was jetzt? Bin ich wieder mal verhaftet? Dann müssen Sie mir aber bitte nachweisen, dass ich hier demonstriert habe. Ein Vermummungsverbot gilt nur bei öffentlichen Versammlungen ...«

Der Mann war ziemlich gewieft, musste Oke zugeben. Als Polizist hatte er einen gewissen Ermessensspielraum, wann er das Vermummungsverbot durchsetzte.

Oke fuhr sich unschlüssig über die Stoppelhaare. Er konnte Meyer jetzt sofort mit aufs Revier nehmen und ihn nochmals befragen. Doch in dem Fall würde er die Ratssitzung verpassen. Wie er es machte, machte er es falsch. Hohwacht war ein undurchdringliches Dickicht aus Problemen und Wirrungen geworden. Dunnerwedder noch eins!

Grimmig starrte er Meyer an. »Sie kommen morgen Punkt neun zur Befragung aufs Revier in Lütjenburg!«

Meyers Adamsapfel kletterte hoch und runter. »Aber gern doch, Herr Wachtmeister.« Oke war sich immer noch unsicher, ob Meyer Hühnergötter auf Landwirte und gegen Fenster schleuderte. Der Kerl trat verdammt selbstbewusst auf, als ob er sich keine Sorgen machen müsste.

In dem Moment sah Oke von Weitem Lennart und Berit Bartelsen zu Fuß herüberkommen. Sie mussten irgendwo weiter hinten geparkt haben. Der Hotelparkplatz war vorhin schon voll gewesen. Kein Dorfbewohner wollte diese Veranstaltung verpassen. Oke ging zu ihnen. An diesem Abend würde er Mutter und Sohn höchstselbst Personenschutz gewähren.

»Willkommen zu unserer heutigen Ratssitzung«, begrüßte etwas später Bürgermeister Bernd Busse die Anwesenden im Frühstücksraum.

»Lauter!«, rief jemand aus der hinteren Saalecke. Der Gemeindechef wiederholte seinen Gruß. Busse wirkte angespannt. Das hing natürlich mit Top Drei der Tagesordnung zusammen: »Bau einer Maststallanlage«. Seit Wochen gab es im Dorf kaum ein anderes Thema – von der Spaßregatta und Wenckes Huhn abgesehen – und Busse hatte als Oberhaupt der Gemeinde nun die schwierige Aufgabe, die Wogen zu glätten. Oder zumindest zu verhindern, dass die Sache aus dem Ruder lief.

Im Frühstücksraum gab es kein Durchkommen. Obwohl es nach 19 Uhr war, strömten immer weiter Zuschauer zur Tür hinein und sahen sich nach einem freien Platz um. Oke erkannte mindestens zwei Demonstranten vom Lütjenburger Marktplatz. Allerdings trugen sie dieses Mal keine Plakate bei sich. Zu einer regulären Protestkundgebung vor der Pension hatte sich augenscheinlich niemand durchringen können. Lediglich ein versprengtes Häuflein Tierschützer stand unsicher vor der Pension herum, umringt von einem Dutzend Polizisten, die düster unter ihren Schutzhelmen hervorblickten. Nach wenigen Minuten löste sich die Gruppe auf.

Malgorzata Rieken hatte Tische und Stühle für die Ratssitzung neu angeordnet. Die Ratsmitglieder saßen an einem »U« mitten im Raum. Die Zuschauer leitete die Hotelchefin indes zu den Stühlen im hinteren Teil des Saales. Hier befanden sich normalerweise das kalt-warme Buffet und der Wagen mit Besteck und Geschirr.

In dem überfüllten Raum herrschten Backofentemperaturen. Dennoch legte Busse weder seine Kapitänsmütze noch die Kapitänsjacke ab. Oke hatte den Freizeitkapitän noch nie ohne seine Lieblingskluft gesehen. »Wahrscheinlich geht er damit sogar ins Bett«, hatte Inse mal gemeint. Was seine Frau für Vorstellungen hatte!

»Was dagegen, wenn ich ein Fenster öffne?« Ein Abgeordneter der Wählergemeinschaft hatte die Hand bereits am Fenstergriff.

»Ja!«, brüllte die SPD-Ratsfrau Siggi Hayen.

»Unsere Frau Hayen hat es mit dem Nacken«, erklärte Busse jovial. Er nahm es ernst mit dem Interessenausgleich.

»Wer möchte etwas trinken?« Malgorzata Rieken stand – jetzt in weißer Schürze – an der Schwingtür zu ihrer Küche und sah sich nach durstigen Kehlen um. »Ich habe Flensburger und Dithmarscher da …« Der Bürgermeister bestellte ein stilles Wasser.

Die ersten beiden Punkte der Tagesordnung wurden fix abgehandelt. Oke öffnete den obersten Knopf seines Hemdkragens. Sehnsüchtig blickte er durch das Panoramafenster. Als würde der bloße Anblick des Meeres Abkühlung bringen. Er sah ein Elternpaar, das an diesem schönen Abend mit seinen drei kleinen Kindern am Strand Ball spielte. Es war eine friedliche Szene. Oke atmete durch. In Hohwacht passierte nie etwas. Eigentlich.

Ob es an den Temperaturen lag, den Mannschaftsbussen vor der Tür oder der unveränderlichen Tatsache, dass ein Mann aus dem Ort auf unnatürliche Weise ums Leben gekommen war – Oke schaffte es nicht, sich zu entspannen.

Wenn Meyer unschuldig war – konnte jeden Moment ein weiterer Hühnergott durch diese große Scheibe fliegen. Wer wusste schon, ob Bartelsens Mörder nicht wieder zuschlug? Beunruhigt stand Oke auf, ohne zu merken, dass ihn Ratsmitglieder und Zuschauer irritiert anstarrten. »Alles okay, Oschi?« Busse sah ihn besorgt an.

Oke besann sich. »Äh, ja, alles okay.« Draußen hatten die Kollegen ein Auge auf potenzielle Steinewerfer, redete er sich zu. Selbst wenn Heiner noch mit seinen Spreizfüßen zugange war.

Mats Meyer trug weiterhin das Vogelkostüm. Den Kopf mit dem Stoff-Kamm hatte er allerdings neben die ausgedruckte Tagesordnung auf den Tisch gelegt. Tote Knopfaugen blickten ins Leere. Sie kamen Oke wie ein schlechtes Omen vor.

»Kommen wir zu Top Drei«, sagte Busse und seine Stimme klang anders als sonst.

»Gack-Gack«, machte Mats Meyer und fing sich einen scharfen Blick des Sitzungsleiters ein.

»Geplant ist der Bau einer Hähnchenmastanlage für 29.999 Tiere. Im Prinzip ist der Bau nicht zu verhindern. Wir haben die gesetzliche Pflicht, das Vorhaben zu genehmigen, wenn sich der Antragsteller an die Vorgaben hält. Das läuft wie bei der Anlage in Kosel.«

Meyer kommentierte erneut: »Gack-Gack.« Er wusste, wie man seine Zeitgenossen provozierte.

Busse erhob sich halb von seinem Sitzplatz. Die Sonne spiegelte sich in den blanken Metallknöpfen seiner Kapitänsjacke. »Meyer, wenn Sie weiterhin dazwischengackern, muss ich Sie bitten, den Saal zu verlassen.« Seine Ausdrucksweise sorgte für einige Lacher im Publikum. Den Bürgermeister scherte das nicht. Er kannte seine Pappenheimer. »Ich rate Ihnen, passen Sie Ihr Verhalten der Würde dieses Parlaments an. Außerdem möchte ich Sie daran erinnern, dass Angehörige von Fynn Bartelsen hier sind …« Er nickte den Hinterbliebenen zu.

Meyer hatte schweigend zugehört, dann korrigierte er Busse: »Es heißt ›Herr Meyer‹.«

Dieser Kerl ließ sich absolut nichts sagen. Aus der hintersten Reihe ertönte ein schüchterner Zwischenruf: »Könnte jemand bitte das Fenster öffnen?«

Wie aus einem Mund riefen der Bürgermeister und die SPD-Abgeordnete: »Nein!« Busse erklärte: »Das zieht wie Hechtsuppe.«

Der Bürgermeister schien kurzzeitig aus dem Konzept geraten zu sein. Jedenfalls erklärte er nun bereits zum zweiten Mal an diesem Abend, dass der Rat lediglich über den Bauantrag für den Stall befinden könne. »Es ist im Grunde genommen egal, wie Sie Massentierhaltung finden!«

Eine Reaktion auf diese Aussage ließ nicht lange auf sich warten: »Lächerlich!«, kommentierte ein Zuhörer.

Eine rothaarige Zuschauerin sprang empört von ihrem Sitz auf: »Und was ist mit den 252 Unterschriften, die wir gesammelt haben?«

Hilka Borchert vom Weltladen der evangelischen Kirche, die einige Häuser am Ortsrand besaß, stand von ihrem Platz auf. »Hat bereits jemand an den Verkehr gedacht? Tiertransporte, Futtermittellieferungen und so weiter?« Ein goldener Eckzahn blitzte auf, als die Frau sprach. »Die Häuser werden an Wert verlieren, wenn Lennart Bartelsen seine Hähnchenmast aufzieht«, lamentierte das Gemeindeglied. Ihr mit Altersflecken übersäter, knochiger Finger zeigte in Richtung der Kommunalpolitiker: »Darüber solltet ihr euch auch mal Gedanken machen!«

Busse griff zerstreut zu seinem Wasser, ließ es aber stehen. »Alles zu seiner Zeit, Hilka. Die Auswirkungen auf die Verkehrsströme beraten wir im Verkehrsausschuss. Ich darf Sie außerdem alle bitten, sich mit Äußerungen zurückzuhalten. Es sei denn, Sie gehören dem Rat an. Bürger haben in der Bürgerfragestunde Gelegenheit, Wünsche und Anmerkungen vorzubringen. Das ist dann Top Neun.«

Hilka Borchert stand abrupt wieder auf. Diesmal, um den Saal zu verlassen. »Top Neun? Das hier ist eine einzige Farce!«

Als könnte er es selbst nicht abwarten, die Sitzung hinter sich zu bringen, machte Busse im Stakkato weiter. »Zusammengefasst: Der Bauantrag erfüllt die Vorgaben des Baugesetzbuches nach Paragraf 35. Alle Voraussetzungen für ein privilegiertes Bauvorhaben im Außenbereich sind erfüllt. Die Gemeinde muss dem Bauordnungsamt des Landkreises ihr Einvernehmen kundtun.«

Bernd Busse nahm hastig einen Schluck Wasser. Wie ein Verdurstender leerte er das Glas in einem Zug. Oke ahnte, wie sich der Bürgermeister fühlte: Viele Einheimische und auch Touristen wollten keinen Hähnchenmaststall im Küstenort und gleichzeitig mochte Busse der alteingesessenen Familie des getöteten Bartelsen keinen Wunsch abschlagen. Der Maststallbau wurde zum letzten Willen des Hühnerbarons.

»Es tut mir leid, aber der Rat ist hier nicht zuständig. Wir dürfen wie andere Behörden nur eine Stellungnahme abgeben.« Busse schaute sich Verständnis heischend im Frühstücksraum um. »Bevor ich dazu Diskussionsbeiträge der Ratsmitglieder höre, möchte ich Lennart Bartelsen begrüßen und bitten, uns das Bauvorhaben kurz vorzustellen.« Ein Murmeln ging durch die Zuschauerreihen, während sich Lennart erhob.

In diesem Moment donnerte etwas mit so ungeheurer Wucht gegen das Panoramafenster, dass die Scheibe wackelte. Die Rothaarige kreischte hysterisch. Und irgendwer schrie: »Alle ducken!«

WENCKE

»Och, ist der Fernsehfritze schon weg?« Inse versuchte gar nicht erst, ihre Enttäuschung zu verbergen.

»Mach dir nichts draus. Die waren hier sowieso schon alle total gestresst. Ich wusste gar nicht, wie anstrengend solche TV-Produktionen sind.« Wencke verzog die Mundwinkel, dann fiel ihr ein, was sie ihre Freundin unbedingt fragen wollte: »Mal was anderes: Hast du davon gehört, dass Swantje Scheller weg ist?«

Inse nickte. »Das hat Oke erwähnt, woher weißt du es denn?«

Wencke erzählte ihr, dass sich die Frau des Orthopäden seit Tagen nicht zu Hause hatte blicken lassen. »Wie vom Erdboden verschluckt, heißt es in der Praxis.«

Das Fischhus war die inoffizielle Nachrichtenzentrale von Hohwacht. Insofern wunderte es Wencke nicht sonderlich, dass sie mindestens so gut informiert war wie die Polizei. Da guckte Inse dumm aus der Wäsche. Wencke freute sich insgeheim. Sie war noch immer ein kleines bisschen mucksch, dass Inse sich über ihre enge Beziehung zu Marlene lustig gemacht hatte. Aber richtig böse konnte sie der Freundin nicht sein.

Die beiden Frauen machten es sich mit je einer Tasse selbst gemachtem Eistee im Strandkorb hinterm Fischhus bequem und lauschten einen Augenblick schweigend den Rufen der Möwen am Strand. Kraah-Kraah, schrie eine besonders große Möwe von einem Laternenpfahl an der Promenade herab. »Vor allem, dass Dr. Scheller nicht zur Polizei gegangen ist, das ist doch komisch, oder?«, fing Wencke wieder an. »Nicht, dass er sie …«, sie brach den Satz ab und machte stattdessen mit beiden Händen eine Bewegung, als würde sie jemanden erwürgen.

Wencke kicherte und Marlene gab mehrere keckernde Laute von sich: »Gack-Grah, Gack-Grah.« Inse warf dem Huhn einen irritierten Blick zu. »Wieso sollte er sie umgebracht haben? Hatten die Schellers denn Streit?« Sie schien an der Antwort ehrlich interessiert zu sein.

Wencke zuckte die Schultern. »Was weiß ich? Dass er sie erwürgt haben könnte, meinte ich nur aus Spaß.«

Inse schaute sie halb strafend, halb belustigt an: »Also echt, darüber macht man keine Witze.«

Wencke blickte gespielt schuldbewusst auf ihre Sandalen. »Ja, ich weiß.« Dann lächelte die Polizistenfrau. »Komm, Wencke, seien wir realistisch, die Scheller ist doch nicht wirklich weg! Wahrscheinlich haben die beiden sich nur gestritten und Swantje ist zu ihrer Mutter oder zu einer Freundin oder so. Und ihm ist die Angelegenheit zu peinlich, um drüber zu reden.«

Wencke schürzte die Lippen. »Ja, kann sein. Was ich allerdings sehr merkwürdig finde, ist, dass das Ganze passiert ist, nachdem man den toten Bartelsen von der Straße aufsammeln musste.«

Inse verschüttete fast ihren Tee. »Wencke, dass du so herzlos reden kannst, also ehrlich!«

Wencke kicherte wieder. »Och, komm. Wir kennen die doch eigentlich gar nicht. Aber seltsam ist auch, dass Swantje Scheller und Fynn Bartelsen in der Schulzeit ein Paar waren …«

Ihre Freundin gab sich begriffsstutzig: »Du willst mir jetzt nicht erzählen, dass Axel Scheller erst Bartelsen umgebracht und jetzt noch seine Frau aus dem Weg geschafft hat?«

Sie nickte, was Inse zu einem Lachanfall brachte. »Ach, hör auf, Wencke. Das ist Seemannsgarn und das glaubst du doch selbst nicht. Nur, weil die vor hundert Jahren mal zusammen waren?«

Inse nahm ihre Theorie absolut nicht ernst. Sie würde sich überlegen, ob Inse wirklich ihre beste Freundin bleiben sollte. »Vielleicht hat Axel Scheller das erst jetzt rausgefunden! Sagtest du nicht, dass er den Tod von Bartelsen festgestellt hat? Was hat er auf dem Marktplatz zu suchen gehabt? Wieso war er nicht in seiner Praxis? Hat er sonnabends nicht diese Notfallsprechstunde?«

»Das weiß ich nicht. Aber es könnte auch anders sein. Höre hierzu meine Überlegung: Sie hat Bartelsen getötet und versteckt sich jetzt. Ich weiß nämlich zufällig, dass sie eine ziemlich gute Werferin ist. Meine Cousine war mal mit ihr beim Klootschießen.«

OKE

Es dauerte einen Augenblick, bis Oke erkannte, dass nur ein Ball gegen das Fenster geflogen war. Sie mussten sich alle beruhigen!

Das schwarze Hemd ließ Bartelsen junior noch etwas bleicher wirken, als er ohnehin schon war. Auf Oke machte der junge Farmbesitzer mit der unreinen Haut und der schlaffen Körperhaltung den Eindruck eines unsicheren Oberstufenschülers, nicht den eines zupackenden Geschäftsmannes.

»Ähm«, fing Lennart Bartelsen an und errötete leicht. »Mein Vater hatte vor seinem Tod geplant, einen Maststall zu bauen, und wir als seine Familie wollen diesen Plan umsetzen.« Er warf einen Seitenblick auf seine Mutter. Die hatte den Kopf jedoch demonstrativ von ihm weggedreht. Oke merkte auf. Uneinigkeit im Hause Bartelsen? »Der Maststall wird insgesamt 86 Meter lang und 22 Meter breit. Wir rechnen mit 35 Kilogramm Fleisch pro Quadratmeter.« Sofort schoss Meyers Hand nach oben.

Der Bürgermeister sah den Tierschutzpolitiker streng an. »Wir wollen unseren Gast nicht unterbrechen!« Meyer hielt den Mund, was ihm sichtlich schwerfiel.

»Wir planen, die Abwärme unserer Biogasanlage zu nutzen. Wir brauchen ein weiteres Standbein.« Bartelsen junior wandte sich wieder seiner Mutter zu. Doch die reagierte nicht. Mit etwas festerer Stimme erklärte Lennart dem Auditorium: »Wir müssen etwas tun: Die Förderung der Biogasanlage läuft nächstes Jahr aus. Und von irgendetwas müssen wir leben!« Lennart ließ sich zurück auf seinen Stuhl sinken. Er schien erleichtert, diesen Part der Sitzung hinter sich gebracht zu haben.

»Kommen wir zu den Diskussionsbeiträgen. Fangen Sie in Gottes Namen an, Meyer«, räumte Busse seufzend ein. Meyer stand auf.

»Herr Meyer, so viel Zeit muss sein, Herr Busse. Ich habe als Erstes eine Frage an den künftigen Maststallbetreiber: Sie rechnen mit 35 Kilogramm Fleisch – nicht mit lebendigen Tieren?« Die Frage sollte den jungen Mann aus der Reserve locken. Aber Lennart Bartelsen kam offensichtlich nach seiner Mutter. Er war kein Hitzkopf und ging nicht auf die Frage ein.

»Sagen Sie uns doch mal: Wie viele Tiere werden in dem Stall leben?«, bohrte Meyer weiter.

Lennart Bartelsens Gesichtsmuskulatur spannte sich an. Beherrscht sagte er: »Die Zahl, die ich Ihnen eben genannt habe, bedeutet, dass sich gegen Ende der Mastzeit bis zu 26 Tiere einen Quadratmeter Stallboden teilen.«

Raunen im Publikum. Meyer blickte sich triumphierend um. Die Reformhausmitarbeiterin wirkte, als würde sie gleich in Tränen ausbrechen.

»26 Tiere auf einem Quadratmeter«, wiederholte Meyer langsam. »Können Sie sich vorstellen, was das bedeutet?« Er wartete keine Antwort ab, sondern nutzte die Stille, um gegen die Baupläne zu wettern: »Tiere aus Mastställen sind sogenannte Hybridrassen. Denen man das Sättigungsgefühl weggezüchtet hat. Am Ende der Mast können sie kaum stehen, weil ihre Brüste zu schwer werden. Sie bekommen schmerzhafte Druckstellen an den Fußballen.« Seine Stimme klang inzwischen messerscharf. »Aber glücklicherweise dauert es von diesem Zeitpunkt an nicht mehr lange, bis die Masthühner schlachtreif sind. Dann werden sie von ihrem Leiden erlöst.«

Im Saal blieb es seltsam still. Die Pensionswirtin hielt den Zeitpunkt für gekommen, Bestellungen aufzunehmen. Sie zückte Block und Stift aus der Schürze: »Kurze Frage in die Runde: Will schon jemand für hinterher bestellen? Als Tagesgericht habe ich heute Scholle mit Kartoffelsalat und alternativ Chicken Nuggets mit Pommes.«

Christdemokrat Freddy Kloses hob die Hand über den

Kopf: »Für mich die Chicken Nuggets, doppelte Portion.«
Im Frühstücksraum ertönte kollektives Stöhnen. Freddy
Klose fühlte sich sichtlich zu Unrecht angegriffen: »Was
denn? Ich mag Chicken Nuggets! Außerdem gibt es die
Mastanlage ja noch gar nicht ...«

Meyer zeigte auf den Christdemokraten. »Sie haben aber
auch nix begriffen, Herr Klose!« Dann wurde er sachlich.
Mit einer Ernsthaftigkeit, die Oke dem sonst so sarkasti-
schen Tierschützer nicht zugetraut hätte, erklärte dieser
seinen Ratskollegen: »Die Gemeinde kann ihr Einvernehmen sehr wohl verwehren. Sie muss nur öffentliche Belange
gegen das Bauvorhaben anführen. Ich habe das alles in
anderen Fällen nachgelesen. Wir könnten zum Beispiel
sagen, dass der Naturschutz gegen den Maststall spricht
oder die Erholungsfunktion des Areals!«

Der Bürgermeister verschluckte sich fast an seinem Wasser. »Erholung? Soweit ich weiß, ist Bartelsens Wiese eine
Industriebrache mit unschönen Altlasten ...«

Lennart fixierte die Tischplatte an, seine Mutter starrte
weiter vor sich hin. Es schien offenkundig, dass die beiden
nichts mehr zur Diskussion beitragen wollten. Oke hoffte,
dass die Sitzung ein baldiges Ende finden würde, aber nun
meldete sich ausgerechnet Jule Schmidt von den Grünen zu
Wort. Sie galt als Phrasendrescherin. In einem einschläfern-
den Singsang trug sie die Bedenken ihrer Partei vor.

»Wir sagen Nein zu industrieller Tierquälerei, Gefähr-
dung unserer Gesundheit durch multiresistente Keime und
einer Mehrbelastung von Wasser und Boden durch industriell
betriebene Landwirtschaft.« Die Rothaarige in der hinteren
Reihe spendierte Szenenapplaus, in den einige Gäste einfielen.

Bevor der nächste Diskussionsteilnehmer an die Reihe
kam, sagte Busse schnell: »Das mit der Erholungsfunktion

ist Blödsinn, Herr Meyer, und das wissen Sie selbst. Der Antragsteller hat einen Anspruch auf eine Genehmigung.« Er nickte Lennart Bartelsen zu. »Wie ich am Anfang gesagt habe, wir entscheiden hier nicht über Tiermast. Wir entscheiden über den Bau eines Stalls.«

Lennart Bartelsen reckte unsicher die Hand nach oben. »Darf ich doch noch etwas sagen?« Der Bürgermeister bejahte und der junge Hühnerbaron stand abermals auf. »Angeblich geht es Ihnen allen hier ums Tierwohl«, begann er seine Rede. »Das ist schön, aber wer kauft denn im Discounter das abgepackte Billig-Fleisch? Irgendjemand kauft es doch!« Er schluckte. »Für mich ist das eine Doppelmoral.« Der junge Bartelsen setzte sich und alle Augen wanderten zu Freddy Klose. Doch bevor jemand etwas sagen konnte, erklärte der Bürgermeister Top Drei für beendet.

Oke verließ den Saal zusammen mit den Bartelsens. Er hatte das Gefühl, dass Bartelsens Mörder nicht unter den Anwesenden gewesen war. Meyer argumentierte an der Sache. Er gab sich zwar zuweilen albern, erschien ihm aber durchaus als vernunftbegabt. Niemand, der seine Feinde mit Hühnergöttern niederstreckte. Bevor er sein Bauchgefühl weiter ergründen konnte, lenkte ihn Frittengeruch ab. Er stieg ihm direkt in die Nase. Heiner hielt ihm einen Teller hin. »Bedien dich ruhig«, sagte der Kollege. »Wir haben die Wartezeit überbrückt. Die Pommes sind ein bisschen zu salzig, aber die Chicken-Crossies gehen eigentlich.«

Zu Hause war niemand. Inse hatte sich zu einem veganen Kochabend mit Wencke verabredet, fiel ihm ein, als er seine Jacke im Flur ablegte. Heiner hatte ihm einen Witz über Veganer erzählt, der ihm mit einem Mal wieder in den Sinn kam. »Warum essen Veganer kein Huhn? – Weil da Ei drin ist.« Der Witz hatte ihn ein wenig aufgemuntert, musste er zugeben.

Das Witzeerzählen hatte mit Vincent Gott im Revier Einzug gehalten. »Hier gehen wirklich alle zum Lachen in den Keller«, hatte der sich mal bei ihm beschwert. Was der kulturelle Austausch so alles bewirkte …

Irgendwas brauchte Oke zwischen die Kiemen. Und das, was Inse bereitgestellt hatte, wirkte nicht so, als würde es schmecken. Obwohl die Pampe diesmal nicht grau-grün war, sondern rot. Oke knallte angewidert die Kühlschranktür zu und machte sich auf den Weg.

Kurze Zeit später stand Hohwachts Kommissar am Tresen im Fischhus und hoffte, dass Wencke und Inse zu beschäftigt waren, um Jan daran zu hindern, ihm eine ordentliche Bulette aufzutischen. Doch Jan schüttelte bedauernd den Kopf: »Tut mir echt leid, Oschi, aber Miss Marple ist harmlos gegen dieses Huhn.« Er wies auf Marlene, die in der Nähe der Küchentheke ein faltiges Auge auf alles hatte. Jan flüsterte: »Egal wo ich die Frikadellen verstecke, sie findet sie!«

Oke entdeckte unter den zahlreichen Gästen an den Tischen Vincent Gott, genießerisch kauend. »Moin. Lang nicht gesehen.« Gott stimmte zu. Er schien jedoch nicht sonderlich erpicht auf seine Gesellschaft, was Oke seltsam vorkam. Irgendwas war da im Busch. »Ist was?«

Gott schüttelte den Kopf. »Was soll sein? Ich genieße das Essen.«

Neugierig beäugte er Gotts Teller. Es schien sich bei dem, was darauf lag, um ein Schnitzel zu handeln. Oke lief das Wasser im Mund zusammen. Die Panade sah gut aus. Knusprig und goldbraun – genau so, wie er sie gernhatte. Auf seine ungestellte Frage antwortete Gott: »Sellerieschnitzel.« Wer eine penetrant schmeckende Knolle in einer köstlichen Panade versteckte, gehörte eingesperrt, dachte Oke.

Gott zeigte mit der Gabel auf seinen Teller: »Die Möhren sind das Beste!« Oke erkundigte sich, warum das Gemüse so glänzte. »Ist mit Algen-Öl angemacht. Das Öl hilft übrigens bei Schwangerschaftswunsch.« Oke wollte nicht schwanger werden. Satt reichte völlig! Er bestellte bei Jan ein alkoholfreies Dithmarscher.

»Was war eigentlich in Brasilien los?«, erkundigte sich Gott. Oke erzählte ihm die Kurzversion. »Und Wieczorek hatte eine Waffe?«

Oke nahm einen Schluck Bier. »Keine echte Waffe, es handelte sich um eine Anscheinswaffe! Es wimmelt hier neuerdings von Hobby-Detektiven. Und jetzt spielen die auch noch Sheriff!« Mit diesen Worten prostete Oke Marlene zu.

Eine Zeitlang war nur Gotts malmender Kiefer zu hören. Dann fragte der Kollege ernst: »Und wie lief die Ratssitzung?«

Oke sagte es ihm. Dann kamen ihm Gotts Kaugeräusche ins Bewusstsein. Und er wandte sich erneut zum Tresen, wo er hoffte, etwas Essbares zu bekommen, das nicht orange war.

Wencke stand etwas verborgen hinter Jan, nun wurde sie auf ihn aufmerksam. »Na, Oschi. Hunger?« Bevor er etwas erwidern konnte, erschien auch noch Inses Kopf hinter einer Schranktür.

»Mochtest du meinen Heringssalat nicht?«

Er hatte Heringssalat zu Hause? Oke dachte an die Schüssel mit der roten Pampe. »Das war Hering?« In seiner Stimme war aufkeimende Hoffnung herauszuhören.

»Nein, Hering-Ersatz: Rote Beete!«

Inse würde garantiert nicht zulassen, dass er eine Bestellung aufgab. Und er wollte auch keine glitschigen Möhren!

»Sag mal, Oschi, willst du eigentlich nicht Swantje Scheller suchen?« Wenckes Frage ließ ihn aufschrecken.

»Wieso, ich suche sie doch! Seit Tagen versuchen wir, sie zu erreichen. Sie ist nicht zur Befragung erschienen.«

»Du weißt, dass sie seit der Demo verschwunden ist, bei der Bartelsen getötet wurde …?«, fragte Wencke. Zu seinem Ärger klang sie erstaunt.

Oke hatte vermutet, dass Swantje Scheller längst wieder zu Hause war, aber keine Lust gehabt hatte, auf der Dienststelle zu erscheinen. Er wollte sich jedoch keine Blöße geben. Deshalb meinte er trotzig: »Doch, aber bisher hat sie niemand als vermisst gemeldet.«

»Wir dachten nur«, meinte Inse vorsichtig, »weil sie ja mal was mit dem Bartelsen hatte. Vielleicht ein Eifersuchtsdrama?«

Oke kratzte sich am Kopf. »Hhmm.«

Wencke setzte nach: »Sie war auch eine gute Werferin …«

Okes Schädel summte. Mit leerem Magen konnte er überhaupt nicht denken. Führte dieser Fall tatsächlich in die Vergangenheit?

»Unjlöck hät brigge Föß«, kommentierte Gott, als Oke mit grimmigem Gesichtsausdruck und leeren Händen zurückkam. Auch, wenn Oke inzwischen ziemlich viel von Gotts Kölsch-Kauderwelsch verstand, musste er passen. »Unglück hat breite Füße – sagen wir in Köln, wenn sich jemand eine Pechsträhne nicht so zu Herzen nehmen soll …«

Oke wurde nicht schlau aus dem Satz. »Welche Pechsträhne?« Aber diesmal antwortete Gott nicht. »Welche Pechsträhne?«, wiederholte er.

Gott zuckte die Schultern. »Ach, das war nur so dahingesagt. Wegen des Essens. Sind die Möhren aus?«

VINCENT

Er hatte sich bald aus dem Fischhus verabschiedet und wanderte nun barfuß am Wasser entlang, immer in Richtung der Surfschule. Bei jedem Schritt quoll feuchter Sand zwischen seinen nackten Zehen hervor. Und kurz darauf spülte die nächste Welle seine Füße wieder sauber. Das Ganze hatte etwas Meditatives.

Er fragte sich, ob das Meer vor der Haustür die Schleswig-Holsteiner zu den glücklichsten Menschen in Deutschland machte oder ob es da noch etwas anderes gab …

Auf jeden Fall ließ es sich hier leben. Im Sommer genoss er den Trubel am Strand, sooft er konnte: Mit hochgekrempelter Jeans lief er jetzt an fröhlich grüßenden Walkerinnen vorbei, überholte Mädchen, die sich in ihren bauchfreien Tops fotografierten, und machte einen langen Schritt über die Luftmatratze eines dösenden Urlaubers mit Kugelbauch. Wie Treibholz wurde dessen Matte von trägen Wellen immer weiter gen Land gespült.

Der Anblick des Feriengastes brachte ihn gedanklich zurück zu seinem XXL-Kollegen. Oke Oltmanns war typisch norddeutsch. Das war aber auch das Einzige, was man ihm vorwerfen konnte.

Vincent fand Hallbohms Reaktion übertrieben. Offenbar wollte er Oke Oltmanns bestrafen. Wegen des Mordes, bei dem der Kollege zufällig dabei gewesen war, und eines bekritzelten Konferenztischs. Ganz klar kühlte Hallbohm nur sein Mütchen an Oke Oltmanns.

Sein Fuß berührte etwas Glibberiges. Vincent schaute nach unten: Er war in eine Qualle getreten. Glücklicherweise handelte es sich bei diesem Exemplar nicht um eine Feuerqualle. Deren Tentakeln setzten Nesselgift ab, was furchtbar auf der Haut brannte. Selbst wenn die Qualle tot war. Eigentlich half nur Rasierschaum gegen das Brennen. Den Geheimtipp hatte er von Oke Oltmanns in seiner Anfangszeit bekommen. Ihm wurde komisch zumute, wenn er sich vorstellte, dass Oke tatsächlich der einzige Mensch war, der ihn von Beginn an verstanden hatte. Die konnten hier alle kein Kölsch!

Je länger er darüber nachsann, desto klarer wurde ihm: Zu diesem Zeitpunkt benötigte Oke Oltmanns göttlichen Beistand. Und er würde ihn ebenfalls nicht wie eine gestrandete Qualle links liegen lassen.

Erst mal lag jedoch das Vorbereitungstreffen für die Regatta vor ihm. Und darauf freute er sich wie Bolle – so sagte man hier. Und in diesem Moment tauchten am Strand auch schon die leuchtend bunten Segel auf, die auf Höhe der Surfschule hingen. Daneben fanden sich einige Gestelle mit Surfbrettern und SUP-Boards. Vincent entdeckte zudem ein paar Kinder-Jollen im Sand.

Dahinter kam die Surfschule in Sicht. Jan Husmanns

Bruder Fiete hatte das lang gezogene Gebäude mit Lerchenholz verkleidet. Wind und Wetter hatten dem Holz im Laufe der Jahre eine silbrig-graue Patina verliehen. Im Sommer herrschte so viel Andrang, dass Fiete Kleiderständer mit Surfanzügen und Rettungswesten morgens vor die Tür rollte, um drinnen etwas Platz für Kunden zu haben, die sich nach Kursangeboten und Preisen erkundigen wollten.

Die Mannschaft, die Wencke für die Spaßregatta zusammengetrommelt hatte, wartete auf Loungemöbeln aus Paletten, die Fiete für seine Surfer-Clique gebaut hatte. Heute würden sie erstmals zusammen aufs Wasser gehen und üben.

Sein Herz machte einen kleinen Hüpfer, als er Jonnas grünen Haarschopf inmitten der anderen Teilnehmer ausmachte. »Hätzje, schön, dat de do bess«, hätte er beinahe ausgerufen, biss sich aber rechtzeitig auf die Lippen. Jonna Ochtenhausen aus dem Reformhaus war schließlich Zeugin im Mordfall Bartelsen und möglicherweise sogar eine Verdächtige. Deshalb beließ er es bei einem zurückhaltenden »N'Ovend!«.

Jonna strich sich eine Haarsträhne hinters Ohr. »N'Abend«, erwiderte sie mit gekonntem Augenaufschlag. Vorsichtshalber setzte er sich nicht neben sie, sondern auf ein Möbelstück ihr gegenüber. Direkt neben Edeltraut.

Hohwachts Bäckereifachverkäuferin trug offenkundig bereits ihre Badesachen, denn ihre Schultern waren in einen flauschigen Bademantel gehüllt und ihr Haupt krönte nicht wie sonst ein tortenähnliches Haargebinde, sondern eine altmodische mit Plastikblumen beklebte Badekappe. »Das ist mein erstes Mal«, vertraute sie ihm an. »Hoffentlich komme ich überhaupt auf das Brett!«

Jonna schenkte ihr liebreizendes Lächeln nun der Verkäuferin. »Ach, das sieht schwieriger aus, als es ist. Jedes

Kind fährt SUP.« Er fand es charmant, wie sie versuchte, die aufgeregte Edeltraut zu beruhigen.

»Und jedes Huhn«, hörte er eine Stimme scherzen, die er sofort als die von Horst Wieczorek identifizierte.

Unversehens verdunkelte ein Schatten die Aussicht auf die junge Frau. »Gott steht uns bei!«, schallte es ihm entgegen.

Vor ihm stand tatsächlich Horst Wieczorek, der Möchtegern-Ermittler. Vincent stand auf und klopfte Wieczorek freundschaftlich auf die Schulter: »Tach, du Puppekopp. Seit wann trägst du eine Anscheinswaffe mit dir herum? Zu viel ›Columbo‹ geguckt?« Vincent hatte Wieczorek und dessen Frau im letzten Sommer bei einer Ermittlung auf dem Zeltplatz kennengelernt und mit ihnen bei »Der Tote in der Heizdecke« einen Videoabend im Vorzelt verbracht. Seitdem hatten sie auf Facebook Freundschaft geschlossen.

»Das waren keine unwichtigen Ermittlungen …«, wehrte der Ex-Postbeamte ab. »Zwar gibt es noch keinen durchschlagenden Erfolg zu verzeichnen, aber …«

Wenckes Hals schwoll an. »Kommt in die Puschen!« Die Fischbudenbesitzerin hatte einen Ton am Leib, der einer kompletten Fußballmannschaft Feuer unterm Hintern machen konnte. Und falls ihr die Stimme am späteren Abend versagte: Um ihren sehnigen Hals baumelte eine rote Trillerpfeife am Band. Sie würde sie gnadenlos antreiben. Auf ihrer Schulter saß Marlene und beobachtete sie aus mitleidslosen gelben Augen.

Wencke zeigte ihnen ein besonders langes und breites Board. »Das ist ein Zehner-SUP.« Strandkorbvermieter Johann-Magnus Kreyenborg und ein paar Männer fassten mit an, um das Brett in die Flachwasserzone zu ziehen. Wencke pfiff auf ihrer Pfeife, sodass Edeltraut vor Schreck seitlich aus der Reihe taumelte. »Wir üben das Aufsteigen. Im flachen Wasser ist das eigentlich kein Problem. Edeltraut, du fängst an.« Wie sich herausstellte, war der Aufstieg doch ein Problem. »Das ist mir hier alles zu wackelig«, erklärte Edeltraut, weshalb sie nun doch nicht mehr mitfahren wollte.

Wencke ließ sie nicht damit durchkommen. »Schluss mit dem Gejammere. Geh ans Ende des Bretts und leg dich bäuchlings drauf.« Geduldig warteten sie, bis Edeltraut die Schwerkraft überwunden hatte. »Sehr gut«, lobte Wencke Edeltraut. Die Fachkraft aus der Bäckerei lag bewegungslos auf dem Brett. Sie warteten einen Moment ab, was als Nächstes passierte –, und hörten Edeltraut jauchzen, als eine Welle über das Board schwappte.

Horst Wieczorek fummelte sein Handy aus der wasserdichten Hülle. »Ist für meinen Instagram-Account«, erklärte er, während er die Handykamera auf Edeltraut richtete. »Facebook mache ich nicht mehr. Da wollen die ganzen jungen Frauen meine Nummer.«

Wencke hatte sich ein eigenes Trainer-SUP ins Wasser gelassen und paddelte nun – mit Marlene am Bug – um das Monster-Board herum. »So, Edeltraut, greife mit den Händen die Kanten des Bretts und drück dich hoch, bis du in den Kniestand kommst. Ja, genau so!«

Edeltraut prustete und schaffte es, sich hochzuhieven. Erfreut, wieder Oberwasser zu haben, rief sie: »Dat löpt sich nu allens to recht.«

Sofort mussten sie alle aufs Board. Mit ihrem Aufstieg brachte die Gruppe es zum Schaukeln. Es ging drunter und drüber und beinahe hätte ihn Jonnas zierlicher Fuß mit dem Muschelkettchen getroffen. »Bleibt kurz im Kniestand. Stellt das Paddel vor euch ab und haltet euch daran fest«, kam Wenckes nächste Anweisung. Irgendjemand, wahrscheinlich Wieczoreks Frau, krallte die Fingernägel in seinen Rücken. Dann wurde er geschubst. Es spritzte, Edeltraut juchzte wieder laut, verlor den Halt und schließlich landeten alle im Wasser.

Beim neuerlichen Aufstieg riskierte Vincent einen kurzen Seitenblick auf Jonna. Der nasse, jadegrüne Badeanzug schmiegte sich eng an ihren prachtvollen Körper.

»Vincent Gott, gib Butter bei die Fische! Los, aufs Brett mit dir!« Wenckes Befehle kamen jetzt im Stakkato. »Edeltraut, nicht hinlegen!«, »Horst, guck nach vorn, nicht auf deine Füße!«, »Johann-Magnus, du sollst die Paddel eintauchen, nicht das Wasser streicheln!« Im nächsten Moment rief sie lauthals: »Ihr alle, stopp! So kann das nichts werden: Ihr benutzt das SUP-Board falschrum!«

Wencke raufte sich das krause Haar. Die Fischbudenbesitzerin sah mittlerweile aus, als hätte sie einen Orkan im Schlauchboot überstanden. »Die Finne muss nach hinten.« Wencke behielt dennoch ihren Optimismus bei: »Immerhin zeigt sie ins Wasser! Das ist viel wert!«

OKE

Das Wasser lief ihm die Kimme runter. So sehr schwitzte er. Übellaunig läutete Oke am Haus der Schellers.

Der örtliche Orthopäde bewohnte zusammen mit seiner Gattin ein exklusives Architektenhaus in Lütjenburg. Großzügig geschnittene Fenster durchbrachen die weiße Fassade. Erst wunderte sich Oke über das leise Surren, bis er den Mähroboter zu seinen Füßen entdeckte. Unermüdlich kümmerte der sich um die weitläufigen Rasenflächen am Einfamilienhaus.

Oke plierte um die Hausecke und entdeckte einen riesigen Teich. Zwischen Seerosen im Wasser blitzte es rot auf. Goldfische oder Kois oder beides schwammen dort munter um die Schlingpflanzen herum. Eine bronzene Nixe goss unentwegt Wasser aus einer Amphore in das Becken.

Als niemand auf das Klingeln reagierte, überquerte Oke den Teich über große Trittsteine, die im Wasser lagen. Auf diese Weise erreichte er eine Terrasse von vielleicht zwölf mal zwölf Metern. In einem Liegestuhl schlief Scheller. Jedenfalls hoffte Oke, dass Scheller nur kurzzeitig eingedöst war – noch mehr Tote im Kreis Plön konnte er wirklich nicht gebrauchen.

Der Hauptkommissar trat an den Orthopäden heran. Im abendlichen Sonnenlicht leuchtete die Schuppenflechte an Schellers Hals so rot wie Hagebutten im Oktober. Die Hitze konnte seiner Haut nicht guttun, aber Scheller schien nichts zu merken: Seine Poren dünsteten Alkohol aus.

Die fast leere Likörflasche neben der Liege sprach Bände. Oke räusperte sich und Scheller öffnete ein Auge. »Bisch schu wieder da, Swanni?«, lallte er. Und dann sagte er: »Sorry.« Vermutlich, weil er erkannte, dass Oke und nicht seine Frau vor ihm stand.

»Moin, Herr Scheller«, dröhnte Oke.

Der Arzt versuchte sich aufzusetzen. Dieses Projekt misslang. Scheller schwankte so, dass er beinahe von der Liege fiel. Dann starrte er Oke an, als wäre er plötzlich nüchtern: »Oha! With you is not good cherry eating.« Das, dachte Oke, konnte Scheller laut sagen. Mit ihm war absolut nicht gut Kirschen essen, vor allem nicht, wenn dieses Denglish-Gequassel nicht bald aufhörte.

Für ein normales Gespräch war Scheller zu betrunken. Oke fragte trotzdem: »Wo ist Ihre Frau?«

Schellers Mund öffnete sich, ohne dass er sprach. Unvermittelt begann Scheller zu weinen. »Swantje«, schluchzte der Facharzt. Und dann brabbelte er eine Menge unverständliches Zeug. »Ich bin an allem schuld«, verstand Oke schließlich.

»Woran sind Sie schuld?«

Im Augenblick würde er das nicht aus ihm herausbringen. Scheller redete erneut nur wirr. Oke versuchte, aus den Wortfetzen schlau zu werden. Er reimte sich zusammen, dass Swantje Scheller gegen den Willen ihres Mannes protestiert hatte. Und danach wie vom Erdboden verschluckt gewesen war. Dann verstand er den Namen Meyer.

Oke rüttelte am Arm des Orthopäden. »Wiederholen Sie das! Was ist mit den beiden?« Aber Scheller hatte die Augen geschlossen und schien nicht fähig, weitere Worte von sich zu geben. Aus seinem Mundwinkel troff Sabber.

»Hatte sie auch ein Verhältnis mit Meyer?«, fragte Oke wider besseres Wissen. Scheller war tatsächlich nicht mehr in der Lage, zu sprechen. Er würgte nur noch. Kurze Zeit später übergab sich der Orthopäde auf die hochwertigen Natursteinplatten seiner Terrasse.

Oke hatte inzwischen ermittelt, dass Swantje Scheller nicht nur Klootkugeln werfen konnte, sondern auch Gummistiefel. Warum dann nicht auch Hühnergötter? Oke rief sich Swantjes Oberarme in Erinnerung: Wo die hinlangten, wuchs kein Gras mehr. Vielleicht hatte die Arztfrau wirklich noch eine Rechnung mit ihrem Ex Bartelsen offen gehabt, von der niemand sonst etwas wusste – außer Meyer. Er könnte ihr geholfen haben.

Der Orthopäde sabberte. Oke suchte in seinen Taschen nach einem Tuch und fand keins. Axel Scheller wischte sich mit dem Arm über den Mund und legte sich wieder zurück … Swantje und Mats als Bonnie und Clyde. Und warum fühlte sich Axel Scheller so schuldig, dass er sich ins Koma soff? Wirklich nur, weil er sie nicht davon abgehalten hatte, auf den Marktplatz zu gehen? Er ließ den Gedanken auf sich wirken, während er gleichzeitig darüber nachgrübelte, wie er diese Schnapsleiche aufs Revier bekam. Oke sah sich nach einer Schubkarre um.

Mats Meyer, den er sich jetzt gleich vornahm statt auf die Befragung im Revier zu warten, hatte gerade seine Hennen gefüttert, als Oke einige Zeit später auf der Wiese stoppte. Er kannte inzwischen jede Kuhle! Das Geflügel pickte Körner und Meyer stand daneben. Er trug wieder das offene Karo-Hemd über einem hellen T-Shirt. Die Hände hatte er tief in den ausgebeulten Taschen seiner Cargo-Shorts vergraben. Insgesamt machte der Kommunalpolitiker und Hühnerretter einen verwaschenen Eindruck auf ihn.

Die beiden Männer maßen sich mit Blicken. »Moin.« Oke schenkte sich eine lange Vorrede: »Ist Swantje Scheller hier?«

Meyer sah überrascht auf. »Swantje Scheller?« Er schüttelte den Kopf, die Brauen bildeten fast eine durchgezogene Linie. »Wieso sollte sie hier sein?«

»Sie wird vermisst.«

Meyer wirkte irritiert. »Das verstehe ich nicht. Die war doch bei der Demo ...«

Oke erklärte, dass Swantje Scheller nicht nach Hause gekommen war und die Eheleute wegen der Demonstrationen Streit gehabt hatten. »Und Sie behaupten ernsthaft, davon nichts gewusst zu haben?« Die Frage des Hauptkommissars klang drohend.

Doch bei Meyer hatte das noch nie gewirkt. Der Ökopolitiker sah ihn hochmütig an, sein Ton troff vor Ironie: »So gut kennen wir uns bei den anonymen Hühnerliebhabern auch wieder nicht.«

Oke ließ sich von seiner Art nicht irritieren: »Wussten Sie, dass Swantje Scheller und Bartelsen mal ein Paar waren?«

Meyer zuckte mit den Schultern. »Nein, auch das hat sie bei unseren gruppentherapeutischen Sitzungen nicht erwähnt ... Zufälligerweise geht es bei ›Hühner ohne Grenzen‹ ums Tierwohl – nicht um unerfüllte Liebe! Wir reden tatsächlich selten bis nie über unser Privatleben. Obwohl ich weiß, dass Musiklehrer Heinze jetzt Hormone für seinen Haarausfall bekommt. Ist eine schlimme Sache so was – auch für Männer.«

Oke musterte sein Gegenüber scharf. Meyer wich aus, statt direkt auf seine Fragen zu antworten. Der Kommissar wertete das Ausweichmanöver als Indiz dafür, dass Meyer nicht die Wahrheit sagte. Dahinter steckte ein psychologischer Mechanismus: Der Hühnerretter wollte Zeit schinden, um sich eine Antwort zu überlegen. Was verbarg er?

Es wurde Zeit, die Taktik zu ändern. »Wissen Sie eigentlich, mit welchen Angstgefühlen Berits Jüngster kämpft, seit sein Vater tot ist und ein Unbekannter nachts das Fenster eingeworfen hat? Es war schon schwer genug für Malte, das Mobbing der Kinder der Maststallgegner in der Schule auszuhalten ...«

Meyer setzte sich mit hängendem Kopf und eingefallenen Schultern auf die Lochblech-Treppe am Bauwagen. »Oh Mann.« Er sah plötzlich blass aus. Und wirkte regelrecht schuldbewusst. Dass er kurz darauf ein Teilgeständnis ablegte, überraschte Oke dann allerdings doch ein wenig. »Die Scheibe – das war ich ... Ich weiß selbst nicht, was an dem Abend in mich gefahren ist. Ich war so wütend. Ich dachte, das wäre die einzige Chance, Berit und Lennart davon abzuhalten, diesen Stall zu bauen.«

Die Blicke der beiden ungleichen Männer trafen sich erneut. »Wieso wartet einer wie Sie nicht die Ratssitzung ab? Sie sind doch Politiker ...«, meinte Oke abschätzig.

Meyer wirkte beschämt. Er bohrte die Hände noch tiefer in die Taschen und hielt den Blick gesenkt. »Hätte, hätte, Fahrradkette. Aber es stimmt natürlich. Ich hätte das abwarten müssen. Doch an dem Abend – wie gesagt, keine Ahnung, was mit mir los war. Ich hatte ein wenig getrunken ...«

»Und am Markttag hatten Sie auch einen Aussetzer?« Oke lauerte auf die Antwort. Alles um ihn herum verblasste, die Verkehrsgeräusche, das leise Gegacker der Hühner. Er starrte nur auf Meyers schmale Lippen.

Der Ökopolitiker sah ihn fest an. »Ich bin kein Mörder.« Er dachte einen Augenblick nach und fügte hinzu: »Und ich weiß wirklich nicht, ob etwas zwischen Swantje Scheller und Bartelsen lief, aber das kann ich mir nicht vorstellen. Warum hätte sie sonst bei uns mitgemacht? Sie wollte keine Hähnchenmast in Hohwacht. Ich kann mich nicht erinnern, dass sie je ein gutes Wort für Bartelsen eingelegt hat. Sie wollte ihn aufhalten, wie wir alle.« Meyer machte eine Pause. »Natürlich ohne Gewalt! Nur an dem einen Abend – da ist bei mir eine Sicherung durchgebrannt. Ich hatte erfahren, dass er mit einem Hühnergott ermordet wurde ... und da dachte ich, das wäre eine Möglichkeit ...« Mats Meyer sprach den Satz nicht zu Ende.

Jens Hallbohm hatte einen Fehler begangen, als er die Presseabteilung mit der Journaille über die Tatwaffe hatte reden lassen. »Hätten Sie jemanden mit dem Stein verletzt, wären Sie jetzt wegen fahrlässiger Körperverletzung dran. So ist es immer noch Sachbeschädigung nach Paragraf 303 Strafgesetzbuch.«

Meyer nickte ernst. »Ich weiß.«

Damit wartete wieder mal eine Menge Papierkram auf Oke. Düvel ok ne. Den Waschbären in der Werkstatt konnte er vergessen. Und er fragte sich insgeheim, ob das wirklich alles war, was Meyer zu gestehen hatte. Oder ob jetzt, da die Schleusen einmal geöffnet worden waren, noch mehr kam ...

VINCENT

Die Sonne stand zu dieser Stunde bereits tief. In Kürze würde sie als leuchtender Ball im Meer versinken.

Trotz der Schinderei hatten sie eine Menge Spaß auf dem Wasser gehabt. Abgekämpft, aber glücklich lümmelte das Wencke-Team auf den Paletten-Möbeln vor der Surfschule.

Der Strand war menschenleer. Vincent beobachtete ein Schwanenpaar, das majestätisch eine Runde auf dem metallisch schimmernden Wasser drehte. »Es dat hee schön!« Er hatte durchaus Sinn für Romantik. Das fiel nicht schwer bei dieser Kulisse. Inzwischen hatte der Himmel die gleiche Farbe angenommen wie der Sanddornlikör, den Edeltraut schlückchenweise trank.

Jan hatte ihr und den weiteren Mitgliedern der Mannschaft großzügig eingeschenkt. »Zum Aufwärmen, damit keiner einen Schnupfen bekommt«, erklärte er Wencke.

»Sanddorn ist äußerst gesund, die Früchte haben viel Vitamin-C«, bestätigte Strandkorbvermieter Johann-Magnus Kreyenborg, aber nur beinahe ernst. Er schwenkte sein Glas durch die Luft: »Auf uns alle.« Sie prosteten sich lachend zu. Wencke kniff zwar die Lippen zusammen, ließ es aber zu, dass Jan nachschenkte. Sie wollte nicht als Spielverderberin gelten.

Jonnas nacktes Knie stieß gegen Vincents Bein. Statt des Badeanzugs trug sie zwar mittlerweile ein hautenges Minikleid, doch in Abständen tropfte Salzwasser aus ihrem feuchten Haar. Wie dunkler Seetang legte es sich um ihr helles Gesicht. Als ein Wassertropfen auf seinem bloßen

Unterarm landete, hatte er den Eindruck, als brennte sich die Flüssigkeit in seine Haut. In der nächsten Sekunde versank er in ihren großen Augen. Dabei verspürte er ein Kribbeln, das nicht vom Likör kam.

Falls sie etwas für ihn empfand, so wusste sie das in dem Augenblick zu verbergen, denn sie sagte nur: »Sind Sie schon weiter mit Ihrem Fall?«

Für den einen Moment hatte er den Mord an Bartelsen tatsächlich vergessen. »Nicht wirklich«, räumte er ein.

Vincent Gott redete über Indizien und erklärte ihr, wie schwierig es war, Fingerabdrücke von einem Stein zu nehmen. Außerdem hatte angeblich niemand etwas gesehen, was ihm verwunderlich erschien, weil der Mord in der Öffentlichkeit geschehen war. Nicht mal die Geschäftsleute, die doch eigentlich Premium-Plätze an ihren Schaufenstern gehabt hatten, hätten weiterhelfen können. Er bemühte sich um verständliches Hochdeutsch: »Du hast doch auch nichts Auffälliges beobachtet oder ist dir noch etwas eingefallen?«

Es fiel ihr sofort auf: »Also duzen wir uns jetzt?« Ihr Ton klang spöttisch. Nicht bösartig, eher so, als wollte sie ihn necken. Es war ihm peinlich. Das vertraute Du hatte er versehentlich benutzt. Aber eigentlich war das nicht schlimm: Sie gehörten schließlich demselben Team für die SUP-Regatta an. Schon fühlte er sich etwas besser. Vincent musste nur die Tatsache ausblenden, dass aus Zeugen schnell Beschuldigte werden konnten.

Seine neue Flamme griente, wahrscheinlich, weil sie seine Verlegenheit spürte. »Ne, du, ich habe echt nichts gesehen«, erwiderte sie schmunzelnd. »Ich habe die ganze Zeit auf Bartelsen geguckt. Ich konnte nicht anders – so, wie der mit seinen Eiern geworfen hat, wie ein Irrer. Ich hatte total Panik, getroffen zu werden. Komisch, oder? Es waren bloß rohe Eier! Aber ich glaube, wir wollten alle aus der Schussbahn.«

Vincent hatte den Schalter umgelegt. Jetzt sprach er wieder als Ermittler. »Was war Bartelsen für ein Mensch? War er so ein aufbrausender Typ?«

Ihre Antwort ließ nicht lange auf sich warten. »Ne, da auf dem Markt muss vorher etwas passiert sein, da muss bei ihm was ausgesetzt haben. Normalerweise war der eher zurückhaltend. Nicht ängstlich oder so. Eher berechnend, würde ich sagen. Der muss ja auch eiskalt gewesen sein, so, wie er die Tiere gequält hat. Bartelsen war ein Monster«, sagte sie nachdenklich.

Vincent rückte etwas von ihr ab. »Wie meinst du das?«

Sie zeigte auf Wenckes Huhn, das in der Nähe der Sitzgruppe im Sand badete. »Schau dir Marlene an, wie glücklich sie hier ist.« Einen Augenblick beobachteten sie, wie Marlene ihre Brust platt an den Boden drückte. »Sie hat so viel Leid ertragen müssen. Als wir sie geholt haben, sah sie echt gruselig aus.« Vincent stimmte ihr zu, als er sich Marlenes gerupftes Hinterteil ins Gedächtnis rief. Sie war von anderen Hennen übel zugerichtet worden. »Die Besitzer solcher Anlagen sind Monster. Bartelsen war eins, denke ich. Und der Sohn ist es auch, wenn er den Maststall bauen will.«

Jonna strich eine grüne Strähne hinter ihr Ohr. Er bemerkte, dass dort ein silbernes Herz steckte. Der Schmuck schmeichelte der runden Form ihres kleinen Ohres. »Dabei sind die häufigsten Todesursachen bei Legehennen ganz andere: totale Erschöpfung und Entzündungen im Legedarm. Wusstest du das? Ich meine, kommt so was bei euren Ermittlungen auch heraus? Wahrscheinlich nicht, oder?« Er verstand die Frage nicht. Sie kam nicht an. Er starrte auf ihre im Kerzenlicht feucht schimmernden Lippen und konnte nichts anderes tun, als sich darauf zu konzentrieren, ihr nicht zu sagen, dass er sie wunderschön fand.

Die Situation war absolut nicht dazu angetan, den Arm locker um ihre Schulter zu legen. Warum um Gottes willen musste er dann ständig darüber nachdenken, ob er es doch tun sollte? Etwas mit ihr anzufangen, wäre nicht richtig. Nicht, bevor der Mord nicht aufgeklärt wäre, dachte er frustriert. Und sie? Hatte sie Interesse an ihm? Er wusste es nicht genau und das brachte ihn an den Rand der Verzweiflung. Er konnte es in der Dunkelheit zwar kaum erkennen, aber er hatte den Eindruck, Jonna lächelte ihm erneut zu. »Es ist spät«, flüsterte sie. »Tut mir leid, aber ich glaube, ich muss jetzt mal los.«

CARMEN

Auch dieser neue Tag würde wieder sonnig werden. Nur ein paar Watte-Wölkchen trieben über den heiteren Himmel. Sie folgte ihrer Mutter über den kurz geschorenen

Rasen in den hinteren Teil von Kreyenborgs Garten. Beide steuerten auf den Tisch im Schatten des alten Apfelbaums zu, wo der Rasen im Laufe der Jahre weichen Moosflechten gewichen war. Kurz hielt sie auf dem Weg inne, um den lieblich-süßlichen Geruch einer Duftwicke einzuatmen. Aus dem Wipfel des Apfelbaums ertönte der kräftige Ruf einer Kohlmeise. Wahrscheinlich fühlte sie sich durch die kleine Frühstücksgesellschaft gestört.

Carmen trug das übervolle Kaffeetablett und achtete darauf, dass die zartgeblümten Porzellantassen nicht gegeneinanderschlugen. »Stell es hier ab«, wies Maria sie an und deutete auf die freie Stelle zwischen einer Karaffe mit frisch gepresstem Orangensaft und einem Korb Brötchen.

Carmen tat wie geheißen, fingerte ein Croissant aus dem Korb und kuschelte sich in einen der weich gepolsterten Gartenstühle. Sie biss in das süße Brötchen, schmeckte die Butter und nickte dem Verlobten ihrer Mutter begeistert zu, als er den Kaffee brachte. »Kaffee ist super! Wo bleiben die Kinder?«

Johann-Magnus druckste ein wenig herum, dann meinte er leichthin: »Die kommen gleich. Sie wollen nur ihre Sendung zu Ende gucken.«

Carmen rollte mit den Augen. »Warum habt ihr den Fernseher überhaupt angemacht?«

Ihre Mutter, die eben nach einem Körnerbrötchen griff, tadelte: »Bleib mal entspannt! Ihr habt Ferien.«

Carmen verzog das Gesicht. Davon merkte sie nicht viel. »Ferien, die ich größtenteils auf der Wache verbringe ... Wir können da eigentlich auch ganz einziehen. Dann müssten wir nicht immer wieder extra hinfahren ...«, antwortete sie und ließ sich von Johann-Magnus dampfenden Kaffee einschenken.

»Lass den Sarkasmus, Kind. Der steht dir nicht.« Ihre Mutter behandelte sie immer noch wie eine 15-Jährige, was ihr auf die Nerven ging. Ihr wurde gerade alles lästig. Aber wen wunderte das?

Am Tag zuvor hatte sie ewig gebraucht, um Oke Oltmanns zu erklären, dass sie nichts Böses im Schilde geführt hatten, als sie »in Brasilien eingefallen« waren, wie Oltmanns das nannte. Und noch schwieriger war es gewesen zu erklären, warum der Postbote im Ruhestand eine Waffe gezogen hatte. Um ehrlich zu sein, hatte sie es bisher selbst noch nicht verstanden. Wieczorek hatte ihrer Meinung nach einen an der Klatsche. Sie hatte gleich gewusst, dass man mit ihm auf keinen Fall gemeinsame Sache machen sollte. Und dann hatten sie plötzlich diesen Oke Oltmanns am Hals gehabt, der sie auf die Wache mitnahm.

»Oschi ist in Ordnung. Er tut nur seine Pflicht. Es war vermutlich wirklich keine so gute Idee, nach Brasilien zu fahren und dieses Ehepaar zu behelligen«, meinte Johann-Magnus vorsichtig. Er war immer schnell dabei, die Dorfbewohner in Schutz zu nehmen.

Maria warf ihm einen empörten Blick zu. »Es kann ja sein, dass dein brummiger Oschi ein feiner Kerl ist. Uns gegenüber konnte er seinen Charme aber bisher hervorragend verbergen. Außerdem haben wir niemanden behelligt.« Sie betonte das letzte Wort. »Wir haben Ermittlungen angestellt.« Ihre Mutter klang wie Horst Wieczorek. Carmen rollte mit den Augen und leckte sich ohne Hemmungen die fettigen Croissant-Finger ab. »Außerdem, wenn dein Oschi mehr auf Zack wäre, bräuchten wir keine eigenen Untersuchungen anstellen.«

In dieser Hinsicht stimmte Carmen ihrer Mutter sogar zu, was selten vorkam. Die Beschreibung »brummig« fand sie allerdings untertrieben. Sie stand halb auf, um sich mit zwei Fingern ein zweites Croissant aus dem Korb zu angeln. Seeluft machte Appetit. »Habt ihr Honig?«

Johann-Magnus reichte ihr höflich ein Glas: »Bitte schön, probiere gerne den hier, das Glas ist von Oschis Frau. Sehr lecker – ihr Honig.«

Carmen schaute erneut Richtung Himmel. »Wenn ich den Namen ›Oschi‹ noch einmal hören muss, spring ich nackt in die Ostsee.«

Johann-Magnus hatte gerade seine Kaffeetasse zum Mund führen wollen, verschüttete angesichts ihres Spruchs aber einen Teil des Heißgetränks auf seiner Hose und stellte die Tasse wieder auf dem Gartentisch ab. Nichts lag dem empfindsamen Strandkorbvermieter ferner, als sie zu maßregeln. »Ihr wolltet also herausfinden, wem die Wohnung in Brasilien gehört – seid mit eurer Abenteuerreise aber kein Stück weitergekommen. Richtig?«, erkundigte er sich freundlich.

Carmen und Maria nickten gleichzeitig.

»Ich kenne in Brasilien zwar nicht so viele Leute wie hier in Hohwacht, aber mit ein paar Brasilianern bin ich bekannt. Ich kann mich umhören«, bot Johann-Magnus an. »Das ist mir lieber, als wenn ihr wieder unschuldige Touristen überfallt.« Letzteres sollte ein Scherz sein, verrieten seine Mundwinkel.

Carmen ging darauf ein und tat entrüstet: »Na gut, dann geben wir die Überfälle auf. Aber nur, wenn ich noch ein Croissant bekomme!«

Der Strandkorbvermieter gab ihr nicht nur ein weiteres Blätterteiggebäck, sondern auch einen Tipp mit auf den Weg: »Geh mal bei Oschis Frau vorbei. Inse arbeitet in der Ferienwohnungsagentur. Bestimmt kennt sie viele Vermieter. Vielleicht weiß sie zufällig, wem das Haus in Brasilien gehört.«

Maria war sofort begeistert. Carmen hingegen zögerte: »Aber diese Agentur ist nicht für die ›Surfer-Lounge‹ zuständig. Das ist ja der Shop in Lütjenburg ...«

Johann-Magnus, der nun den Kindern zuwinkte, die über den Rasen tollten, meinte: »Trotzdem, ich würde es versuchen. Hier kennt doch jeder jeden.«

Carmen bezweifelte das. Er kannte den Hausbesitzer in Brasilien schließlich nicht. Sie sagte dazu aber lieber nichts. Sie wollte es sich nicht mit dem herzensguten Verlobten ihrer Mutter verderben.

Statt sich weiter mit Johann-Magnus zu unterhalten, wandte sie sich ihren Kindern zu. Die wühlten in ihrer Handtasche, die sie an die Stuhllehne hinter sich gehängt hatte. Offenbar suchten sie ihre Handys. »Carla, Cedrik – habt ihr nichts Besseres zu tun, als in euren Ferien auf Bildschirme zu starren?«

Cedrik setzte ein beleidigtes Gesicht auf. »Wir spielen nur Wörtersuche, Mama – fünf Minuten!«

Rund zwei Stunden später stieß Maria die Tür zu der kleinen Ferienwohnungsvermittlung auf, in der Inse arbeitete. Die Agentur befand sich an der Strandpromenade in einem umgebauten Einfamilienhaus mit blauen Markisen. Überhaupt schien der Eigentümer eine Vorliebe für Blau zu haben. Sogar der Tresen sowie der kurze Blazer der Angestellten waren von einem auffallenden Wasserblau. Es handelte sich bei der Mitarbeiterin, wie Carmen sogleich erkannte, um Inse Oltmanns. »Moin, wie kann ich den Damen helfen?«, fragte Oke Oltmanns' Frau mit einem warmherzigen Lächeln. Sie erinnerte sich, wie freundlich

Inse Oltmanns sie bei der Suche nach einer Ersatzwohnung unterstützt hatte. Die Frau schien das genaue Gegenteil ihres Mannes zu sein, dachte Carmen.

Inse Oltmanns musterte sie mit sorgenvollem Blick. »Ist etwas nicht in Ordnung mit der Wohnung an der Flunder?«

Carmen widersprach sofort. »Doch, nein, da ist alles okay. Das ist eine schöne Wohnung«, setzte sie hinzu. Inse nickte und Carmen atmete ihr Parfum ein: Chanel No. 5, vermischt mit einem Hauch Honig, stellte sie fest. Erst verwirrte sie der Geruch, dann fiel ihr ein, dass Inse imkerte. Ihren Honig hatte sie gerade erst bei ihrer Mutter genossen.

»Es geht um etwas anderes.«

Während Carmen überlegte, wie sie anfangen sollte, ergriff ihre Mutter das Wort. Wie immer ging sie dabei sehr direkt vor: »Wir wollen wissen, wem die Wohnung in Brasilien gehört, die meine Tochter zuerst gebucht hatte.«

In Inses Blick trat eine gewisse Skepsis. »Da wir diese Wohnung nicht vermitteln, kann ich Ihnen da eigentlich nicht helfen.«

Carmen hakte nach: »Aber Sie kennen den Eigentümer?«

Eine peinliche Stille trat ein. Inse Oltmanns schien augenscheinlich hin- und hergerissen, ob sie den Namen preisgeben sollte: »Ja, wissen Sie, wenn man in der Branche ist … So groß ist der Landkreis Plön schließlich nicht. Worum geht es denn überhaupt … Ach, ich möchte Ihnen ja so gern helfen, aber das ist so eine Sache – neuerdings – mit dem Datenschutz.«

Maria reagierte wieder schneller als Carmen: »Sie müssen uns ja keinen Namen nennen. Aber Sie könnten den Herrn doch anrufen und ihm sagen, dass wir mit ihm reden wollen.«

Inse wirkte erleichtert. »Ja, so machen wir es. Eigentümer ist allerdings kein Herr, sondern eine Dame.«

JAN

Das Handy klingelte. Er beobachtete, wie Wencke das Display fixierte. Es klingelte weiterhin. Durchdringend. Jan hob sein Kinn in Richtung Handy. »Warum gehst du nicht ran?«

»Ach, es ist wieder dieser Fernsehfritze«, antwortete sie ausweichend.

Er wurde neugierig. »Was will der dauernd?« Sie wischte mit einem Lappen den Tresen sauber, obwohl der längst blank war. Jan betrachtete die geschrubbte Tischplatte. Das Holz wirkte beinahe weiß. Er hoffte, dass seine Frau nach ihrem Gesundheitsfimmel nicht noch einen Putztick entwickelte.

»Er will Marlene in eine Schule für Film-Tiere schicken ...«, antwortete sie über die Schulter.

Jan dachte, er hätte sich verhört. »Hä?«

Er hatte sich nicht verhört: »Lundts Freund hat ein Drehbuch geschrieben, ›Küstenhuhn‹ oder so ähnlich, da soll Marlene das Huhn spielen.« Wencke spülte den Lappen unter fließendem Wasser aus.

»Es gibt eine Schule für Film-Hühner?«, fragte er belustigt. »Sei ehrlich, du nimmst mich auf den Arm!«

Sie grinste schelmisch. »Ne, du bist zu schwer dafür. Und ich habe keine Ahnung, wo so eine Schule sein könnte. Wahrscheinlich in Hamburg oder Berlin ...«

Jan nahm Marlene auf den Schoß und kraulte sie. »Seltsamer Titel. Ich kenne nur Wüstenhühner ...« Marlene gab einen zufriedenen Laut von sich. Sie gehörte inzwischen richtig zur Familie. »Aber du wirst sie nicht weggeben – in eine große Stadt, oder?«

Wencke rieb energisch mit ihrem Lappen über die Kühlschranktür. Im Fischhus breitete sich ein frischer Zitrusduft aus. »Auf keinen Fall, so sensibel, wie Marlene ist. Außerdem hat sie ganz andere Talente. Guck mal, was ich herausgefunden habe.«

Mit diesen Worten legte die Fischbudenbesitzerin den Lappen beiseite und holte einen Teller mit gekochter Schale, die von den Pellkartoffeln übriggeblieben war. Marlene liebte die klebrige Kartoffelhaut für ihr Leben. Das Tier reckte sofort den Hals. »Kommt mit«, forderte Wencke Mann und Huhn auf. Marlene flatterte sofort auf ihre Schulter.

»Was ist denn, was hast du vor?«, fragte Jan, während er hinterdrein lief.

Wencke öffnete bereits die Hintertür. »Du wirst staunen!«

Das Huhn saß nun wie immer auf seinem roten Lieblingskissen im Strandkorb hinter dem Haus. Wencke platzierte eine Handvoll Seetang auf dem freien Platz rechts neben Marlene und einen leeren Kartoffelsalateimer links von ihr. Marlene beäugte das Ganze mit leicht schräg gelegtem Kopf. Jan fragte sich, was seine Gattin vorhatte. Wortlos verteilte Wencke jetzt die Kartoffelpelle gleichmäßig auf beiden Seiten, einen Haufen legte sie neben den Seetang, einen zweiten zum Kartoffelsalateimer. »Marlene, sag uns, was wollen die Gäste im Fischhus? Wenckes Algenglück oder Industrieware?«

Jan dachte, dass die Gästekritik an der neuen Speisekarte seiner Frau doch sehr zugesetzt haben musste. Es freute sie sicher, dass sich Marlene der Pelle neben dem Seetang zuwandte und diese im Nullkommanix verschlang. Für ihn war das eindeutig ein Zufall. Doch Wencke hüpfte aufgeregt vor ihm herum: »Sie ist ein Orakel! Hast du gesehen? Und ich bin das Medium!«

Wenn sie gesagt hätte, dass sie morgen im Lotto gewinnen würden, hätte er wahrscheinlich nicht einfältiger gucken können. Orakelbefragung in Hohwacht. Jan überlegte, ob es an dem vielen Grünzeug lag, das sie aß, dass Wencke immer auf so merkwürdige Ideen verfiel.

Seine Frau verschränkte die Arme vor der Brust. »Frag du sie mal was!«

Weil er Wencke nicht enttäuschen wollte, tat er wenigstens so, als müsste er überlegen. Dabei fiel sein Blick auf das Plakat zur Spaßregatta. »Dann fragen wir sie, wer gewinnt«, meinte er großmütig.

Erneutes Telefonklingeln unterbrach die Orakelbefragung. Diesmal ging Wencke ran. Er beobachtete, wie sich ihr Gesicht verfinsterte. »Nein, es tut mir leid, aber Marlene ist keine Schauspielerin und sie soll auch keine Stilikone werden! Sie ist ein Orakel. Wir wollten sie gerade fragen, wer die Regatta gewinnt ...« Offenbar sagte ihr Gesprächspartner etwas, denn Wencke schwieg einen Augenblick und lauschte nur. »Ja, na ja, selbstverständlich, wenn Sie das auch interessiert, können Sie natürlich vorbeikommen. Sie wissen ja, wo das Fischhus ist.«

CARMEN

Sie hatte sich immer gefragt, wer sich solche Sportwagen leisten konnte – zweisitzige Coupés mit dem berühmten Dreizack auf der Frontseite. Jetzt wusste sie es: Die Inhaberin einer Kieler Modekette ließ die Wagentür auffliegen und fast erwartete Carmen, auf eine elegante, vielleicht sogar prominente Erscheinung zu treffen. Stattdessen stand nun eine große, ihr völlig unbekannte Frau in Latzhosen auf dem Parkplatz beim Campingplatz: Diana Christiansen. Sie hatten sich vor dem Strandabschnitt »Brasilien« am Deich verabredet. Die Frau war ungeschminkt, aber ihre weit auseinanderliegenden Augen und das herzförmige Gesicht verliehen der Geschäftsfrau eine eigenwillige Schönheit. Das Haar hatte sie nur flüchtig hochgesteckt, ein paar Strähnen hingen herab.

Die Latzhose hatte tatsächlich Farbflecke, registrierte Carmen irritiert. Diana Christiansen musste Carmens Blicke bemerkt haben, denn sie lachte und sagte mit einer tiefen Stimme: »Ich renoviere gerade mal wieder.« Als Carmen sie weiter fragend anstarrte, ergänzte sie: »Mir gehört nicht nur eine Ferienwohnung.« Sie sagte es so, als wüsste das hier jeder.

Doch Diana Christiansen war lange nicht so arrogant, wie Carmen in den ersten Minuten ihres Treffens vermutet hatte. Die Geschäftsfrau gab sich, im Gegenteil, sehr zugewandt. Bereits am Telefon hatte sie darauf bestanden, sofort zu kommen. Sie wollte die ganze Geschichte der doppelt vermieteten Ferienwohnung hören – »und zwar von Anfang an!«

Carmen und Maria warteten, bis sich die Kielerin einen Platz an der Bar ausgesucht hatte. Das Lokal am Strand war stilecht mit Bastmatten verkleidet, an den Wänden hingen farbenfrohe Bilder von Cocktails mit bunten Strohhalmen, aufgeschnittenen Limonen und viel Eis. Echt cool, dachte Carmen.

Es waren nur wenige Barhocker frei. Sie holte ihrer Mutter einen vom hinteren Ende der langen Theke dazu. Die Strandbar in unmittelbarer Nachbarschaft zu den schleswig-holsteinischen Schafen war augenscheinlich beliebt. »Klaas macht die besten Caipis von ganz Brasilien.« Es klang so, als hätte die Christiansen das Lob schon oft ausgesprochen.

Carmen überlegte, ob sie tatsächlich am Nachmittag einen Cocktail trinken sollte. Die Getränke, die der blonde Klaas über den Tresen reichte, sahen allesamt köstlich aus. »Ich kann Ihnen den alkoholfreien Mojito empfehlen – Klaas macht ihn mit Ginger Ale. Das ist perfekt, wenn man keine Kopfschmerzen will«, sagte die Geschäftsfrau und orderte, ohne ihre Antworten abzuwarten, »drei Nojitos«. Klaas füllte wortlos Eis, Minzblätter und braunen Zucker in Gläser.

Diana Christiansen musterte sie beide neugierig. Maria sah in ihren weißen Jeans und der marineblauen Bluse tadellos aus. Sie selbst trug ein knittriges Strandkleid und ärgerte sich über den abgesplitterten Nagellack. Trotz der Latzhose hatte Christiansen etwas an sich, was sie beeindruckte. Vielleicht war es aber auch nur das Wissen darum, dass sie augenscheinlich viel Geld verdiente.

Die Geschichte von der doppelten Vermietung sorgte bei der Inhaberin der »Surfer-Lounge« für Stirnfalten. Je länger Carmen erzählte, desto mehr verdüsterte sich der

Gesichtsausdruck ihres Gegenübers. »Was soll das denn für ein Computerfehler gewesen sein?«, fragte sie ungläubig.

Carmen zuckte die Achseln. »So genau habe ich es nicht verstanden.« Diana Christiansen nippte nachdenklich an ihrem Nojito. Carmen und Maria warteten schweigend ab, was sie als Nächstes sagen würde.

»Ein ähnliches Problem hatten wir vor nicht allzu langer Zeit schon einmal«, sagte sie mehr zu sich selbst. Carmen wusste nicht genau, wen sie mit »wir« meinte, tippte aber auf Gronau und Christiansen.

»Ein Computerproblem?«

Christiansen verneinte. »Nicht ganz. Es war etwas anderes. Aber genauso ärgerlich! Egal, das muss ich mit Lübbe Gronau selber besprechen. Ich denke, er hat einen Fehler gemacht. Das tut mir leid für Sie.« Sie schwenkte die Flüssigkeit im Glas hin und her und kippte den Rest des Getränkes hinunter. Sie schien aufbrechen zu wollen.

Am Ende der Theke klirrten Gläser: Drei Gäste prosteten sich lautstark zu. Carmen sah den Moment gekommen, um nach Unterstützung zu fragen. »Wir möchten vor allem unser Geld zurückbekommen. Mein Mann hat ja bereits bezahlt …«

Diana Christiansen nickte gedankenverloren und stand nun tatsächlich auf. »Sicher, ich werde mit Gronau auch darüber reden.«

Carmen saugte hektisch an ihrem Strohhalm, während sie sich ebenfalls erhob. Sie hätte es unhöflich gefunden, sitzen zu bleiben, wollte aber das köstliche Getränk nicht umkommen lassen. Verlegen registrierte sie, dass Klaas in ihre Richtung grinste.

Diana Christiansen legte zwei Geldscheine unter ihr leeres Glas, gab Klaas ein Zeichen und richtete sich noch einmal an Carmen: »Es tut mir wirklich leid, dass Sie so ein Pech mit meiner Wohnung hatten. Sie bekommen Ihr Geld zurück. Dafür sorge ich, und wenn Sie wollen, gebe ich Ihnen den Code zu der Wohnung in Brasilien. Die ist sicher nur bis Sonnabend an das Paar Groß vermietet, danach können Sie noch ein paar Tage an Ihren Urlaub dranhängen. Wie hört sich das für Sie an?«

BERIT

Sie saß den ganzen Nachmittag über im Arbeitszimmer, gebeugt über Fynns Papiere. Es herrschte ein wildes Chaos auf dem Schreibtisch, und sie hatte keine Ahnung, wie lange es dauern würde, bis sie alles verstand. »Willst du, dass ich etwas zu essen mache?«, fragte Lennart.

Sie lächelte ihrem Sohn zu. »Das wäre toll«, sagte sie abwesend. »Oder – vielleicht sollte ich lieber kochen und du hier Ordnung schaffen. Du hast schließlich den ganzen Agrarkram studiert!«

Jetzt lächelte er. »Aber Papas Unterlagen sind ein sehr spezieller Studienstoff.« Das Lächeln wurde traurig.

Schnell erhob sie sich und legte ihm den Arm um die Schulter. »Wir schaffen das! Aber es ist wirklich seltsam, wen er da als Geschäftspartner erwähnt hat …«

Lennart sah sie an. Seine Augen schwammen in Tränen, aber er wirkte verwundert. »Wieso? Was für ein Geschäftspartner?«

Sie drückte ihn noch einmal fest und meinte: »Ach, vielleicht habe ich da auch etwas falsch verstanden. Ich muss das alles einfach noch mal durchsehen.«

Berit biss sich auf die Lippen. Sie durfte keine Anschuldigungen aussprechen, ohne sich sicher zu sein. Lenny würde sonst loslaufen und denjenigen zur Rede stellen, der mit seinem Vater klammheimlich Geschäfte gemacht hatte. Sie mochte nicht darüber nachdenken, ob eben diese Geschäfte etwas mit Fynns Tod zu tun hatten. Möglicherweise sah sie zu schwarz. Eventuell hatten die Aufzeichnungen überhaupt nichts weiter zu bedeuten.

Sie drehte sich um, um die Schreibtischlampe auszuknipsen. Selbst zur Mittagszeit wurde es in dem kleinen Arbeitszimmer an der schattigen Nordseite nie richtig hell. »Weißt du was? Ich komme mit dir in die Küche. Ich halte es hier drin gerade nicht mehr aus. Ich mache uns schnell ein paar Nudeln, was sagst du dazu?«

Lennart nickte. »Nudeln sind immer gut!«

Zusammen betraten sie die helle Küche mit ihrer Blümchentapete und den großen Fenstern, die den Blick freigaben auf ihren mit Liebe gehegten Bauerngarten. Hier blühten weißer Phlox, lilafarbener Lavendel und rosafarbene Kosmeen um die Wette.

Dazwischen hockten handbemalte Keramikhühner mit kugelrunden Bäuchen und riesigen Augen, die sie zum 25. Hochzeitstag von Freunden geschenkt bekommen hatte.

Die lustigen Figuren hatten ihr über die Jahre viel Freude bereitet. Berit kniff die Augen zusammen.

»Was ist?«, fragte Lennart, der sie beobachtet hatte. Er war immer der Einfühlsame in der Familie gewesen.

»Vielleicht sollten wir den Betrieb doch lieber verkaufen«, meinte sie vorsichtig.

»Fang nicht wieder damit an«, antwortete er unerwartet bestimmt. »Bitte – wir haben das häufig genug diskutiert. Papa wollte den Hähnchenmaststall.«

Sie merkte, wie sie das aufbrachte. »Aber ich – ich will ihn nicht! Und danach sollte gefälligst auch mal jemand fragen!«

Der Ausbruch tat ihr in dem Moment leid, in dem er geschah. Die Wut hatte sich seit Langem aufgestaut, nun brach sie sich Bahn. Erst ruckte nur ihr Kopf, dann zuckte ihr ganzer Körper. Sie weinte ohne Tränen. »Ich kann keine Hühner mehr sehen«, sagte sie mit dünner, hoher Stimme. »Glaub mir – ich kann es nicht. Nicht nach all dem, was passiert ist!«

VINCENT

Ihm fielen fast die Augen zu. Es hatte eine blutige Schlägerei in einem Mehrfamilienhaus gegeben und einer der Täter war geflüchtet. Sie hatten das Haus umstellt, in dem sie den Mann vermuteten. Das Ganze hatte gedauert. So viele Stunden. Vincent gähnte. Sie mussten Bartelsens Mörder finden, aber es gab zu viel anderes zu tun. Die ersten Tage nach einem Tötungsdelikt konzentrierte sich eine Soko auf die Aufgabe, den Täter zu finden. Doch das ließ sich angesichts der dünnen Personaldecke auf Dauer nicht durchhalten. Es kamen stets neue Fälle dazu. Bei der Anzeigenbearbeitung gab es bereits einen besorgniserregenden Stau.

Seine Gedanken wanderten zum Orthopäden Scheller, den Oke zum Revier am Gildenplatz zum Ausnüchtern mitgenommen hatte. Axel Scheller hatte seine Frau Swantje nach dem Gespräch mit Oke Oltmanns als vermisst gemeldet.

Vincent starrte schläfrig auf seinen Bildschirm. Swantje Scheller war deutschlandweit nur eine von vielen. Täglich registrierte das Bundeskriminalamt bis zu 300 Vermisste. Die meisten Fälle klärten sich binnen weniger Tage. Er kannte das zur Genüge aus Köln. Swantje Scheller war im Vollbesitz ihrer geistigen Kräfte gewesen, als sie verschwand. Sie konnte selbst bestimmen, wo sie sich aufhielt. Er würde Jonna fragen, ob sie etwas von ihrer Mitdemonstrantin gehört hatte. Die Polizei hatte jedoch keinen Grund, eine Fahndung einzuleiten. Geschweige denn genug Leute, eine eingeschnappte Ehefrau zu suchen, die sich von ihrem Mann unverstanden fühlte. Vor seinen Augen verschwamm die Schrift auf dem Monitor. Wenn er jetzt nicht sofort aufstand und sich einen Kaffee holte, würde er am Schreibtisch einschlafen.

Er schleppte sich gerädert in Richtung Kantine. Als er aus dem Büro der Personalrätin und Gewerkschaftsvorsitzenden Annette Rathjen Hallbohms Stimme vernahm, blieb er abrupt stehen. Jens Hallbohm war hier? Wenn der Polizeichef zu Besuch kam, bedeutete das nichts Gutes.

»Kommt Oschi heute nicht mehr rein?«, hörte er Hallbohm durch die nur angelehnte Milchglastür fragen. Die Kollegin verneinte, und Gott stellte sich vor, wie Hallbohm die Schultern hängen ließ. Alles an Hallbohm machte einen hängenden Eindruck, nicht nur die Schultern, auch sein Bauch und sogar die schlaffe Haut am Kinn. Als lastete die ganze Verderbtheit der Welt auf dem Polizeichef. »Wo ist er denn? Hockt er bei Wencke rum oder stopft er wieder irgendein Haustier aus?« Dass der Hauptkommissar Ermittlungen führen könnte, auf diese Idee schien Hallbohm nicht zu kommen. Annette sagte, sie sei nicht Oke Oltmanns' Sekretärin.

»Wir haben Ihr Vorhaben im Personalrat zur Kenntnis genommen«, ließ sich die Kollegin vernehmen. Ihre Stimme klang reserviert. Etwas stimmte nicht. Vincent ging einen Schritt von der Tür weg, aber nur, weil er Sorge hatte, dass er beim Lauschen erwischt werden könnte. Die Teppichfliesen aus Nadelfilz waren zwar dünn, schluckten jedoch jedes Trittgeräusch. »Ich gehe davon aus, dass der Kollege nicht mit Ihrer Entscheidung einverstanden sein wird.«

Worüber redeten die hier? Vincent sah den Flur hinab. Er wollte nicht beim Lauschen ertappt werden, doch niemand hielt sich in der Nähe auf. »Sicher.« Das war wieder Hallbohm: »Aber wenn man überlegt, dass er praktisch danebenstand, als Bartelsen ermordet wurde – und es noch immer keinen Hinweis auf den Mörder gibt, ja, da muss man sich doch fragen, ob so jemand noch im regulären Dienst tragbar ist. Wahrscheinlich wäre Oschi bei der Verkehrserziehung in der Grundschule besser aufgehoben.« Vincent erschrak. Hallbohm hatte erst dafür gesorgt, dass Oke Oltmanns nicht in der Soko mitarbeitete ... Wollte Hallbohm den Kollegen künftig tatsächlich Kasperletheater spielen lassen?

»Ich meine, gucken Sie sich Oschi doch mal an, wie der über die Jahre aus dem Leim gegangen ist.« Die Kollegin am Schreibtisch murmelte etwas, von dem er nur das Wort »Rücken« verstand.

»Sicher, seine Bandscheibe. Aber das ist auch der Punkt. Er ist nicht mehr einsatzbereit. Wir kommen um die geplante Maßnahme nicht mehr herum. Und es ist sowieso eine Frage der Zeit, bis er in Ruhestand geht.« Es folgte längeres Schweigen.

Hinter der Milchglasscheibe war Hallbohm nur schemenhaft zu erkennen. Der Schatten bewegte sich nun, und für einen kurzen Moment überkam Vincent die Furcht, der Chef könnte die Tür aufreißen, weil er ihn bemerkt hatte. Vincent wich ein paar Schritte zurück, blieb aber in Hörweite. »Natürlich ist es für Oschi bitter. Aber letztlich hilft es seinem Rücken, wenn nicht mehr die Verantwortung für eine Polizeistation auf ihm lastet.« Gott hielt für den Bruchteil einer Sekunde die Luft an. Hohwacht! Es ging um die Polizeistation. Hallbohm wollte sie dichtmachen – das war der Plan. Dünya Yilmaz aus der Sachbearbeitung hatte recht gehabt.

Annette Rathjen sagte etwas, aber die Personalrätin sprach mittlerweile so leise, dass er ihre Worte nicht verstand. Er hörte nur Hallbohms Antwort: »Das sehe ich anders, Frau Rathjen. Wir brauchen die Station nicht. Wir können die Streifen im Sommer verstärken, aber von Lütjenburg aus. Wir sparen damit eine Menge Geld.« Jetzt wurde die Kollegin lauter. Sie sagte, dass Oke Oltmanns die Schließung seiner Wache nicht einfach hinnehmen werde. Da sei sie sich sicher. Jens Hallbohm konterte mit Zynismus: »An seinen Schreibtisch ketten wird er sich wohl nicht – mit seinem kaputten Rücken.«

Bedrückt schlich Vincent zurück in sein Büro. Den Kaffee hatte er über die schlechte Nachricht vergessen. Als er an Oke Oltmanns' Schreibtisch vorbeikam, fiel ihm ein rechteckiger Umschlag auf. Unübersehbar lag das Schreiben mittig auf der grauen Schreibtischunterlage.

Langsam drehte er den Umschlag um. Vor seinen Augen tauchte das Wort »Personalabteilung« auf.

»Geh lieber nicht an Oschis Sachen!« Die Stimme kam von der Zimmertür.

»Heiner!«, entfuhr es Vincent. »Soll dich doch der Schinner holle.«

Heiner zeigte ernst auf Okes Stifthalter. »Hast du denn keine eigenen Kugelschreiber?«

Vincent hatte geistesgegenwärtig einen von Okes abgekauten Bleistiften gegriffen und hielt diesen hoch. »Doch, aber Kulis schmieren so.«

Heiner sah ihn an. »Ich wollte eigentlich fragen: Kommst du nachher mit? Essen? Nur Döner macht schöner.«

Vincent lachte gezwungen: »Nä, danke!« Wäre er nicht gerade mit dem Oltmanns-Drama befasst, er hätte sich gefreut. Langsam tauten die Kollegen von der Küste auf.

Er wartete, bis die untersetzte Gestalt aus der Tür verschwand, dann griff sich Vincent den Umschlag. »Bliev ruhig und mach vöran«, trieb er sich an, ohne den Blick von der Tür zu wenden. Er steckte ihn tief in die Lücke zwischen Laptop und Gedichtband in seinen Rucksack.

So, wie er das sah, gab es ein unausgesprochenes »Arangschemang« zwischen dem Kommissar und ihm. Und das besagte, dass sie sich gegenseitig halfen.

OKE

Endlich Feierabend. Oke sehnte sich danach, sich in der Einsamkeit seiner Werkstatt zu verkriechen. Dort würde er im Schein der Kegellampe vor sich hinarbeiten, einmal ohne über Probleme nachzudenken. Höchstens würde er sich darüber Gedanken machen, ob er sich die Eisbärkralle im Tierpräparator-Shop bestellte. Sieben Zentimeter lang, an der Außenkrümmung gemessen, mit echtem Eisbärfell aus Kanada versehen. Obwohl er wahrscheinlich lange darauf würde warten müssen, dass ihm in Schleswig-Holstein ein Eisbär begegnete, noch dazu ein toter.

Er konnte die Kralle natürlich auch als Schmuckstück

für eine Halskette verarbeiten. Für Inse zu Weihnachten oder so ... Laut der Händlerbeschreibung war die Kralle jedenfalls geruchsneutral.

Doch Inse machte alle seine Überlegungen zunichte: »Zieh dich um! Wir wollen gleich los!« In der nächsten Sekunde hielt sie ihm ein T-Shirt unter die Nase. Er starrte darauf, als wüsste er nicht, was er damit sollte. »Dein Spaß-T-Shirt für die Spaßregatta. Oschi, wehe, wehe, wir gehen nicht hin! Darauf warte ich seit Wochen!« Er betrachtete das T-Shirt. »Ich habe es dir bei ›Lütje.net‹ gekauft«, sagte Inse. Er las den Aufdruck und stöhnte innerlich. Warum musste er besonders lustig angezogen sein, um zur Spaßregatta zu gehen? Oke holte tief Luft und sagte Inse zuliebe nichts. Die Regatta – die hatte ihm gerade noch gefehlt.

»Letztes Eis vor der Flunder!«, stand auf dem Schild. Der Eisverkäufer hatte es unübersehbar auf der Kühltruhe am Übergang vom Strand zur Aussichtsplattform platziert. Inse drückte seine Hand. »Letztes Eis vor der Flunder!«, frohlockte sie und machte Anstalten, sich in die Schlange einzureihen. Er ließ ihre Hand los und lief allein weiter. Die Holzbohlen knarrten unter seinem Gewicht. Unter ihm plätscherte Wasser.

Oke lehnte sich zwischen den vielen wildfremden Menschen ans Geländer der Plattform und betrachtete die Aussicht.

Linker Hand befand sich Neu-Hohwacht mit seinem Supermarkt, den Apartments und Strandkörben. Er drehte den Kopf ein wenig, sodass vor ihm nur noch das Meer lag. An diesem Tag schien es beinahe türkisblau. Silberne Lichtreflexe spiegelten sich auf der Oberfläche. Von seiner Position aus konnte er durch das Wasser hindurchsehen, bis auf den gekräuselten Sand am Grund. Oke beobachtete einen kleinen Fisch, der zwischen den Pfeilern hindurchflitzte, die die Plattform trugen. Oke wandte sich nach Inse um.

»›Hohwaii‹ ist gut«, gluckste ein Rentner neben ihm und zeigte mit einem schrumpeligen Finger auf Okes Bauch. Das T-Shirt, fiel Oke ein. »I love Hohwaii«, stand darauf. Oke schwieg, was den Ruheständler veranlasste, weiterzuplappern: »Aber stimmt ja, der Strand hier – die pure Postkartenidylle! Sieht aus wie in einem Reiseprospekt von Mauritius. Nicht, dass ich schon mal in der Karibik gewesen wäre …«

Oke gab einen kurzen Brummton von sich, hielt dabei aber weiter Ausschau nach Inse. Außerdem: Wie idyllisch konnte ein Ort sein, an dem Dorfbewohner am helllichten Tag umgebracht wurden?

Und wie lange würden Inse und er überhaupt noch hierbleiben können? Vielleicht mussten sie sogar umziehen, wenn die Umstrukturierungen bei der Polizei demnächst endgültig abgeschlossen wurden. Sein Einsatz in Lütjenburg sollte vorübergehend sein, hatte es zu Beginn der Reform geheißen. Wer wusste, was als Nächstes kam?

Die Hoffnung, dass die Reduzierung der Öffnungszeiten rückgängig gemacht würde, hegte er nicht mehr. Den Zahn hatte ihm Annette Rathjen vom Personalrat gerade gezogen. Sie hatte ihm gegenüber in ihrem kleinen, nach künstlichem Raumspray riechenden Büro angedeutet, dass die Dienststelle in Hohwacht in Kürze wahrscheinlich sogar komplett geschlossen werden würde.

Sollte dies geschehen, könnte er sich als Leiter des Ermittlungsdienstes in Kiel bewerben und somit die höhere Besoldungsgruppe A 12 erreichen. Das hatte ihm Annette ebenfalls erklärt. »Du bist ein Reformopfer, Oschi. Das würde ich an deiner Stelle ausnutzen.«

Oke wollte keine Karriere in Kiel machen. Er wollte, dass wieder alles so war wie früher. In diesem Augenblick entdeckte er Inse. Sie stand noch geduldig für ein »letztes Eis vor der Flunder« an. Inse würde wollen, dass er eine Leitungsfunktion in Kiel übernahm.

Annette hatte ihn nicht ohne Grund zu sich gerufen. »Das Schlimmste, was dir passieren kann, ist, dass sie dich in die Sachbearbeitung stecken und du einen Chef mit deinem Dienstgrad kriegst und der dir sagt, wo der Hase langläuft. Aber warte erst ab, was genau in Hallbohms Brief steht«, hatte Annette versucht, ihn zu beruhigen. »Bestimmt ist er bereits mit der Hauspost unterwegs«, hatte Annette gemeint. Einen Brief hatte er bisher nicht erhalten.

Nach dem Gespräch hatte er sich erstmals die internen Ausschreibungen für Beschäftigte der Landesverwaltung Schleswig-Holsteins angesehen. Aktuell wurden zwei Sachbearbeiter gesucht: ein Pförtner für die Bezirkskriminalinspektion, ebenfalls in Kiel, und jemand für die Asservatenkammer in Lübeck. Als Pförtner würde er sich um den Posteingang und die Entgegennahme von Telefongesprächen kümmern. In Lübeck müsste er Asservate und Fundsachen annehmen, verwahren und herausgeben.

Der Pförtner sollte auch körperlich belastbar sein. Damit kam der Posten für ihn eigentlich nicht infrage. Heben und Tragen waren wegen seiner Bandscheibe problematisch. Dann schon eher die Asservatenkammer, wo er eventuell das eine oder andere Präparationsobjekt mitnehmen könnte. Aber Lübeck war noch weiter weg als Kiel!

Er hatte zu lange ins Gegenlicht geschaut, jetzt flimmerte es ihm vor Augen. Er blinzelte ein paarmal. Nachdem er in Oke keinen willigen Gesprächspartner gefunden hatte, zog sich der Rentner grußlos zurück. Oke blickte sich erneut nach seiner Frau um. Wie lange konnte es dauern, ein Eis zu kaufen?

Sie umrundete gerade eine Familie mit drei Kleinkindern. Ihr blondes Haar wirkte im Licht der tiefstehenden Sonne fast golden. »Willst du wirklich kein Eis?« Sie sah ihn aus ihren blauen Augen fragend an.

Er schüttelte den Kopf. »Ne. Nur einen Eisbären.«

Inse musterte ihn prüfend von Kopf bis Fuß. »Na, hoffentlich wirst du mir nicht krank!«

LÜBBE

Lübbe Gronau nahm eine Handvoll Stahlkugeln. Der Typ auf dem Flohmarkt hatte ihm eine ganze Tüte mitgegeben. Ein paar Kugeln legte er in das Fach am Griffende ein: Die Schleuder hatte ein eingebautes Magazin. Das vorhandene Gummiband hatte er schon vor ein paar Tagen herausgenommen und durch ein neues ersetzt. Er besaß damit eine ziemlich geile Jagdschleuder. Kein Kinderspielzeug.

Er öffnete das Fenster zum Hof weit. Das Mädchen in

dem schmuddeligen Rock würde so schnell nicht weggehen. Es schien vertieft in das Spiel mit der Katze, die ihm mit zitterndem Schwanz um die nackten Beine strich. Zwischendurch rief das etwa vier- oder fünfjährige Mädchen immer wieder hoch: »Mama, guck mal! Hier ist eine Katze!«

Bedächtig positionierte Lübbe Gronau seine Schleuder mit der Armstütze auf der Fensterbank. Im Internet gab es solche Waffen nicht zu bestellen. Präzisionsschleudern wie diese waren in Deutschland verboten. Außerdem hätte er keinen Ärger mit dem Zoll riskiert – schon wegen Jaqueline. Sie war zwar eine dumme Kuh, aber er liebte sie. Irgendwie. Und sie liebte ihn, den 34-jährigen Geschäftsinhaber mit Hang zu schnellen Maschinen. Er hatte keine Ahnung, was sie in ihm sah.

Undeutlich erkannte er sein Spiegelbild in der Fensterscheibe. Ein bleiches Mondgesicht starrte ihn an. In der Scheibe erschienen die Buchstaben auf seinem Harley-Davidson-T-Shirt spiegelverkehrt. Er trug fast immer T-Shirts, weil er die Dinger bei »Lütje.net« verkaufte. »Mama!«, hallte es draußen von den Wänden wider.

Lübbe Gronau schob die Schleuder weiter nach links, bis sie den Fensterrahmen berührte. Der Lack des Rahmens war abgeplatzt und das Holz, das darunter zum Vorschein kam, morsch. Der Scheißvermieter hätte sich schon längst darum kümmern sollen, dachte er wütend. Wie um den Schimmel im Bad, der sich bald durch die ganze Wohnung fressen würde. Er hasste diese ganze heruntergekommene Wohnanlage. Aber wenigstens konnte er hier seine neue Schleuder gut ausprobieren und sich ein bisschen abreagieren.

»Mama!« Das Kind klang jetzt wütend. »Mama, guck endlich!« Lübbe Gronau streckte den Rücken durch, bis es knackte. Dann beugte er sich über die Schleuder. Über ihm schlug ein Fenster auf. »Halt die Klappe, Annalena«, schrie eine kratzige Frauenstimme.

Das Kind machte einen Schmollmund. Es ging auf dem staubigen Boden in die Hocke und flüsterte der Katze etwas zu. Während seine kleinen Finger durch das lange Fell glitten, peitschte der Schwanz der Katze unruhig hin und her. Oben in der stickigen Zweizimmerwohnung spannte Lübbe Gronau in aller Seelenruhe die Zwille. Das Band ließ sich bis zu 25 Zentimeter langziehen.

Der Aufschlag würde es in sich haben.

Die Kugel könnte ein Holzbrett zerfetzen. Es kam einzig auf seine Genauigkeit an.

Das Kind hob den Kopf wieder zu den Fenstern, exakt in dem Moment, als Lübbe Gronau das Band losließ.

Das Geschoss traf die Katze voll ins Auge. Sie taumelte nicht mal. Es sah aus, als würde das Tier von einer unsichtbaren Hand auf das Pflaster gerissen. Er atmete tief ein. Ein Gefühl der Genugtuung machte sich in ihm breit. Das kam dabei heraus, wenn man auf seine Lederjacke pisste.

Auf dem Weg zum Fernseher kickte er eine Stoffmaus weg. Das Scheißkatzenspielzeug lag hier überall rum.

Er griff sich die Dose Bier vom Glastisch und legte die Füße hoch. Erst mal würde Jaqueline natürlich rumheulen, wenn die Fusselbürste weg war. »Weißt du, was eine echte Angora Wert ist?«, hatte sie ihn angeschrien, als ihm die Piss-Katze das letzte Mal ins Treppenhaus entwischt war. Dabei hatte er ihr von Anfang an gesagt, dass er keine Katzen im Haus haben wollte. Sie würde ihm letztlich dankbar sein. Jetzt musste sie jedenfalls kein stinkendes Katzenfutter mehr aus der Dose kratzen.

Der Kuckuck aus ihrer blöden Wanduhr sprang heraus und Lübbe Gronau verschüttete Bier. Nicht, weil er sich wegen des dummen Kuckucks erschrocken hätte, sondern weil er die Zeit vergessen hatte! Bullshit! Jaqueline wollte sich doch mit ihm bei dieser Scheißregatta treffen. Und jetzt war sein Shirt nass.

Das Motorrad jaulte auf und er jagte rüber nach Hohwacht. Er beschleunigte aus einer Kurve heraus, reduzierte die Geschwindigkeit, um die nächste Kurve ohne zu bremsen anzufahren. Er legte sich richtig rein, sodass sein Knie fast den Asphalt berührte. So krass!

Er drosselte das Tempo, als er sich dem öffentlichen Parkplatz beim Supermarkt näherte. Seine Augen verengten sich zu Schlitzen. Was sollte der Scheiß denn? Wieso stand der Typ in der Warnweste da? »Tut mir leid, hier können Sie nicht parken.« Der machte wohl Witze.

»Ich habe keine Zeit, Mann. Ich bin hier verabredet.«

Der Parkwächter wirkte unsicher, als er in sein Walkie-Talkie sprach. Doch am Ende des Gesprächs schüttelte er den Kopf: »Tut mir leid, der Platz ist komplett belegt. Liegt an der Regatta.«

In der Nähe öffnete sich die Tür eines roten Opel Corsas und Männer mit langen Bärten und dunklen Umhängen quälten sich aus dem Fahrzeuginneren. Der Fahrer trug ein Kettenhemd. Er ließ die Kofferraumklappe aufspringen und förderte ein Plastikschwert zutage. »Los, Leute. Wir sind spät dran«, spornte er die anderen zu mehr Tempo an. Lübbe starrte die Möchtegern-Wikinger feindselig an. Das hätte sein Parkplatz sein können.

Jetzt musste er in einer Seitenstraße parken und durfte endlos zu Fuß latschen. Jaqueline würde ausflippen, wenn er sie so lange warten ließ. Und er konnte sie nicht anrufen, weil der Scheißakku seines Handys wieder leer war.

Auf dem Weg organisierte er sich im Supermarkt ein Bier. Im Markt war nix los. Einen Zehner, dass die alle schon am Wasser waren. Jaqueline war ja auch so verrückt nach dieser Spaßregatta. Völlig bekloppt!

Er fragte sich, wie er sie finden sollte. Sie hatten sich im Bistro bei der Bernsteinhütte verabredet. Aber vor mehr als einer Stunde. »Einmal Kibbeling mit Knoblauchsauce«, brüllte der Koch durchs Ausgabefenster und eine sonnenverbrannte Frau mit bunter Strandtasche stürzte heran: »Die Kibbelinge bin ich!«

Jaqueline sah er nicht. Wahrscheinlich war sie vorgegangen, weil sie den Startschuss nicht verpassen wollte. Er lief nun schneller.

CARMEN

Sie stand vor dem verspiegelten Kleiderschrank und konnte sich nicht entscheiden. Nahm sie das rote Enganliegende? Oder doch lieber eine Jeans? Die Jeans wäre praktischer, aber sie liebte das rote Kleid. Sie hatte es mitgenommen, obwohl ihr klar gewesen war, dass sie es wahrscheinlich nicht anziehen würde. Heute wäre die Chance es zu tun.

Sie zupfte an dem leichten Stoff, als würde das die Entscheidung vereinfachen.

Martin tauchte hinter ihr auf. »Bist du immer noch nicht fertig?«

Carmen zog eine Grimasse. »Ich habe noch nicht mal angefangen, ich muss mich auch noch schminken …«

Martin bekam wieder diese hässliche Falte zwischen den Brauen. »Och! Ich habe Hunger!«

Cedrik rannte ins Zimmer und warf sich mit Wucht aufs Doppelbett. »Gibt's bald was zu essen?«

Carmen scheuchte beide zur Zimmertür hinaus. »Macht euch ein Müsli. Ich habe keine Zeit, euch zu bedienen. Ich muss mich schön machen.«

Martin umfasste ihre Hüften. »Komm schon, wir wollen feiern!« Sie hatte ihm erzählt, dass sie das Geld für die Ferienwohnung in Brasilien zurückbekommen sollten und nach ihrem Urlaub im »Flunderglück« in der »Surfer-Lounge« drei zusätzliche Tage verbringen durften. Er wirbelte sie durchs Schlafzimmer, als befänden sie sich in einem Ballsaal. »Du musst dich nicht zurechtmachen. Du bist immer die Schöne und ich immer das Biest …«, wisperte er ihr ins Ohr.

Cedrik stopfte sich zwei Kissen in den Nacken. »Mama ist das Biest, die kocht uns nichts«, lästerte er. Dabei streckte er sich wohlig auf dem Bett aus.

»Jetzt reicht es, raus mit euch! Wir essen gleich auf dem Fest. Geht schon vor die Tür.« Sie ignorierte das Gemaule und streifte sich das rote Kleid über den Kopf. Es war enger, als sie es in Erinnerung gehabt hatte. Sie drehte sich vor dem Spiegel. Zumindest passte die Farbe wirklich gut zu ihren Haaren.

Ein letzter Blick und sie entschied sich, das Kleid anzulassen. Sie würde den Bauch einziehen. Wer wusste, ob sie es im nächsten Jahr überhaupt noch über den Kopf bekam.

Und sie musste sich nicht großartig bewegen. Sie wollte schließlich keine Regatta gewinnen. Sie musste nur zusehen!

Um vom Hüftgold abzulenken, pinselte sie großzügig goldenen Lidschatten auf ihre Lider und zog sogar einen schwarzen Lidstrich. Dann tuschte sie ihre langen Wimpern. Sie lächelte ihrem Spiegelbild zu. »Mammamia!« Carmen wollte den Raum schon verlassen, als ihr auffiel, dass sie die Lippen vergessen hatte. Sie zog sie kirschrot nach, küsste ein Taschentuch, das die überschüssige Farbe aufsaugte, und sprühte ein wenig Parfum auf ihren Hals. Fertig. Sie zupfte am Saum des Kleides und begutachtete das Ergebnis ihrer Bemühungen ein letztes Mal im Spiegel. Die Blicke der Festbesucher wären ihr sicher.

Der einstige Fischerort Hohwacht hatte sich ebenfalls für die Regattabesucher herausgeputzt. Überall hingen bunte Wimpel, und vom Strand erklang Gitarrenmusik. An der Promenade reihte sich ein Imbisswagen an den nächsten. Martin stellte sich sofort für Stremellachsbrötchen an. Sie kam jedoch nicht zum Essen. Die belegten Brötchen waren schon aus, und bevor der Imbissverkäufer Meerrettich auf ihr Brötchen gestrichen hatte, zog sie jemand am Arm.

Vor ihr stand eine hibbelige, dunkelhaarige Frau in einem roten Kleid. »Gut, dass du da bist!« Carmen verstand nicht. Die Brünette zeigte mit dem Daumen über ihre Schulter. Vor einer der alten grünen Fischerhütten, die jemand mit Tauen, einer Holzbank und einem Schild »Lieblingsplatz« dekoriert hatte, wartete eine Gruppe lachender und wild gestikulierender Frauen in roten Kleidern. Die sahen allesamt aus wie ihre Zwillinge!

Carmen ahnte nichts Gutes. »Das muss eine Verwechslung sein«, sagte sie und sah hilflos zu Martin.

»Nein!« Die Brünette zeigte sich jetzt eine Spur resoluter: »Du bist der perfekte Ersatz für Lara!« Carmen wollte sich schon abwenden, doch die Frau hielt sie zurück. »Bitte! Lara hat sich den Fuß verstaucht. Jetzt fehlt uns unsere Nummer zehn. Wir sind die Teufelsweiber. Und ohne dich können wir bei der Regatta nicht mitmachen! …« Ein ausgesetzter Welpe hätte nicht deprimierter aussehen können.

Martin gab sich heiter. »Carmen hilft bestimmt gern aus. Meiner Meinung nach ist sie schon immer ein Teufelsweib gewesen.«

Carmen stieß ihn wütend mit dem Ellbogen an: »Fahr du doch mit. Ich leihe dir gern mein Kleid!«

Martin legte den Arm um ihre Schultern. Du schaffst das, wir feuern dich an.«

Sie zweifelte: »Ich bin aber noch nie SUP gefahren!«

Die braunen Augen der Brünetten hingen flehend an ihr. »Bitte!«

Sie wollte sich nicht blamieren. Unauffällig machte Carmen ein paar Schritte rückwärts – und lief geradewegs in einen attraktiven Hünen mit blonder Surfer-Frisur und Block in der Hand. Sie erkannte den Besitzer der Surfschule: Fiete.

»Seid ihr jetzt vollzählig? Super. Dann schreibe ich eure Namen für die Wettkampflisten auf! Die Bretter liegen da drüben, ihr könnt euch gleich eins aussuchen.«

Vor einem der Boards hatten sich viele Menschen versammelt. »Was ist denn da los?«, fragte Carmen.

Fiete griente. »Marlene ist los. Das Huhn meiner Schwägerin fährt als Maskottchen mit. Ich glaube, sogar das Fernsehen kommt ausschließlich wegen ihr, nicht, um die Regatta zu filmen. Ihr habt also starke Konkurrenz.«

Sie starrte den Mann mit dem gewellten Haar an. »Das Fernsehen kommt – hierher?«

Er lachte wieder. »Ja, und jetzt verrate mir deinen Namen.«

LÜBBE

Es liefen nur noch vereinzelt Leute auf der Promenade herum. Die Bernsteinbude hatte bereits geschlossen. Sogar bei der Surfschule sah er niemanden. Die Paletten-Sofas – allesamt verwaist. Normalerweise hingen da abends richtig gute Tussis ab. Die standen garantiert unten am Wasser und warteten auf den Startschuss.

Lübbe musste nicht mal an der Imbissbude anstehen, als er seine Bestellung aufgab: »Einmal Pommes rot-weiß.«

Der Verkäufer schaute genervt. »Sonst noch was? Ich will nämlich auch gucken!« Wenig später reichte er ihm die Pappschale, kassierte und verschwand in Richtung des Ufers.

Biertrinken und Pommesessen ging im Gehen schlecht. Lübbe nahm einen letzten, großen Schluck und stellte die leere Flasche auf einen Stapel Surfbretter, als sie plötzlich vor ihm stand.

Ihr Gesichtsausdruck veränderte sich, als sie ihn erkannte. »Sie!«, stieß sie hervor und baute sich regelrecht vor ihm auf. »Da sind Sie ja! Wieso sind Sie nicht im Laden gewesen? Ich habe Sie gesucht!« Sie blitzte ihn hitzig an. »Warum gehen Sie nicht ans Telefon? Wissen Sie, wie oft ich versucht habe, Sie anzurufen? Was treiben Sie eigentlich?« Die blöde Kuh schien nicht mehr aufhören zu wollen.

»Mal langsam mit den Pferden.« Der Spruch sollte beschwichtigend klingen. Doch er hörte selbst den aggressiven Unterton in seiner Stimme heraus.

Nervosität hatte Besitz von ihm ergriffen. Er dachte an die gefälschten Bücher. Lübbe stand da, die Pommesschale hielt er einfach in der Hand. Ans Essen dachte er nicht: Sie sah aus, als wollte sie ihn gleich schlagen.

»Meinen Sie, Sie kommen damit durch?« Ihre Worte überschlugen sich fast.

Nervös sah er sich um. Die Regattabesucher waren mindestens hundert Meter entfernt. Niemand interessierte sich für sie, alle schauten auf die Monsterboards, die eben in Stellung gebracht wurden. Hatte sie Wind von der Sache mit der »Surfer-Lounge« bekommen? Wenn ja, war das schlecht – aber sowas von!

Wutentbrannt starrte sie ihn an. »Ich lasse mir von Ihnen nicht auf der Nase herumtanzen! Diesmal werde ich der Sache nachgehen! Morgen früh legen Sie mir Ihre Bücher vor! Oder haben Sie geglaubt, ich merke es nicht, wenn Sie die Wohnung mal offiziell und mal schwarz vermieten?« Ihre Halsschlagader trat hervor. »Haben Sie das gedacht: Die Tussi rafft nicht, was ich abziehe?« Ihre Stimme bebte. »Wehe, Sie haben sich etwas zu Schulden kommen lassen. Dann bin ich im Nullkommanix bei der Polizei! Darauf können Sie sich verlassen!«

Damit wirbelte sie herum, in der Absicht, ihn stehen zu lassen. Er sah ihr Haar fliegen, dann durchschnitt ein lauter Knall die Luft.

Während der Startschuss am Wasser verhallte, rannte er hinter ihr her, packte sie von hinten, nahm ihren Kopf in den Schwitzkasten und drückte ihr mit aller Kraft die fast volle Pommesschale ins Gesicht. Es war wie ein Reflex.

Wegen der Majo kamen nur unartikulierte Laute aus ihrem Mund. Sie ruderte wild mit den Armen. Aber das Einzige, was passierte, war, dass ein paar zerdrückte, in rotweiße Sauce getunkte Pommes zwischen ihrer Haut und der Pappe hervorrutschten. Mit grober Gewalt drückte er die Pommesschale gegen ihren Mund. Bis es knackte. Das mussten ihre Zähne oder ihr Kiefer gewesen sein, vielleicht auch etwas anderes. Jedenfalls hörte das Gurgeln auf.

Vom Wasser klangen Pfiffe, Schreie und das Getöse einer Vuvuzela herüber. Der Geräuschkulisse nach zu urteilen, kämpften die SUP-Mannschaften nicht um den Sieg, sondern um ihr Leben.

CARMEN

Die Wikinger brachten sich unter viel Beifall des Publikums sofort an die Spitze des Teilnehmerfelds. Aber ihre langen Umhänge erwiesen sich als hinderlich beim Paddeln. Das erkannte Carmen sogleich. Doch die Wikinger von Haithabu waren kräftige Mannsbilder.

Einer der bärtigen Nordmänner hatte ihr kurz vor dem Start zugezwinkert. Der Augenkontakt hatte dafür gesorgt, dass sie sich in ihrem roten Mini-Kleid nicht mehr so unwohl fühlte. Wider Erwarten hatte sie auch keine Probleme, Halt auf dem nassen Brett zu finden. Unter den Sohlen spürte sie die aufgeraute Kunststoffoberfläche. Das alles machte ihr genug Mut, um das Paddel schnell und tief ins Wasser zu stechen.

Trotzdem verlor sie Erik Blut-Axt, wie sie ihn im Stillen nannte, bald aus den Augen. Die Teufelsweiber waren schlicht nicht aufeinander eingespielt. Ständig gerieten sie aus dem Takt. Und jetzt wurden sie auch noch von der Mannschaft mit Huhn überholt! Und das, nachdem diese den Start komplett vergeigt hatte.

Carmen hatte über ihre Schulter gesehen, wie die Mannschaft die Bäckersfrau mit vereinten Kräften an Bord hieven musste. Die Ärmste war bereits nach dem ersten Meter ins Wasser geplumpst. Der Korpsgeist kam jedoch beim Publikum an. Wieder erklangen Beifall und Getrampel, vermischt mit Pfiffen. Oder es lag am Huhn. Carmen tippte, dass das Huhn das Mannschaftsmitglied mit den meisten Fans war.

Die alte Henne hatte etwas von einer Galionsfigur, fand Carmen. »Marlene, Marlene«, skandierten die Zuschauer am Strand.

Sie überblickte die Strecke. Nur noch 100 Meter bis zur Ziellinie. Der Spaß würde gleich mit einem Kopf-an-Kopf-Rennen zwischen Wencke und den Wikingern enden, befürchtete sie. Diese Tatsache spornte ihren Ehrgeiz an. »Los, Mädels!«, schrie sie mit aufkeimendem Siegeswillen. »Wir sind die Teufelsweiber! Ran an die Mannsbilder!«

LÜBBE

Er brauchte ein Versteck. Dieser Gedanke kam ihm in den Sinn. Erst mal musste er jedoch die Lage checken: Vorsichtig reckte Lübbe den Hals, um seitlich an dem Bretterstapel vorbeizusehen. Vor ihm erstreckte sich der menschenleere Strand. Ein paar verwaiste Jollen lagen noch da. In der Ferne, hinten im Wasser, erkannte er als weißen Punkt eine Jacht, die vor Anker gegangen war. Die Zuschauer hatten sich scharenweise in Richtung der Ziellinie bewegt, immer den Mannschaften hinterher.

Albern, das ganze Getue. Und Jaqueline machte wahrscheinlich sogar mit. Wie eine Nadel stach ihn die Eifersucht bei dem Gedanken, dass seine Freundin etwas mit einem von diesen affigen Wikingern anfangen könnte. Lübbe zwang sich, sich zusammenzureißen. Er musste zusehen, dass er hier wegkam.

Die Leiche lag direkt neben seinem Motorradstiefel. Einzelne Details sprangen ihm ins Auge. Der zermatschte Pommesbrei auf dem Gesicht der Frau, der verrutschte Träger ihrer fleckigen Latzhose, ihre zierliche Hand im Sand. Ein Nagel war abgebrochen. Jäh fiel ihm ein, dass er Fingerabdrücke hinterlassen hatte. Lübbe bückte sich, griff nach der Pommesschale und rieb die glatte Unterseite in seinem T-Shirt ab. Dabei landete Mayo darauf. Was für eine Sauerei!

In seinen Biker-Boots sank er tief im Sand ein, als er zurück zur Promenade lief. Scheiße. Schuhabdrücke! Er prüfte, ob das Profil der Sohle zu erkennen war. Doch der Sand war an dieser Stelle zu pulvrig, als dass es Spuren gegeben hätte. Lübbe ging weiter. Dabei sah er sich mehrfach nach möglichen Augenzeugen um. Seine Füße schienen ein Eigenleben zu entwickeln, sie liefen immer schneller. Doch Lübbe zwang sich, nicht zu rennen. Der Lütjenburger Webshop-Betreiber hatte absolut kein Interesse daran, die Aufmerksamkeit auf sich zu ziehen.

OKE

Zumindest bei der Todesart gab es erst mal keine Fragezeichen. Sie war eindeutig nicht natürlich: Jemand hatte die Frau mit einer Portion Pommes rot-weiß erstickt. Oke konnte sich nicht erinnern, dass in Schleswig-Holstein jemals ein Mord mittels einer Portion Fritten verübt worden wäre. Immerhin hatte man sie nicht in Hühnchen süß-sauer totgedrückt.

An der Surfschule wimmelte es bereits von Medienvertretern, die sich ihren Weg an Polizisten und Gaffern vorbei bahnen wollten. Viele Kollegen waren im Einsatz. Hallbohm hatte das große Besteck auffahren lassen. »Moin, Oschi«, sagte sein Chef plötzlich hinter ihm. Wenn man vom Teufel sprach …

»Weiß man schon, wer die Frau ist?«

Oke schüttelte den Kopf. »Ne. Noch nicht.«

Hallbohm wirkte unzufrieden mit der Antwort. »Warst du hier, als das passiert ist?«

Oke stutzte. Was war das für eine Frage? »Ne. Ich war mit meiner Frau unten am Strand – wir haben bei der Regatta zugesehen«, sagte er.

Hallbohm musterte ihn von Kopf bis Fuß. Dann blieb sein Blick an Okes T-Shirt haften: »Hohwaii …«, las er tonlos ab. Der Chef setzte eine ausdruckslose Miene auf. »Ich frage nur, weil du beim letzten Mord ja auch quasi danebenstandest …«

Oke hatte keine Zeit, sich über Hallbohms Äußerung Gedanken zu machen, denn von hinten näherte sich ein gut gelaunter Kölner.

»Daach zosamme!« Gotts halb lange Haare hingen ihm wirr und nass ins Gesicht, der akkurate Männer-Dutt hatte sich vollständig aufgelöst. Oke wusste, dass die Regattagewinner stets von einer ausgelassenen Fangemeinde nassgespritzt und zum Teil sogar unter Wasser gedrückt wurden. An Gotts Aufzug hatte der Polizeichef offensichtlich nichts zu nörgeln.

»Herr Gott! Ausgezeichnet, dass Sie da sind. Ich will Sie bei der Soko Regatta auf jeden Fall dabeihaben. Dann haben wir auch jemanden, der sich in Hohwacht auskennt.«

Gott sah konsterniert zu Oke.

Hallbohm nickte Gott aufmunternd zu. »Na, ich würde sagen, dann wollen wir mal … Da vorne kommt die SpuSi.« Offensichtlich wollte er Oke loswerden. Denn Hallbohm hob die Hand zum Abschied. »Schöne Grüße an deine Frau, Oschi. Und schönen Abend noch.«

Oke schnappte nach Luft. Wie eine Kieler Sprotte, die aus dem Meer gefischt worden war.

»Ja – ne«, meinte er dann, immer noch leicht bedröppelt, und setzte sich langsam in Bewegung. Tausend Fragezeichen im Kopf.

CARMEN

»Wieso kniest du hier in aller Herrgottsfrühe im Beet?«, wollte Carmen von ihrer Mutter wissen. Genauso gut hätte ihre Mutter sie natürlich fragen können, was sie um diese Zeit in ihrem Garten wollte. Doch der Besuch ihrer Tochter schien sie nicht sonderlich zu überraschen.

Maria fuhr sich mit dem schmutzigen Handschuh übers Gesicht, wobei sie einen dunklen Streifen auf der Stirn hinterließ. »Weil dieser Giersch eine wahre Pest ist!« Maria riss schon wieder an einem grünen Stängel. »Der wuchert hier wie verrückt.« Triumphierend hielt sie kurz darauf eine lange weiße Wurzel in die Höhe. Ihre Mutter blickte sie jetzt ernst an. »Außerdem musste ich mich nach all dem Schrecklichen ein bisschen ablenken.«

Carmen stieß Luft aus. »Kann ich verstehen. Wieso musstest du auch gaffen gehen? Du heißt nicht Wieczorek.« Maria hatte mit eigenen Augen gesehen, dass es sich bei der Toten um Diana Christiansen handelte. Inzwischen war die Identität des Opfers offiziell bestätigt. Carmen setzte sich an den großen Teakholztisch. »Ich konnte nicht mal frühstücken. Mir wird übel, wenn ich mir vorstelle, was du erzählt hast. Ich werde nie wieder Pommes rot-weiß bestellen können, ohne an die arme Frau zu denken!«

Ihre Mutter wühlte wieder in der Erde. »Jetzt hör aber auf mit deinem Sarkasmus! Und ich war nicht gaffen, ich habe eine Toilette gesucht! Und Pommes sind sowieso ungesund.«

Carmen war nicht zum Streiten aufgelegt. »Mama, lass doch mal den ollen Giersch in Ruhe. Ich wollte etwas Wichtiges mit dir bereden. Danach kannst du von mir aus Wencke anrufen. Die hilft dir beim Aufessen …«

Maria stand langsam auf und rieb sich Schmutz vom Knie. »Sei nicht so frech. Wencke hat sehr viel Ahnung von gesunder Ernährung.« Sie zog einen der schweren Teakholzstühle unter dem Terrassentisch hervor. »Was willst du mit mir besprechen?«

Carmen senkte die Stimme: »Ob wir nicht zur Polizei gehen sollten?«

Ihre Mutter zog sich die Gartenhandschuhe aus. »Warum willst du zur Polizei? Wir kannten die Frau doch eigentlich gar nicht.«

Carmen wunderte sich über ihre Mutter. Aufgebracht sagte sie: »Weil wir erst kurz vor ihrem Tod mit ihr zusammen waren!«

Maria betrachtete sie skeptisch. »Denkst du wirklich, dass dein Problem mit der Ferienwohnung etwas mit ihrem Tod zu tun hat?«

Carmen zuckte die Achseln. »Ich weiß es nicht, aber Martin meint, dass die Polizei immer die Leute befragt, die zuletzt mit dem Opfer geredet haben. Und wir könnten den Beamten sagen, dass sie sich mit dem Webshop-Betreiber treffen wollte. Das könnte durchaus wichtig sein. Es kann alles wichtig sein!«

Ihre Mutter starrte eine Weile vor sich hin. Dann nickte sie. »Okay, wahrscheinlich habt ihr recht. Wir hätten das wohl schon gestern tun müssen. Gut, fahren wir zu unserem Oschi. Schaden kann es nicht.« Sie stockte. »Ach, das geht heute nicht. Die Wache ist doch nur dienstags geöffnet.«

Johann-Magnus kam den Gartenweg entlanggeschlendert, vor der Brust balancierte er drei volle Kaffeebecher.

»Ein Tag ohne Kaffee ist möglich, aber sinnlos!« Im Bruchteil einer Sekunde kam er auf dem moosigen Plattenweg aus dem Tritt und Kaffee kleckerte auf sein hellblaues Poloshirt.

»Warum nimmst du kein Tablett?« Maria sah ihn vorwurfsvoll an.

»Ach, halb so wild, den Fleck sieht man gar nicht«, wiegelte er ab und blickte dabei an seiner Brust hinab.

Wahrscheinlich wollte der Verlobte ihrer Mutter von seinem Missgeschick ablenken, denn er erkundigte sich höchst interessiert: »Worüber habt ihr eben geredet?« Sie erzählten es ihm. Johann-Magnus blickte auf seine Armbanduhr und stellte fest: »Halb zehn, da müsste Oschi bei Edeltraut sein.«

Carmen schüttelte ungläubig den Kopf. Hier wusste wohl jeder Dorfbewohner, wer wann wo steckte.

Johann-Magnus rollte die Zeitung auseinander, die er in seiner Gesäßtasche mit in den Garten gebracht hatte. »Hast du übrigens den Kommentar zu dem Mord gelesen? Der ist das Thema im Dorf!«

Carmen fragte: »Der Kommentar oder der Mord?«

Johann-Magnus lächelte verlegen. »Beides. Der Journalist meint, der Mord sei die Folge der Reform. So was käme eben dabei raus, wenn sich die Polizei mehr und mehr aus der Fläche zurückzieht. Was sagst du dazu?«

Carmen zuckte gleichgültig mit den Schultern. Die Zeitung interessierte sie nicht. »Ihr beiden könnt ja wieder eine Petition einreichen, wie damals, als ihr die Stranddistel retten wolltet.«

Ihre Mutter schüttelte den Kopf. »Eine Petition einreichen? Für die Hohwachter Polizei? Ich weiß nicht – ich ruf jetzt erst mal bei Edeltraut an, dass sie Oschi festhält, bis wir kommen. Notfalls soll sie ihm Donuts aufs Haus

geben.« Sie warf Carmen einen schwer deutbaren Blick zu.
»Giersch isst er ja wahrscheinlich nicht.«

OKE

Die Bachmann und deren Mutter hatten ihn bei Edeltraut abgefangen – diese Hamburger! An dem, was sie ihm auf dem Bürgersteig vor der Bäckerei erzählt hatten, konnte allerdings etwas dran sein. »Lübbe Gronau«, murmelte er vor sich hin.

Oke war auf dem Weg zum Auto. Er hatte für sich und Inse Brötchen besorgt. Schließlich sollte es zu ihrem Geburtstag ein besonderes Frühstück geben. Und zum Promenadenkonzert musste er sie auch begleiten. Er legte die Brötchentüte aufs Autodach und schloss die Wagentür auf. Es konnte durchaus möglich sein, dass Diana Christiansen den Webshop-Betreiber hatte zur Rede stellen wollen, nachdem er für Unstimmigkeiten bei der Vermittlung ihrer Ferienwohnung gesorgt hatte. Dass da tatsächlich etwas schiefgegangen war, hatte er ja mitbekommen. Grimmig dachte Oke an die verbogenen Lamellen im Besprechungszimmer.

Hinterm Steuer kniff er sich in die Nasenwurzel, als ob er dadurch den Gedankenfluss anregen könnte. Oke stellte sich vor, wie Hallbohm reagieren würde, wenn er erfuhr, was Oke gerade über Gronau und Christiansen gehört hatte.

Oke startete den Wagen. Carmen Bachmann und deren Mutter standen noch auf dem Bürgersteig. Musste er die Information wirklich sofort weitergeben? Er gehörte schließlich nicht zur Sonderkommission. Und Gott bekam er fast gar nicht mehr zu Gesicht. Es überraschte ihn selbst, als er bemerkte, dass er diesen Umstand sogar ein wenig bedauerte ...

Die Arbeit in der Soko nahm den Kollegen voll in Beschlag. Wahrscheinlich passte inzwischen kein Blatt mehr zwischen den Kölner und Hallbohm. Oke stellte sich vor, wie Vincent Gott in diesem Augenblick Späßchen mit den Kollegen in Lütjenburg machte: »Wie do arbeits, esu möch ich minge Urlaub verlevve.« Die anderen würden über seine Sprüche lachen. Und dann käme er dazu und gäbe einen möglicherweise falschen Hinweis auf Gronau. Denn eventuell stellte sich das Treffen zwischen dem Geschäftsmann und der Christiansen im Nachhinein als völlig harmlos heraus. Dann stände er dumm da. Noch dümmer als ohnehin schon.

Ne – so würde es nicht laufen. Alles sutje man sutje. Nur nix überstürzen. Er würde Gronau selbst finden und zur Rede stellen. Er ließ den Wagen an und schoss los. Im Rückspiegel sah er die Bachmanns wild winken – und dann die Brötchentüte vorbeifliegen. So'n Schiet!

Zu Hause lief ihm Inse entgegen. »Guck mal, mein Auge!« Sie blinkerte unentwegt.

»Was ist mit deinem Auge?«, fragte er verwirrt. »Sieht rot aus. Ist da was drin? Ein Insekt?«

Inse schlug ihm auf den Unterarm. »Nein, du alter Charmeur! Das ist ›Age Perfect Pink‹, mein neuer Lidschatten, den du mir geschenkt hast. Setzt sich nicht in der Lidfalte ab und gleicht Fältchen aus.«

Er sah genauer hin. Oke hatte nicht hundertprozentig darauf geachtet, was er bei der Parfümerie eingekauft hatte. Nur gesagt, dass er etwas »Schönes« für seine Frau suche. Sie hatte sich ja im Vorfeld vehement gegen eine neue Vase ausgesprochen.

Die Krähenfüße waren allerdings trotz der ganzen Schminke noch deutlich zu sehen. Mit einer Vase wäre ihr zumindest diese Enttäuschung erspart geblieben. Nicht, dass ihn Falten störten. Er küsste Inse auf die rosige Apfelwange.

Sie nahm ihm die lädierte Brötchentüte ab. »Was ist denn damit passiert?« Oke tat, als hätte er die Frage nicht gehört.

Am frühen Nachmittag parkten sie auf dem Parkplatz des Marine-Ehrenmals in Laboe. »Dann können wir gleich einen kleinen Spaziergang zur Musikmuschel machen – für deinen Rücken ist das am besten.«

Über ihnen ragte das gewaltig anmutende Ehrenmal 68 Meter in den wolkenlosen Himmel. Unten auf dem Parkplatz gab es kaum freie Plätze. Als sie am Kassenhäuschen vorbeikamen, sahen sie, dass sich davor eine lange Menschenschlange gebildet hatte. Überall Touristen. Im Hochsommer war es nicht nur an der Hohwachter Bucht, sondern auch an der Kieler Förde immer voll.

Andrang herrschte auch vor dem U-Boot am Strand. Vor allem ältere Männer schienen sich für das Hochseetauchboot zu interessieren. Wenn er hätte zwischen Informationen über den U-Boot-Krieg und Seemannsliedern wählen dürfen, hätte er sich schnell eine Eintrittskarte für das U-Boot besorgt. Aber ihm blieb keine Wahl. Inse zog ihn bereits weiter.

Sie schlenderten auf der Promenade entlang, im Blick eine der meistbefahrenen Schifffahrtsstraßen der Welt. Während sie in Richtung des Meerwasserbades spazierten, wechselten sich Licht und Schatten unter den Kronen der jungen Ahornbäume wohltuend ab. Von einem weiß lackierten Zaun am nächsten Strandcafé grüßte krächzend eine Möwe. Auf der scheinbar endlosen Strandfläche dahinter tobten zwei junge Hunde. Oke und Inse blieben einen Moment stehen und schauten zu. »Niedlich«, kommentierte sie. Er blickte in die Ferne: Von hier aus konnte er bis nach Schilksee und Strande sehen, Nebenorte von Kiel.

»Guck mal, die Fähre!« Inse zeigte auf ein Schiff, das an ihnen vorbeifuhr. Dahinter kam ein Marineschiff. Aber Inse machte ihm jetzt Beine. »Du willst ja nicht, dass wir zu spät kommen.«

»Die Ostsee-Nixen«, las er wenige Meter weiter von einem Plakat auf der Strandpromenade ab.

»Die tragen wirklich alle die gleichen Klamotten«, stellte Inse befriedigt fest. Wieso war das jetzt wichtig? Als sie die Musikmuschel erreichten, standen drei Frauen in weißen Jeans und blau-weiß geringelten T-Shirts auf der Bühne. Das Outfit passte sogar zur Kulisse: Die Konzertmuschel war ausschließlich in Blau und Weiß gehalten.

»Sind das alle?«, erkundigte sich Oke.

»Nein! Die kommen doch erst. Und du wirst staunen. Die Ostsee-Nixen sind richtig gut!« Woher wusste sie das? Er war jedenfalls nie mit ihr auf einem Ostsee-Nixen-Konzert gewesen.

»Wann geht das denn hier los?«, fragte er.

Inse sah auf ihre Uhr. »In 20 Minuten«, informierte sie ihn. »Aber lass uns schon hinsetzen, das wird bestimmt voll.« Doch Oke wollte vor dem Konzertbeginn etwas zu trinken besorgen.

Der Weg zum nächsten Kaffee war nicht weit. Gleich in der Nähe gab es ein Restaurant. Er hoffte, er konnte dort einen Coffee-to-go bekommen.

Die Promenade in Laboe bestach mit rosafarbenen Beet-Rosen und gestutzten Hecken. Sein Blick glitt an der hellgelben Fassade eines mehrstöckigen Hauses hoch. Alle Apartments schienen belegt zu sein. Auf einem Balkon quetschte sich eine Familie zusammen und wartete offensichtlich auf den Beginn des Konzerts: Vater, Mutter, zwei Kinder. Seine Gedanken wanderten zu der doppelt vermieteten Ferienwohnung. Hatte Gronau die Frau wirklich getötet? Wegen eines Fehlers bei der Buchung? Das schien ihm sehr weit hergeholt. Oder steckte noch etwas anderes dahinter?

Er kam bei dem Restaurant an. Doch die Schlange war so lang, dass sich Oke nicht anstellte. Aus dem Kaffee würde nichts werden, wenn er Inse nicht vergrellen und zu spät kommen wollte.

Missmutig ging er zurück. Inse hatte zwei Plätze auf einer der vorderen Holzbänke vor der Musikmuschel ergattert. Von hier aus sah er sowohl die Bühne als auch die Dächer der Strandkörbe. Ein Senior mit Gehstock wollte durchgelassen werden. Seine Frau hatte ihm neben Inse einen Platz freigehalten. Der alte Mann hatte Probleme, seinen Gehstock an der Holzbank anzulehnen. Zweimal fiel der Stock um. Der Senior zog umständlich sein Jackett aus und legte es neben sich.

Die Reihen waren jetzt allesamt belegt. Zwei Motorradfahrer stellten sich mit ihren Helmen in der Hand an den Rand. Oke bemerkte, wie der Rentner auf der Bank nach der Hand seiner Begleiterin griff. »Na, min Deern, Motorrad würdest du sicher auch gern noch mal fahren? Aber mit meiner Rente kann ich mir leider keine Harley leisten.«

Der Veranstaltungsbeginn ließ auf sich warten und Oke dachte über die Worte nach. Wie konnte sich eigentlich Lübbe Gronau das chromblinkende Motorrad leisten, das vor seinem Shop parkte, wenn er mal arbeitete? Ließ sich mit einem kleinen Laden und ein paar Ferienwohnungen so viel Geld verdienen?

Plötzlich sah Oke nur noch Blau-Weiß: Der gesamte Chor hatte sich auf der Bühne versammelt. »Schsch«, machte jemand hinter ihm. Ein gedrungener Mittsechziger mit Schiffermütze übernahm das Mikro von einem Techniker: »Ich sach mal, Moin! Wir freuen uns, Sie hier begrüßen zu dürfen. Erleben Sie Seamusic und maritimes Flair an einem der schönsten Orte der Welt – Laboe. Ich will es nicht so spannend machen: Freuen Sie sich jetzt mit mir auf die wunderbaren Ostsee-Nixen.« Sie applaudierten. Wenig später riss die Dirigentin die geringelten Arme hoch.

Ein einzelner abgerissener Ton aus dem Akkordeon erklang zu früh, wurde aber sogleich von der Stimmgewalt der Ostsee-Nixen übertönt. »Seemann«, schmetterten 30 Sängerinnen gleichzeitig, »deine Heimat ist das Meer.«

Nach der ersten Strophe folgte ein Akkordeon-Solo. Danach sangen die Frauen erneut von Meer und Heimat, aber Oke dachte trotzdem immer nur an Leichen und Mörder.

LÜBBE

Hungrig inspizierte er die Schränke. Die Küche in der Ferienwohnung in Neustadt in Holstein war so neu, dass der ganze Raum nach würzigem Holz mit einer Unternote von Kleber und Lösungsmittel roch. Er suchte nach etwas Essbarem. Lübbe fand nicht viel. Eine halbe Keksrolle, eine Packung Filtertüten und eine fast volle Kaffeedose. Dahinter blitzte etwas Buntes auf: eine Packung Mie-Nudeln. Den Asia-Snack konnte er sich mit heißem Wasser aus dem Wasserkocher aufgießen. Wenigstens etwas. Im Kühlschrank stand eine Flasche Bier. Sicher alles Reste von Christiansens Renovierungsaktion. »Was für ein Festessen«, dachte er ironisch.

Es ploppte, als er die Flasche mit seinem Feuerzeug öffnete. Lübbe Gronau nahm im Stehen einen großen Schluck von dem eisgekühlten Bier. An den Wandschrank gelehnt starrte er in der Dunkelheit vor sich hin. Die Vorhänge hatte er zwar sicherheitshalber zugezogen. Allerdings würde der fast durchsichtige Stoff jedes Licht preisgeben.

Er kannte den Belegungsplan der Ferienwohnung. Schließlich hatte er ihn geschrieben. In den nächsten Tagen würde hier niemand aufkreuzen. Er musste natürlich trotzdem vorsichtig sein. Er wollte nicht, dass ihn ein Nachbar sah und möglicherweise später wiedererkannte – wenn die Sache mit der Christiansen rauskam, falls er gesucht würde. Vielleicht hielten bereits Polizisten nach ihm Ausschau …

Lübbe nippte wieder an seinem Bier. Das war wenigstens schön kalt. Während er den herben Gerstensaft über seine Zungen gleiten ließ, lehnte er den Kopf an den Schrank und schloss die Augen. Draußen fuhr ein Auto vorbei. Er konnte nicht ewig hierbleiben: Nächste Woche würde die Wohnung laut Plan wieder regulär vermietet sein. Und wo sollte er dann hin?

Er hatte kurz daran gedacht, Jaqueline anzurufen. Denn er brauchte dringend ein frisches Shirt. Aber er hatte sich dagegen entschieden. Erstens war sein Akku leer, zweitens würde es wahrscheinlich nicht lange dauern, bis sie alles herausfanden. In seine Wohnung und in den Laden konnte er jedenfalls nicht zurück. Eine schöne Scheiße hatte ihm diese Christiansen da eingebrockt.

Den Rest Bier kippte er in alter Gewohnheit in einem Zug hinunter und stellte die Flasche in die Spüle.

OKE

Als Oke am nächsten Morgen das Lütjenburger Revier am Gildenplatz betrat, empfing ihn Jens Hallbohm – überraschenderweise mit offenen Armen. Gott stand neben ihm. »Gute Neuigkeiten, Oschi!« Hallbohm tat, als wäre Weihnachten und er hätte Geschenke zu verteilen. Und das hatte er auch, wie sich kurz darauf herausstellte.

»Wir haben mit der Sektion Plön des Wirtschaftsrats eine Kooperation vereinbart. Lange Rede, kurzer Sinn: Du bekommst das erste Dienst-E-Bike der Plöner Polizei.«

»Ich?«, erkundigte sich Oke vorsichtshalber, denn er hatte das Gefühl, sich verhört zu haben. Außerdem beschlich ihn der seltsame Eindruck, die Raufasertapete käme näher.

Geschäftig wischte Hallbohm über sein Smartphone: »Ja, genau! Wir müssen nur einen Termin für die örtliche Presse finden. Die sollen so was schreiben wie: ›Die Polizei für Sie vor Ort!‹ Stell dir das mal als Schlagzeile vor, das klingt gut!«

Oke stellte sich lieber nichts vor. Vor allem nicht, wie er auf einem Rad durch das Ostseebad fahren würde. Jahrelang hatte er nicht auf einem Sattel gesessen.

Während sein Chef weiter seinen vollen Terminkalender durchforstete, drückte Gott ihm mit unergründlicher Miene einen Ausdruck in die Hand. »Das ist für Sie gekommen, Herr Oltmanns, ist versehentlich bei mir gelandet.«

Oke wunderte sich, sagte aber nichts. Erst als er etwas später allein an seinem Schreibtisch in der Dienststube saß: »Ik freet en Bessen!«, entfuhr es ihm, als er erkannte, um was es sich bei dem Papier handelte.

Es war der Handelsregisterauszug, den Gott auf sein Geheiß für »Lütje.net« angefordert hatte. Oke überflog den Text ein weiteres Mal. Eindeutig stand hier, dass der Besitzer des Legehennenbetriebs, Fynn Bartelsen, stiller Teilhaber von Lübbe Gronaus Laden und damit auch seiner kleinen Fewo-Vermittlungsagentur gewesen war.

Die beiden waren Geschäftspartner gewesen, schoss es ihm durch den Kopf. Das hatte er nun schwarz auf weiß. Wieso hatte das niemand erwähnt? Hatte es keiner gewusst? Oder sollte die Polizei nicht wissen, dass die beiden gemeinsame Sache gemacht hatten?

Sobald sich Hallbohm und Gott verabschiedet hatten, machte sich Oke eilig auf zu »Lütje.net«. Zu Fuß waren es von hier aus nur wenige Minuten. Etwas kurzatmig erreichte er die kleine Ladenzeile. Im Angelgeschäft herrschte Hochbetrieb. Der Inhaber verkaufte gerade jede Menge Köder und Angelruten an zwei Familienväter und ihre Söhne. »Es ist für die meisten Touristen hier das Schönste, wenn sie die Angelrute werfen und dann freie Sicht bis zum Horizont genießen können«, hörte er den Inhaber durch die offene Ladentür schwärmen. »Die Urlauber bestätigen mir immer: Die Luft schmeckt da draußen ganz anders! Und wenn erst einer am Haken zappelt, ist das Abenteuer pur!« Die Geschichte gab er sicher nicht zum ersten Mal zum Besten.

Oke musste nicht viel weiter gehen, um zu sehen, dass »Lütje.net« geschlossen hatte. Wie zwei leere Augenhöhlen lagen die dunklen Ladenfenster in dem roten Backsteingebäude. Auch an Gronaus Wohnungstür klingelte er. »Lübbe ist nicht da«, sagte eine schniefende Frau. »Der Scheißkerl kann von mir aus auch bleiben, wo der Pfeffer wächst.« Ihre roten Augen wirkten verweint. »Das Schwein hat meine Katze gekillt!«

»Wie jetzt?«, fragte Oke verdattert. Die Frau beschuldigte ihren Partner, ihre Katze in den Hinterhof gelassen und diese dort mit einer Zwille getötet zu haben. Das Tierschutzgesetz sah in solchen Fällen Freiheitsstrafen vor.

»Soll ich ihn wirklich anzeigen?« Die Frau sah ihn zweifelnd an. Die Entscheidung konnte er ihr nicht abnehmen, aber so, wie es gerade aussah, würde Lübbe Gronau in

Kürze noch weiteren Ärger am Hals haben. Die Katze dürfte dabei sein kleinstes Problem sein.

Zurück im Revier blieb Oke kaum Zeit, etwas in Sachen Lübbe Gronau zu unternehmen. Er wurde sofort zu einem Handtaschenraub auf dem Lütjenburger Marktplatz gerufen, der ihn über mehrere Stunden beschäftigte.

Als er spät am Abend am Möwenweg ankam, war Inse nicht da. Sie strickte mit Wencke Warnwesten für »Hühner ohne Grenzen e.V.«. Er wollte ihr nicht dreinreden. Solange die Strickwesten nicht für ihn waren ...

Oke schlappte durch den Garten zum Schuppen. Im Dämmerlicht der Werkstatt atmete er das erste Mal an diesem Tag befreit auf. Zwischen Holzwolle, Drahtrollen, Kleber und seinen präparierten Tieren fühlte er sich wohl. Hier konnte er in Ruhe über alles nachdenken. Oke stellte sein altes Radio an. Es stand etwas wackelig auf einem Zeitungsstapel. »Wenn bei Capri ...«, summte er mit.

Er knipste die Arbeitsleuchte an und der Strahl fiel auf die verblichene Katze der Dorfältesten. Flusen tanzten im Licht. Mieze Nummer? Er wusste nicht, die wievielte Katze es war – war auf der L 164 überfahren worden. Deshalb hatte er den Waschbären wieder auf Eis gelegt. Da die Füße der Katze partout nicht mehr zu gebrauchen waren, nachdem ein Kombi darüber gerollt war, hatte er erst überlegt, einen Wolpertinger anzufertigen. Erst neulich hatte er in einer Fachzeitschrift eine Anzeige eines Präparators entdeckt, der ein Kaninchen mit Hühnerkopf und Entenfüßen für 260 Euro anbot. Das nannte er mal plietsche Resteverwertung.

Oke beherrschte die einzelnen Schritte des Präparierens wie im Schlaf. Sein Vater hatte ihm alles darüber beigebracht, was es zu wissen galt. Doch heute war er überhaupt nicht bei der Sache. Gott hatte ihm den Auszug aus dem Handelsregister überreicht, aber hatte er ihn auch selbst gelesen? Wollte er ihn auf diese Weise an der Soko teilhaben lassen? Ihm einen Vorsprung verschaffen? All diese Fragen geisterten in seinem Kopf herum. Er wusste nicht, wie lange er nur dagesessen hatte.

Beherzt griff er nach dem Kartoffelmehl und streute etwas davon auf seiner Werkbank aus. Er brauchte es, um einen besseren Griff an der Katze zu haben und nässende Stellen zu trocknen. Oke trennte Fleisch und Sehnenreste vom Knochen, ohne dass es zu blutig wurde.

Der Hobby-Präparator legte das Skalpell kurz beiseite, um die Position der Katze auf dem Tisch zu verändern. Die Arbeit ließ ihn nicht los. Gronau konnte mittlerweile überall in Schleswig-Holstein sein – Dagebüll, Seebüll – vielleicht war er sogar schon über alle Berge – und in Niebüll.

Früher hätte er längst eine Fahndung eingeleitet, aber heute? Er gehörte nicht zur Soko Regatta. Er gehörte nirgends mehr richtig dazu. Ohne daran zu denken, wie mehlig seine Hände waren, rieb er gedankenverloren über die Stoppeln auf seinem Kopf. Weiße Flocken rieselten vor seinen Augen hinunter. Energisch wischte er seine Werkbank sauber. Seit wann war er ein Jammerlappen? Er würde jetzt Nägel mit Köpfen machen!

LÜBBE

Das Apartment lag an der vielbefahrenen Eutiner Straße in Neustadt, in einem Neubau mit sechs Wohneinheiten. Von hier aus waren es nur ein paar Schritte zum Hafen, wo täglich zahlreiche Touristen am Fischkutter im Hafen Backfisch kaufen wollten. Etwas weiter unten an der Hafen-Westseite hatten Abrissarbeiten begonnen. Er hatte von Weitem zertrümmerte Betonteile gesehen.

Neustadts Hafenviertel sollte ein todschickes Pflaster werden, mit Cafés und Restaurants und einem Welcome-Center für Gäste. Die ehemalige Konservenmilchfabrik von Karl Lagerfelds Vater Otto hatten sie schon in ein Veranstaltungszentrum verwandelt. Dort, wo früher die Dosenmilch »Glücksklee« abgefüllt wurde, veranstalteten sie jetzt »Events«. Kein Wunder, dass sich die Christiansen eine Wohnung in diesem Umfeld gesichert hatte. Die hatte einen Riecher für so was.

Er hatte ewig gepennt, die Nacht und den ganzen Tag. Jetzt riss er die Instant-Nudelpackung auf und ein scharfer Currygeruch stieg ihm in die Nase. Er hasste Curry, aber in der Not fraß der Teufel Fliegen. So ging doch der Spruch.

Der Wasserkocher machte einen Heidenlärm und Lübbe riss eilig den Stecker aus der Wand. Kacke. Daran hatte er nicht gedacht. Mit pochendem Herzen wartete er einen Moment, ob ihn jemand im Haus gehört hatte. Alles blieb still. Sachte öffnete Gronau eine der Küchenschranktüren.

Vorsichtig, bedacht darauf, keine unnötigen Geräusche zu machen, zog er einen Topf aus dem Drehgestell. Es gab allerhand Extras in dieser Ferienwohnung. Die Christiansen hatte inzwischen fast alle ihrer Objekte auf vier Sterne gebracht. Während er darauf wartete, dass das Wasser auf dem Herd Blasen schlug, durchdachte er seine Möglichkeiten. Das dauerte nicht lang, denn es gab keine.

Das Wasser im Kochtopf brodelte jetzt leise und Dampf stieg zur Zimmerdecke. Lübbe setzte sich auf einen der modernen Barhocker und wartete, dass die dünnen Nudeln weich würden. Immer ging es darum, zu warten. Das machte ihn verrückt. Er sprang vom Hocker auf und ging ins Wohnzimmer, wo er sich auf die neue Ledercouch setzte.

Das Parkett im Wohnzimmer war geschliffen und geölt worden. Das wusste er, weil er die Wohnung während der Renovierungsphase nicht vermieten konnte. Was, wenn einer der Handwerker zurückkam? Es sah zwar alles neu aus, aber vielleicht war die Wohnung noch gar nicht fertig und es musste noch etwas an der Elektrik gemacht werden? Christiansen hatte die Leitung der Arbeiten übernommen, damit hatte er nichts zu tun gehabt.

Lübbe fühlte sich unwohl. Es war doch eine Scheißidee gewesen, herzukommen. Er holte tief Luft. Alles stank nach Curry. Widerlich! Er würde das Zeug in sich reinschaufeln und abhauen. Er hob den Löffel zum Mund, als von draußen ein Lichtstrahl in die schon relativ dunkle Küche fiel.

Bullshit. Reflexartig drückte er sich an den Küchenschrank. Der Lichtstrahl bewegte sich hin und her. Keine Frage, vor dem Fenster versuchte jemand, in die Wohnung zu schauen. Lübbe legte sich sicherheitshalber flach auf den Boden. Sein Atmen kam ihm laut vor.

Es klopfte unüberhörbar an die Scheibe. »Hallo?«, rief eine männliche Stimme. Für den Bruchteil einer Sekunde fühlte er sich wie gelähmt, dann sah er sich hektisch nach einer Versteckmöglichkeit um. Nur entdeckte er in dieser sparsam möblierten Wohnung keine. Lübbe robbte in den Flur. Hier gab es zumindest keine Fenster, in die sie reinleuchten konnten.

Er wollte bereits aufatmen, als es über ihm schellte. Jemand hatte draußen auf den Klingelknopf gedrückt, stand also an der Haustür, keinen Meter von ihm entfernt. Lübbe hielt die Luft an.

»Ach, Herna. Du spinnst. Da ist keiner. Habe ich doch gleich gesagt«, hörte er wieder die Stimme hinter der Tür sagen. »Außerdem: Vielleicht ist die Wohnung wieder belegt.«

Herna klang wenig überzeugt: »Diana hat mir selbst gesagt, sie vermietet die Wohnung erst wieder ab September. Du rufst jetzt sofort die Polizei an, Winfried, oder ich mache es selbst!«

VINCENT

Klüngel kam von dem Wort Knäuel und stand für ein Konstrukt, das von außen nicht sofort durchschaubar war. Und genau darum ging es bei dieser Verabredung. Er wollte klüngeln. Er musste eine geheime Absprache mit einer bestimmten Person treffen, wenn er Oke einen Vorteil verschaffen wollte. Jemandem einen Geheimtipp geben …

Die Person war noch nicht da. Sie hatten sich am Leuchtturm Neuland verabredet. Der Platz am Fuße des Turms erschien ihm als ein sicherer Treffpunkt. Vincent wollte nicht riskieren, jemandem aus dem Revier in die Arme zu laufen oder gar auf Oke Oltmanns selbst zu treffen. Deshalb hatte er sich für diesen abgelegenen Ort entschieden.

Der historische Leuchtturm am Strand von Behrensdorf wurde schon lange nicht mehr von der Wasser- und Schifffahrtsverwaltung genutzt. Der Warnsignalturm gehörte inzwischen der Bundeswehr. Sein Feuer zeigte die Sperrzeiten für die Schießübungsgebiete Putlos und Todendorf an.

Für Hochzeiten wurde der Turm regelmäßig freigegeben. Vincent sah von unten an dem markanten Bauwerk hoch. Ob Jonna später heiraten wollte?

Mit forschen Schritten näherte sich jemand. Das musste sein Mann sein. Der Typ hatte Triefaugen, trug eine dunkelblaue Windjacke, beulige Jeanshosen und leicht fleckige Segeltuchschuhe. Unauffällig zu sein, ist in seinem Beruf sicher nützlich, dachte Vincent. »Moin!« Der Fremde, jetzt nur wenige Schritte entfernt, öffnete kaum die Lippen.

»N'Ovend«, sagte Vincent und klang viel lockerer, als ihm zumute war.

In Köln war Klüngeln nichts Ungewöhnliches. Man traf sich auf ein Kölsch, trank und redete und alles fand sich. In Schleswig-Holstein verhielt es sich anders: Hier trank man Flens – und schwieg. Netzwerken, sich zu kleinen Gefälligkeiten verabreden, war in dieser schweigsamen Umgebung wahrscheinlich allein praktisch ein Ding der Unmöglichkeit. Aber versuchen musste er es …

Er wollte Oke Oltmanns' Problem lösen, das ja. Aber

jetzt, in der Dämmerung, an dieser zugigen Ecke am Fuße des Leuchtturms, fühlte er sich unsicher. Das Vorhaben war nicht ungefährlich: Der Zeitung polizeiinterne Informationen weiterzugeben, wäre aus Hallbohms Sicht sicher schlimmer, als einen Pakt mit dem Teufel zu schließen.

»Danke, dass Sie sich gemeldet haben. Wie lange arbeiten Sie eigentlich schon bei der Polizei in Lütjenburg?«, fing der Mann an. Dabei musterte er ihn von seinem Dutt bis zu den italienischen Lederschuhen.

»Wie ich schon am Telefon sagte, ich darf in dem Artikel nicht erwähnt werden«, wiederholte Vincent vorsichtshalber. Er wusste nicht, ob er dem Journalisten trauen konnte.

Der Mann in der blauen Jacke lächelte ein schmallippiges Lächeln. »Kein Problem! Ich habe noch nie einen Informanten verraten.« Vincent schluckte. Er war jetzt ein Informant.

Zögernd überreichte er dem Journalisten den Brief, den er von Okes Schreibunterlage mitgenommen hatte. »Hier steht alles schwarz auf weiß.«

Als der Journalist zu Ende gelesen hatte, pfiff er leise durch die Zähne. »Gute Geschichte.« Es klang anerkennend.

»Nicht für Oke Oltmanns«, widersprach Vincent leise. Er hatte seine Stimme gesenkt, weil sich in diesem Augenblick zwei Radfahrer näherten, ein gedrungener Mann und eine Frau. Aber er hätte sich keine Gedanken machen müssen: Aus dem Kofferradio im Fahrradkorb des Mannes schnarrte ein Schlager von Mary Roos: »Ich bin stark, nur mit dir.«

Vincent schnappte sich den Brief und verstaute diesen schnell in seinem Rucksack. Er wollte sich eilig verabschieden, aber der Journalist machte einen Schritt vor. »Noch eine Frage dazu: warum jetzt? Warum hat die Polizei die Wache nicht gleich dichtgemacht? Warum zuerst das Rumgeeiere mit den zwei Stunden?«

Vincent deutete mit den Augen auf den Radler, der neben ihnen umständlich von seinem E-Bike abstieg und dabei beinahe umfiel. Jelenkisch wie en Ihsebahnschien, dachte Vincent. Gelenkig wie eine Eisenbahnschiene wirkte auch die Begleiterin des Radlers. Vincent drehte sich ein wenig von den Ausflüglern weg und wisperte: »Werden Sie diese Frage woanders los!«

Der Journalist brauchte einen Moment, bis er die Forderung erfasste: »Ach so, ja klar, ich werde Herrn Oltmanns dazu befragen. Keine Sorge, ich sage ihm nicht, von wem ich die Info habe.«

Vor Aufregung verfiel Vincent ins Kölsch: »Is et dann nüdich?« Der Mann von der Zeitung runzelte die Stirn. »Ist es wirklich nötig, Herrn Oltmanns selbst dazu zu befragen?«, wiederholte Vincent leise mit einem Seitenblick auf den Rentner.

Der Ruheständler sah ihn an, als ob er etwas von ihm wollte. »Wissen Sie, wann der Turm aufmacht?«, fragte er tatsächlich kurz darauf.

Vincent schüttelte schnell den Kopf. »Heute Abend ist der Turm nicht für Besucher geöffnet.« Dann wandte er sich wieder an den Reporter: »Mein Kollege weiß nichts von allem …«

Der Journalist riss verblüfft die Augen auf: »Die machen ihm die Wache dicht – und er weiß nichts davon? Das ist der Kracher der Woche!« Vincent verfolgte, wie der Rentner wieder auf sein E-Bike stieg. Das dauerte eine Weile.

»Darf ich Sie in Zukunft eigentlich mal wieder anrufen? Ich meine, wenn ich eine Hintergrundinfo brauche? Die Pressestelle sagt doch nie, was Sache ist.«

Vincent sah ihn wütend an. »Nä! Bitte nicht!« Er war schließlich nicht der Whistleblower von Lütjenburg!

Wenn alles nach Plan lief, würde er nie wieder heimlich mit diesem Journalisten sprechen. Und was sollte schiefgehen?

Der Rentner hatte sich bereits ein Stück von ihnen entfernt, drehte sich aber noch mal um, geriet auf dem Fahrrad ins Schlingern und stieg erneut ab. »Ach, grüßen Sie bitte herzlich Oke Oltmanns von uns. Sagen Sie ihm, Renate und Rüdiger Bavendamm aus dem Sanddornweg würden sich freuen, mal wieder von ihm zu hören! Sie sind sein neuer Kollege Vincent Gott, richtig?«

Klüngeln in Norddeutschland war eindeutig schwieriger als in Köln. Obwohl hier viel weniger gesprochen wurde, schien jeder genau über den anderen Bescheid zu wissen.

LÜBBE

Hier konnte er keinesfalls bleiben. Lübbe ging in dem kurzen Flur unruhig auf und ab. Der Webshop-Betreiber hatte keinen Schimmer, wo er unterkommen konnte. Kurz dachte er daran, sich auf der Baustelle an der Westseite zu verstecken. Doch er verwarf die Idee sofort wieder. Viel zu riskant. Die Bullen patrouillierten regelmäßig im Hafenviertel.

Schlagartig fiel ihm ein, dass in der Küche noch die Nudelreste zu finden sein würden. Nachdem er sich vergewissert hatte, dass von draußen nichts mehr zu hören war, schlich er zurück in die Küche, wo er die knisternde Verpackung von der Arbeitsplatte nahm und sie in seiner Hosentasche vergrub. Die Schale mit dem vom Curry gelb verfärbten Löffel spülte er rasch unter einem dünnen Wasserstrahl ab, um keinen Krach zu machen.

Diese Herna samt Ehemann sah und hörte er zwar nirgends. Aber es erschien ihm durchaus wahrscheinlich, dass einer von beiden die Bullen rufen würde. Was hatte er in der Wohnung alles angefasst? Mit dem Ende seines von Mayo und Ketchup besudelten T-Shirts, das er ebenfalls kurz unter den Wasserhahn hielt, wischte er über den Griff vom Wasserkocher und die Bierflasche. Mit einem Ohr hörte er dabei auf Geräusche im Treppenhaus.

Als er alle Spuren beseitigt hatte, hätte er beinahe unbedacht die Wohnungstür geöffnet. Doch ihm fiel ein, dass ihm die Nachbarn oder die Polizei eine Falle stellen konnten. Möglicherweise brauchte er etwas zur Verteidigung. In der Bestecklade in der Küche fand er ein scharfes Brotmesser mit Holzgriff.

Unwillkürlich hielt er die Luft an. Nur einen winzigen Spalt breit öffnete er die Wohnungstür. Vor ihm lag das dunkle Treppenhaus. Es roch nach Essigreiniger.

Durch ein Seitenfenster in einem oberen Stockwerk drang fahles Mondlicht. Deutlich konnte Lübbe den kleinen Treppenabsatz zur Haustür erkennen. Leise zog er die Tür hinter sich ran. Er unterließ es, den Lichtschalter zu betätigen: Er wollte nicht im gleißenden Neonlicht stehen.

Draußen umfing ihn Verkehrslärm. Die Eutiner Straße war einigermaßen stark befahren. Auch noch zu dieser

Stunde. Die Leuchten der Autos tauchten den Asphalt in ein unwirkliches Licht. Und jetzt? Wo sollte er hin?

Er spurtete in Richtung des Hafens, wo er seine Maschine vorsichtshalber auf einem öffentlichen Parkstreifen nahe der Kaimauer abgestellt hatte. Der Grieche an der Ecke hatte Feierabend gemacht. Die Neustädter klappten um 22 Uhr die Bordsteine hoch. In dieser Hinsicht unterschied sich Neustadt nicht von Lütjenburg. An der Brücke zur Altstadt überlegte er, ob der Dönerladen noch geöffnet hatte und ob er es wagen konnte, sich einen Döner zu holen.

Der unscheinbare Laden an der Ecke hatte tatsächlich geöffnet: Der Drehspieß rotierte vor den rotglühenden Brennstäben, und als Lübbe sah, wie der Saft am rosigen Fleisch herunterlief, spürte er erst, wie hungrig er trotz der Mie-Nudeln war. Mit müden Augen musterte ihn der aschfahle Mann hinter dem Tresen. »Döner? Mit allem?«

Gierig riss Lübbe ihm wenig später das in Alufolie geschlagene Päckchen aus der Hand, wickelte es noch im Gehen aus und biss in das mit Fleisch, Zwiebeln, Krautsalat und einem Berg Tsatsiki gefüllte Brot und genoss dessen würzigen Geschmack.

Nach den beklemmenden Stunden in der Ferienwohnung atmete er nun bewusst die kühle Nachtluft ein. Niemand begegnete ihm unterwegs. Bis auf die Gestalt, die auf der Bank beim Hörgeräteakustiker unter einem Haufen Decken lag, bemerkte er keine Menschenseele.

Lübbe passierte auf dem Rückweg vom Dönerladen erneut die Brücke am Wasserbecken, wo er ein leises Gluckern wahrnahm. Die Schiffe warfen gespenstische Schatten auf das Wasser. Jetzt hatte er nicht aufgepasst: Ein Stück Lammfleisch fiel aus dem Döner und klatschte aufs Pflaster. Das würde die Ratten aus ihren Löchern locken.

Lübbe schritt nun schneller voran. Er hatte einen vagen Plan gefasst und es eilig, zu seinem Motorrad zu kommen. Er wollte zurück. Nicht nach Lütjenburg, sondern nach Brasilien. Denn ihm war eingefallen, dass die Surfer-Lounge der Christiansen ab morgen leer stehen musste. Das Professorenpaar würde abreisen und es gab zurzeit niemanden, der Christiansens Ferienwohnungen neu vermietete. Die Kielerin hatte eine Menge Apartments besessen, doch die waren belegt. Die Wohnung in Brasilien schien ihm das ideale Versteck zu sein: Niemand würde ihn in der Nähe vermuten.

Er lief an halb eingerissenen Mauern früherer Hafengebäude und mannshohen Betonbrocken vorbei. Ein Kran hatte sie aus einer alten Fabrikhalle gerissen.

Die Harley konnte er bei seinem Kumpel Fred in Schönberg verstecken. Er selbst konnte dort höchstens den Rest der Nacht verbringen. Freds Alte war eine echte Tyrannin. Am Bahnhof würde er sich ein Rad organisieren. Es gab immer Idioten, die billige Zahlenschlösser verwendeten. Die knackte er ohne Werkzeug.

Als er um die Hausecke der alten Konservenfabrik bog und der Parkstreifen an der Kaimauer in sein Sichtfeld geriet, stockte er. Direkt vor seinem Motorrad standen zwei Polizisten.

CARMEN

Sie nahm das rote Kleid vom Bügel und faltete es auf dem Bett ordentlich zusammen. Lächelnd dachte sie daran, wie sie als Düvelswief durchs Ziel gefahren war. Es war ein toller Abend gewesen. In Fietes Surfschule hatten sie zusammengesessen und gefeiert. So viel Spaß hatten Martin und sie zusammen mit den Kindern lange nicht gehabt.

Sie legte auch das geblümte Kleid in den Koffer. Jetzt war der Urlaub fast wieder vorbei. Schade, dachte sie und warf einen Blick durch die Panoramascheibe auf die von grauen Lampen beleuchtete Strandpromenade. Sie sah schemenhaft ein Liebespaar, das im Mondlicht spazieren ging. Martin kam ins Zimmer und legte den Arm um sie. »Du könntest ewig hierbleiben, oder?«

Sie lächelte ihn an. »Ja, das könnte ich. Im Moment frage ich mich aber eher, ob wir wirklich nach Brasilien wollen. Ich meine, gehen wir da einfach rein in die Ferienwohnung, jetzt, wo die Christiansen tot ist? Ist es nicht irgendwie komisch, dahinzufahren?«

Er zuckte die Achseln. »Ein bisschen schon, aber sie hat dir doch den Code für die Tür gegeben. Diese Tage sollen uns entschädigen. Wir haben sie uns verdient! Und du hast extra in der Agentur angerufen, um deinen Urlaub zu verlängern und alles. Sicher wird die Wohnung derzeit nicht vermietet. Wen sollte es also stören, wenn wir dort noch ein paar schöne Tage verbringen?« Er zögerte kurz und scherzte dann: »Es sei denn, das Ehepaar Groß hockt noch in der ›Surfer-Lounge‹!«

Sie lachte und blieb skeptisch. »Hoffentlich nicht! Müssen wir dem Oltmanns Bescheid sagen?«

Er dachte nach. »Bloß nicht! Der findet garantiert einen Grund, warum wir da nicht hinkönnen.«

Sie pflichtete ihm bei: »Okay, ich wollte sowieso unbedingt noch Fotos von dieser urigen Bar haben und von dem Ortsschild für meinen Blog. Hoffentlich wurde es nicht gerade wieder geklaut!« Sie schlang die Arme um seinen Hals. »Habe ich dir eigentlich erzählt, dass dein Foto von Wenckes Huhn mir auf Instagram sehr viele neue Follower gebracht hat? Und das Bild von den Teufelsweibern in Siegerpose hat 168 Likes!«

Er freute sich mit ihr mit. »Gern geschehen, Frau Bloggerin! Du kriegst auch Fotos von der Bar und dem Ortsschild – aber dafür gehört die Hängematte mir!«

Sie lachte. »Deal.«

Cedrik steckte den Kopf zur Tür herein. »Ich wollte in der Hängematte liegen«, maulte er.

Martin erklärte: »Du solltest längst schlafen! Wenn wenigstens dein Koffer gepackt ist, trete ich dir meinen Platz ab.«

Cedrik: »Das geht nicht«, stellte er klar. »Da passt nichts rein, weil Carla so viel Sand mitnimmt.«

LÜBBE

So ein Scheiß! Er kauerte im Schatten einer Backsteinmauer und fragte sich, was die Bullen da machten. Durfte man hier wegen der umliegenden Baustellen nicht mehr parken? Er hatte kein Schild gesehen. Oder waren sie ihm auf den Fersen? Das glaubte er nicht. Aber sollte er wirklich zu seinem Bike gehen und riskieren, dass seine Personalien aufgenommen wurden? Insgeheim rechnete er damit, dass Jaqueline ihn als vermisst gemeldet hatte.

Die Polizisten sprachen miteinander. Er strengte sich an, etwas zu verstehen.

»Eine Zitrone?«, fragte der, der links von seinem Baby stand.

»Ja, echt, eine Zitrone!«, antwortete der andere. Vorsichtig lugte Lübbe um die Ecke. Die beiden Beamten standen immer noch vor seiner Maschine. Durch die Bäume am gegenüberliegenden Ufer schimmerten beleuchtete Fenster. »Und was soll das bringen?«, fragte der Erste.

»Na, wenn du reinbeißt, schmeckt es sauer. Da kannst du dich nicht mehr auf deine Flugangst konzentrieren.«

Der andere spöttelte: »Dann hänge ich meiner Eva gleich einen ganzen Beutel Zitronen um den Hals, wenn wir in den Urlaub fahren. Die hat ja vor allem Schiss. Die denkt ja, wenn die im Mittelmeer badet, kommt der weiße Hai und beißt ihr in den Po.«

Der andere Streifenpolizist lachte laut los. »Das muss man sich mal bildlich vorstellen ...« Er griente vor sich hin. »Warte, da gibt's doch diesen Song: ›Zwei Apfelsinen im

Haar und an der Hüfte Bananen‹. Bei Eva heißt es dann: Ein paar Zitronen am Hals …« Er amüsierte sich einen Augenblick über seinen eigenen Witz. Als er sich wieder beruhigt hatte, meinte er: »Aber das kenne ich alles von meiner Freundin! Die ist auch so ein Angsthase.«

Die beiden Uniformierten wurden still. Dann sagte der Erste: »Aber wenn mir so ein geiles Teil wie diese Harley gehören würde, würde ich das auf keinen Fall nachts am Hafen unbeaufsichtigt stehen lassen. Ich hätte Panik, dass die Harley geklaut wird. Da würde mir keine Schiffsladung Zitronen helfen!«

Wieder ertönte Lachen, dann hörte er Schritte. Die Bullen kamen in seine Richtung! Ausgerechnet! Lübbe floh. Hals über Kopf rannte er die Straße hinab. Sein Atem ging schnell. Er musste sich auf eine der Baustellen ringsum retten. Es gab hier mehr als genug Schuttberge, hinter denen er sich verkriechen konnte. Er erinnerte sich, an einem Kran vorbeigekommen zu sein.

Während er sich in der Dunkelheit an das kalte Metall presste, voll Angst, entdeckt zu werden, kroch ihm ein erbärmlicher Gestank in die Nase. Er sah auf seinen Schuh hinunter. Unterwegs musste er in einen Haufen getreten sein. Mann, er steckte buchstäblich in der Scheiße.

OKE

Das Haar! Nicht irgendein Haar, es fehlte DAS Haar. Es war spurlos verschwunden. Bei ihm in der Lübecker Asservatenkammer. Oke schwitzte Blut und Wasser. Er musste das vermaledeite Haar finden, das auf Uwe Barschels Bett im Zimmer 317 im Genfer Hotel gelegen hatte. Es war nicht Barschels Haar, das wusste er. Panisch rannte er durch die Asservatenkammer, durchwühlte alle Schubladen. Es musste irgendwo sein, es war so wichtig! Das Haar!

Eine DNA-Analyse eben jenes Haares könnte zu Barschels Mörder führen. Da, jetzt sah er es. Aufgeregt griff er danach, hob es zwischen seinen Fingern hoch, aber plötzlich hielt jemand seine Hand fest. »Das ist mein Haar!«, hörte er den Mörder schreien. Okes Finger schlossen sich fester um das Haar! Es durfte ihm nicht wieder abhandenkommen. Sie würden ihn hochkant aus der Asservatenkammer schmeißen. Dann hätte er keinen Job mehr und Inse wüsste nicht, wie sie ihre Honigwaben und Rähmchen bezahlen sollte. Wieder schrie der Mörder, diesmal mit Inses Stimme: »Das tut doch weh! Oke Oltmanns, wach jetzt endlich auf, das ziept!«

Es kam ihm vor, als hätte er die ganze Nacht nicht geschlafen. Hin und her hatte er sich gewälzt und über den Fall gegrübelt. Irgendwann musste er eingeschlafen sein und diesen verrückten Traum geträumt haben. Und irgendjemand hatte offenbar zuvor seine Matratze mit Schottersteinen befüllt, denn ihn plagten schreckliche Gliederschmerzen.

»Hol eben die Zeitung rein, ja?« Wer mit Inse zusammenlebte, musste zumindest nicht befürchten, verhätschelt zu werden. Wenn jemand ein Bullerjan war, dann seine Frau. Hundemüde und körperlich erschöpft wankte er zum Briefkasten. Die Zeitung steckte nicht dort, wo sie hätte sein sollen. Sünnerbor.

»Warum hast du eigentlich so schlecht geschlafen?«, fragte Inse. Sie schmierte gerade eine gelbe Masse auf eine fast schwarze Brotscheibe. »Oschi, jetzt hör auf, das Brot so anzustarren – das sind nur Chiasamen! Es wird dir schmecken.« Inse regte sich furchtbar auf, wenn er ihre Küche kritisierte. Wobei er eigentlich Wenckes Küche kritisierte. Denn die Rezepte kamen direkt aus dem Wurzelhaus des Grauens am Meer, vermutete er. »Chiasamen sind verdauungsfördernd.« Oke wollte nicht über Darmtätigkeiten nachdenken. »Also, was ist los?« Inse klappte die Brotscheiben energisch aufeinander und sah ihn abwartend an.

»Gronau«, knurrte er. »Ich muss ihn finden, weiß aber nicht, wo ich suchen soll.« Dass er selbst andernfalls in der Asservatenkammer landen konnte, verschwieg er ihr lieber.

Inse tupperte sein Brot ein. »Wieso gebt ihr keine Fahndung raus?«

Er nahm noch einen Schluck Kaffee, bevor er antwortete. »Weil Hallbohm nicht weiß, dass Gronau gesucht wird.«

Inse schaltete sofort. Sie schien äußerst beeindruckt. »Oha! Oke Oltmanns ermittelt auf eigene Faust!« Seine Liebste streckte ihm die Tupperdose hin: »Hier ist dein Frühstück. Chiasamen-Brot mit selbst gemachtem Linsen-Kürbis-Aufstrich. Dann brauchst du heute mal nicht zu Edeltraut!« Oke merkte, wie Hitze in ihm aufstieg.

Glücklicherweise bemerkte Inse nichts. Ihr Kopf befand sich auf Höhe der geöffneten Spülmaschine, in die sie die benutzten Teller räumte. »Ach, bevor ich's vergesse, schöne Grüße von Rüdiger Bavendamm.«

Er wartete, bis sie mit dem Kopf aus der Spülmaschine war. »Warum lässt der mich grüßen?«

»Wegen ihres Dackels. Der Tierarzt hat Knötchen festgestellt.«

Oke nickte. So fing es an, und kurze Zeit später landeten die Haustiere auf seiner Werkbank.

»Sie haben gesagt, sie hätten deinem Kollegen neulich schon Grüße ausgerichtet, sie haben ihn am Leuchtturm getroffen.«

Oke stutzte. »Welchem Kollegen?«

»Habe ich auch gefragt. Sie meinten, es sei ›dieser Nette mit Zopf‹ gewesen.«

Oke brummte ein »Aha« und »Tschüss« und zog die Tür ran. Was machte Gott an dem abgelegenen Leuchtturm? Hatte die Soko eine Spur?

Wenig später bimmelte Edeltrauts Türglocke über ihm. Oke betrat die gebohnerten Schachbrettfliesen und sog den Duft der vermutlich noch warmen Brötchen ein. Er fühlte sich gleich besser, weshalb er sich wunderte, dass Edeltraut so besorgt klang, als sie fragte: »Na, Oschi, wo geiht die dat?«

Das komplizierte Gefühlsleben einer der beiden wichtigsten Frauen in seinem Leben war jedoch etwas, mit dem er sich jetzt nicht befassen konnte. »Mi geiht dat good«, sagte er deshalb schnell und inspizierte die Auslage.

Es gab belegte Brötchen mit Ei, Pute, Camembert und zwei mit Kochschinken und einem Paprikaschnitz. Einigermaßen empört wandte er sich an die Fachverkäuferin seines Vertrauens: »Kein Hackepeter!?«

Edeltraut gab sich untröstlich und streifte sich bereits

Plastikhandschuhe über. Sie griff nach dem Messer. »Ach, Oschi, entschuldige bitte! Ich schmiere dir fix ein paar Rundstücke! Vier Hälften, wie immer?«

Er nickte zufrieden.

Oke beobachtete, wie sich Edeltrauts Doppelkinn vorschob, als sie ihm eine extra dicke Schicht Butter aufs Brötchen strich. »Wo würdest du dich verstecken, wenn dich die Polizei sucht?«

Er hatte die Frage, ohne groß darüber nachzudenken, in den Raum geworfen. Er hatte nicht mal ernsthaft mit einer Antwort gerechnet. Aber nun wankte Edeltrauts Haargebinde wie ein Fischer nach einer Flasche Korn. So sehr kicherte sie in sich hinein. »Ich? Was soll ich denn verbrochen haben?« Edeltraut wirkte noch belustigt, als sie die Hälften fein säuberlich auf eine Pappe legte und diese in Papier wickelte. »Ich kenn mich mit Verbrechern ja nicht so gut aus, Oschi«, meinte sie, wieder ernst geworden, »aber ich habe mal einen Roman gelesen, da hat der Mörder die Leichen in leeren Ferienwohnungen versteckt.«

Oke sah Edeltraut mit ehrlicher Bewunderung an: »Du bist brillant, Edeltraut!«

Bevor er den Laden verließ, reichte er ihr schnell Inses Tupperdose über den Tresen. Edeltraut steckte ihre Nase hinein und schnupperte genießerisch am Inhalt: »Oh, wie köstlich! Linsen-Kürbis-Aufstrich!« Ihr Tausch war eine Win-win-Situation.

Obwohl ihn die Bandscheibe nach dieser schlimmen Nacht heftiger als sonst zwackte, beschleunigte Oke seine Schritte auf dem Weg zum Wagen. Jetzt musste er erst mal diesen dösigen Pressetermin hinter sich bringen. Elektrofahrrad-Übergabe – Düvel ok ne!

Als er am modernsten Revier des Landkreises eintraf, war

die gesamte Presseabteilung der Polizei bereits vollzählig versammelt. Die drei uniformierten Beamten standen zusammen mit einem zugeknöpften Vertreter des Sponsors in dunkelgrauem Zweireiher. Sie hatten sich vor dem steinernen Treppenaufgang neben dem E-Bike positioniert. Zugegen waren auch Hallbohm höchstselbst sowie zwei Journalisten, die Oke noch nie gesehen hatte. Einer trug eine ranzige Lederjacke und einen goldenen Stecker im Ohrläppchen, der andere hatte sich in ein Jackett gezwängt. Beide warfen ihm neugierige Blicke zu, als Hallbohm übertrieben freundlich ausrief: »Ah, da kommt ja unser Pedalritter von Lütjenburg!« An die beiden Journalisten gewandt fügte er hinzu: »Herr Oltmanns ist derjenige, der unser erstes Dienst-E-Bike fahren wird.«

Der Polizeichef schob sich halb um das E-Bike herum. »Wenn ich Ihnen die Vorzüge hier gleich mal am Objekt zeigen darf?« Statt eine Antwort abzuwarten, wackelte Hallbohm demonstrativ an dem Lenker. »Es handelt sich hier nicht nur um ein einfaches Elektrofahrrad!« Die beiden Herren von der Presse kritzelten gleichzeitig etwas in ihre Notizblöcke. »Hier vorne, am Lenker, haben wir ein Blaulicht!« Die Stifte flogen über das Papier. Die drei Mitarbeiter der Presseabteilung verfolgten das Ganze mit feierlicher Miene. »Und das Dienst-E-Bike ist auch mit Martinshorn ausgestattet.« Jens Hallbohm drückte auf einen Schalter und es ertönte ein ohrenbetäubendes Signal, das einen der Reporter kurzzeitig in die Knie gehen ließ.

Oke fragte sich, was er hier machte. Glaubte Hallbohm wirklich, dass er mit Tatütata über den Lütjenburger Marktplatz radeln würde? Oke dachte an Bartelsen und Christiansen und kriegte die schiere Wut. Hier tüdelten sie mit der Presse rum, während Gronau wahrscheinlich wirklich bald über alle Berge war.

»Sind die Polizei-E-Bikes eigentlich schneller als die herkömmlichen Elektrofahrräder?«, wollte der Reporter in Lederkluft wissen.

Hallbohm warf sich in die Brust. »Das kann man wohl sagen. Unser Speed-Pedelec schafft locker 45 Kilometer die Stunde!«, tönte er. »Da kann der Oschi jeden Verbrecher schnappen.« Der Sponsorenvertreter gluckste leise. Oke machte das, was Norddeutsche meistens machten: Er schwieg.

Die Lederjacke drängte nach vorne. »Was versprechen Sie sich von dem Einsatz des Dienst-E-Bikes?«

Hallbohms Antwort kam wie aus der Pistole geschossen: »Wir versprechen uns mehr Bürgernähe! Im Streifenwagen ist ja immer die Fensterscheibe dazwischen ... Das verhindert so manchen Schnack.«

Die Journalisten wollten das Foto für die Zeitung machen. »Der nächste Termin wartet schon!« Mechanisch dirigierten die Reporter Oke neben das Fahrrad.

»Es wäre schön, wenn man das Revier im Hintergrund sieht«, wünschte Hallbohm und stellte sich auf die andere Seite des Velos. Dabei wies er mit dem Zeigefinger demonstrativ auf das Blaulicht vorne am Fahrrad.

»Wenn Sie so stehen, kriege ich das Revier nicht mit drauf«, meinte der Journalist in der Lederjacke. Die kleine Gruppe postierte sich vor der Eingangstür des Reviers. Einer aus der Polizei-Presseabteilung schob das Fahrrad hinterher. Der Sponsorenvertreter fragte zögernd, an welcher Seite des Fahrrads er stehen sollte. »Wer sind Sie überhaupt?«, fragte die Lederjacke.

Am linken Rundbogenfenster versammelten sich einige Kollegen, um das Ereignis auf dem grau-rot gepflasterten Platz zu verfolgen. Die Übergabe des ersten Dienst-E-Bikes zog sich allerdings in die Länge.

»Stopp!«, rief Hallbohm, bevor die Reporter auf die Auslöser drücken konnten. »Es fehlt etwas.« Der Polizeichef tuschelte mit einem seiner Pressesprecher. Dieser spurtete daraufhin die drei Treppenstufen hoch und wieder runter. Ehe Oke sichs versah, saß ihm leicht schief ein Sturzhelm auf dem Kopf.

»Ein Kopfschutz muss sein, wegen der Vorbildfunktion«, erklärte Jens Hallbohm. Dann nahm der Zeigefinger des Polizeichefs wieder die Zeige-Position am Blaulicht des E-Bikes ein.

»Und wo geht's als Erstes hin, Oschi?«, erkundigte sich Hallbohm jovial, als die Zeitungsleute weg waren. Oke sagte, dass er die Zeugen im Fall des Handtaschenraubs befragen wolle, was nur eine halbe Lüge war, da er sie irgendwann sicher aufsuchen würde.

»Na, dann können Sie Ihr neues Dienstgefährt ja gleich mal testen.«

CARMEN

Sie wusste nicht mehr, ob Martin oder sie zuerst von den wollig weichen Schafen auf dem Deich angefangen hatte, auf jeden Fall waren die Kinder nicht mehr zu halten. Sofort als sie auf dem Parkplatz der »Surfer-Lounge« hielten, flitzten die beiden einfach los – und Martin blieb nichts anderes übrig, als hinterdrein zu rennen. Obwohl es nach einem Unwetter aussah. Sie selbst wollte erst mal in die Wohnung gehen. Sie war ungeheuer gespannt auf das, was hinter der dunkelbraunen Tür lag. Nach allem, was sie wegen dieser Ferienwohnung durchgemacht hatten, kam es ihr wie ein Siegeszug vor, das Übernachtungsköfferchen hineinzutragen, das sie am Vorabend für Brasilien gepackt hatte. Mal sehen, ob das mit dem Code so klappte, wie die Christiansen es ihr gesagt hatte.

Sie stand vor der Holztür und betrachtete das Codeschloss. Sie gab den vierstelligen Code ein: 7754.

Enthusiastisch drückte sie die schwere Eingangstür auf und trat über die Schwelle. Sie befand sich in einem großzügig geschnittenen Raum, der schwach nach Orangen und Sandelholz duftete. Ihr Blick fiel auf ein indisches Holztischchen mit einer Schale voller Duft-Potpourri. Dahinter breiteten sich riesige Palmwedel aus. Drumherum lagen bunte Bodenkissen mit Fransen. Während sie all das in sich aufnahm, bemerkte sie aus den Augenwinkeln eine Bewegung.

Im Bruchteil einer Sekunde stürzte sich eine dunkle Gestalt auf sie. Unsanft wurde sie zu Boden geschleudert. Ihr Kopf schlug auf dem ovalen Tisch mit den Schnitzereien auf, den sie eben bewundert hatte. Ihr wurde schwarz vor Augen.

OKE

Oke nahm das Rad argwöhnisch in Augenschein. Mit den dicken Reifen wirkte es einigermaßen stabil. Aber war es auch stabil genug für einen XXL-Polizisten, der von seiner Ehefrau und einer Pflanzenbudenbesitzerin auf 140 Kilo runtergehungert worden war? Oke streifte die neongelbe Weste über, die zur Speed-Pedelec-Ausstattung gehörte, setzte den Helm auf – und schob das Rad erst mal neben sich her in Richtung Fußgängerzone. Er war die letzten Jahrzehnte kein Rad gefahren, da würde er die ersten Fahrversuche garantiert nicht unter den spöttischen Blicken der Kollegen am Fenster unternehmen.

»Lütje.net« war weiterhin geschlossen, wie das Schild an der Tür verkündete. Oke sah durchs Schaufenster in den Laden. Es hatte sich nichts verändert seit seinem letzten Besuch. An der Wand mit den vielen bedruckten T-Shirts hing immer noch das Modell »Hohwaii«, das auch in seinem Schrank lag.

Als Nächstes schob er das Rad zu Lübbe Gronaus Wohnung, wo er mit dieser Jaqueline wohnte, die Gronau als vermisst gemeldet hatte. Nicht, dass die Kollegen nach dem Webshop-Betreiber suchten.

Oke fühlte sich ein wenig erschöpft von dem langen Spaziergang. Er hatte sich noch nicht überwinden können, aufzusteigen. Und dieses E-Bike war um einiges schwerer als sein früheres Jugendfahrrad, ein gold-braunes Herrenrad der Marke Hercules. Außerdem schwitzte er unter dem Helm. Der Kommissar lehnte das Rad an der schmutzig-grauen Betonwand vor einem der Aufgänge zu den Wohnungen an.

Es war der typische Hinterhof eines Viertels, in dem Menschen lebten, die bisher nicht allzu viel Glück gehabt hatten: trist, anonym und voller Müll. An den Balkonen hingen Satellitenschüsseln. Babygeschrei aus einer der Wohnungen drang nach unten. Als er hochsah, knallte jemand das Fenster zu.

Die Frau, die ihm öffnete, trug wieder schwarze Kleidung und hatte schwarz angemalte Augen. Ihr Gesichtsausdruck war besorgt. »Haben Sie ihn gefunden?« Sie schien ihrem Freund den Anschlag auf ihre Katze schnell verziehen zu haben, überlegte Oke. Was für eine Beziehung die beiden wohl führten?

Er sagte, dass er Lübbe Gronau weiterhin suche. »Und Sie haben keine Idee, wo er steckt?«

Sie verneinte. »Ich habe alle angerufen. Seine Freunde behaupten, nichts von ihm gehört zu haben«, flüsterte sie mit tränenerstickter Stimme. »Und mit seinen Eltern hatte er keinen Kontakt.«

»Wussten Sie, dass er Geschäfte mit Fynn Bartelsen gemacht hat?«

Sie blickte ihn erstaunt an: »Mit dem Hühnerbaron? Hä? Lübbe hat keine Eier verkauft …«

Oke winkte ab und öffnete die Weste. Er kam in dieser Montur bald um vor Hitze. »Haben Sie die Schlüssel zu seinem Geschäft?«

Sie schüttelte den Kopf. »Nein, da war er sehr eigen. Mit all seinen Sachen. Er hat alles weggeschlossen. In manche Schränke hier oben habe ich nie reingeguckt.«

»Darf ich mal?«

»Ich weiß nicht. Aber wenn Sie meinen, dass das wichtig ist …«

Oke betrat die schwach nach Katzenurin riechende Wohnung. Im Flur kam ihm ein Katzenjunges entgegen.

Es rieb sich an einer Reihe Stahlschränke. Oke rüttelte an den Türen – verschlossen. Der Kommissar ließ sich ein Werkzeug geben und sperrte den ersten Schrank auf. Darin verbargen sich diverse Waffen.

Oke ließ sich nichts anmerken. »Wissen Sie, welche Ferienwohnungen er vermietet hat?«

Sie überlegte. »Keine Ahnung, eine ganze Menge. In Brasilien und ich glaube auch in Neustadt in Holstein.«

Oke schnaufte tief durch. Eben war ihm bewusst geworden, dass Neustadt gute 50 Kilometer entfernt lag. So weit konnte er das Rad beim besten Willen nicht schieben.

CARMEN

Im ersten Moment dachte sie, der Professor und diese blöde Nancy hätten ihr aufgelauert und eins übergebraten, um zu verhindern, dass sie in die »Surfer-Lounge« einzog. Doch als sie wieder zu sich kam, kniete über ihr nicht der schlohweiße Professor mit Hornbrille, sondern ein Mann mit dunklem, fettigem Haar. Sie erkannte den Inhaber von »Lütje.net« in dem Moment, als er ihr einen Streifen Paketklebeband auf die Lippen drückte. Ihr Schädel dröhnte, sie schmeckte Blut und alles drehte sich. Trotz der Schmerzen und des Schwindelgefühls versuchte sie zu schreien und sich loszureißen. Vergebens.

Fieberhaft überlegte sie, wie sie in diese unmögliche Situation hatte geraten können. Vielleicht hielt er sie für eine Einbrecherin.

Sie wusste selbst, dass das Quatsch war. Er musste sie inzwischen erkannt haben – nach dem Streit im Laden um die Wohnung. Und das Paketband saß derart fest, dass es wehtat, wenn sie den Mund bewegte. Sie fuchtelte erneut mit den Händen, was ihren Kopf vor Schmerz fast zerspringen ließ, aber dieser Grobian hielt sie immer noch fest. Im nächsten Augenblick knallte ihr Knie auf den Boden. Er hatte sie umgeworfen, um ihre Hände hinter dem Rücken zu fesseln. Carmen japste nach Luft. Hier lag definitiv kein Missverständnis vor.

OKE

Oke schob das Rad zurück zum Revier. Das Büro war leer, von den Kollegen keine Spur. Er überflog kurz die Lageberichte. »Feuer in Lagerhallen ehemaliger Kaserne in Lütjenburg«, las er den neuesten Eintrag. Deshalb waren alle unterwegs. Oke studierte die vorherigen Meldungen: Es hatte einen Verkehrsunfall mit zwei Leichtverletzten in Giekau gegeben, auf dem Parkplatz der Bücherei in Lütjenburg hatte jemand einen Golf angefahren und war dann vom Unfallort geflüchtet, eine vermisste 56-Jährige war wohlbehalten zurückgekehrt und in Rantzau war es in der Nacht zu einem weiteren Unfall nach einer Trunkenheitsfahrt gekommen. Der Fahrer hatte 1,37 Promille Alkohol im Blut gehabt. Die Feuerwehr musste ihn aus seinem Fahrzeug befreien. Junge, Junge. Die letzte Meldung ließ ihn aufmerken: »Verdacht auf versuchten Einbruch in leerstehender Ferienwohnung in Neustadt i.H.«.

CARMEN

Der Klebestreifen über ihrem Mund bedeckte einen großen Teil der Nasenlöcher. Luft – sie konnte nicht atmen. Sie würde ersticken! Carmen japste.

»Hör auf zu hyperventilieren! Du machst es schlimmer.« Seine Stimme klang drohend.

Sie zwang sich zur Ruhe. »Keine Panik, keine Panik«,

wiederholte ihre innere Stimme. Du bist Opfer eines Gewaltverbrechens, dachte sie und spürte, wie das Rauschen in ihrem Kopf wieder zunahm und gleichzeitig ein unkontrolliertes Zittern von ihrem Körper Besitz ergriff. Sie hatte schon tausendmal von Frauen gehört, die Leidtragende solcher Übergriffe wurden, weil sie sich zur falschen Zeit am falschen Ort aufhielten.

In Hamburg waren das zumeist Orte wie leere U-Bahn-Stationen oder dunkle Hinterhöfe. Warum nur hatte sie niemand davor gewarnt, sich am helllichten Tag gemütlichen Ferienwohnungen zu nähern, die am Ende idyllischer Spielstraßen lagen?

OKE

Er las den gesamten Bericht. Nachbarn hatten ein Geräusch in den leerstehenden Räumen einer Ferienwohnung gehört, die saniert wurde, aber als die Kollegen vor Ort eintrafen, konnten sie nichts Ungewöhnliches feststellen. Der Hausmeister des Apartments habe sogar die Wohnungstür geöffnet – sie sei leer gewesen. Fehlalarm.

Das konnte bedeuten, dass Edeltraut mit ihrer Theorie nicht so verkehrt lag und sich Lübbe Gronau in einem unbewohnten Apartment verschanzte. Wenn er aber nicht in Neustadt war, musste er woanders sein. Und es bestand zumindest die Wahrscheinlichkeit, dass er sich in einem anderen Apartment der Christiansen aufhielt. Als Erstes wählte er Inses Nummer. »Weißt du zufällig, wo die Christiansen ihre Ferienwohnungen genau hatte?«, fragte er atemlos.

»In Hohwacht sagt man Moin«, tadelte ihn seine Gattin.

»Inse, es ist dienstlich!«, raunzte er in den Hörer und ärgerte sich über sich selbst: Beim Abendbrot würde sie ihn einen Knurrhahn nennen.

»Es gibt ein Gastgeberverzeichnis«, kam es betont kühl aus der Leitung.

Oke klatschte sich gegen die Stirn. »Das Verzeichnis, hätte ich selbst draufkommen können.«

Wie sich nach einigem Hin und Her mit Inses Chef und der Touristikgesellschaft herausstellte, gehörten der Christiansen eine Ferienwohnung in Brasilien, zwei in Kalifornien und eine in Neustadt sowie in Heiligenhafen und Grömitz. »Die beiden Wohnungen in Kalifornien sind in einem Mehrfamilienhaus und beide mit einer Großfamilie aus Bayern belegt, das weiß ich zufällig genau«, verriet ihm Inse. »Die in Heiligenhafen und Grömitz sind ebenfalls vermietet.«

Oke wollte nicht wissen, woher sie das wusste. Er wusste nur eins. »Den Burschen krieg ich«, rief er. Es wurde Zeit, den harten Sattel des unterstützenden Elektrofahrrads einzuweihen. Oke schaltete den Akku auf Turbo!

CARMEN

Draußen klingelte jemand Sturm. Vermutlich stand ihr Gatte vor der Tür, weil er sich wunderte, wo sie blieb. Einerseits wünschte sie nichts sehnlicher, als dass Martin kam, um sie zu retten, und gleichzeitig hoffte sie, dass er nicht draußen wartete. In dem Fall befand er sich nämlich in Gefahr. Und sie betete, dass keins der beiden Kinder vor der Tür stand. Den Gedanken konnte sie nicht aushalten, weshalb sie mit aller Kraft versuchte, sich von ihren Fesseln zu befreien. Gronau, plötzlich mit einem Küchenmesser bewaffnet, bedeutete ihr, sich ruhig zu verhalten.

»Carmen, mach endlich auf!« Martins Stimme drang klar und deutlich durch die Tür. »Du musst herkommen. Deine Mutter ist hier! Sie sitzt bei Klaas an der Bar und bestellt einen Caipi nach dem anderen!«

Sie spürte es eher, als dass sie es sah: Ihr Peiniger näherte sich mit dem Messer der Tür. Da hörte sie Martin erneut: »Carmen, mach jetzt auf! Das ist nicht mehr lustig! Nicht nur, dass deine Mutter am helllichten Tage trinkt – sie füllt auch unsere Kinder mit Kindercocktails ab!« Er klingelte Sturm. Es schien ihr, als würde er nie mehr aufhören, den Klingelknopf zu malträtieren.

Mit einem Satz, der den Bauch unter seinem T-Shirt in wellenartige Bewegungen versetzte, hatte sich Gronau am Fenster positioniert und spähte hinaus. Offenbar wollte er sichergehen, dass tatsächlich nur Martin vor dem Haus stand, überlegte sie und wunderte sich darüber, dass sie zu derartigen Schlussfolgerungen in der Lage war.

Im nächsten Moment zog Lübbe Gronau sie ruppig auf die Füße. Sie taumelte etwas, als er sie in Richtung des Fensters schubste. Nicht nur, weil sich ihre Füße seltsam taub anfühlten, sondern auch, weil ihr wunder Kopf sich nicht zu erinnern schien, wie er die Beine steuern musste. Carmen schnappte nach Luft, während der bierbauchige Gronau den Vorhang beiseiteschob. Sie sah direkt in Martins entsetztes Gesicht.

Mit einer Hand hielt Gronau ihr das Messer an die Kehle, mit der anderen öffnete er das Fenster auf Kipp: »Ich will dein Geld und deine Autoschlüssel, und zwar pronto. Ansonsten ...« Er drückte die Messerschneide in ihre Haut, bis sie ein heißes Brennen spürte. »Und: keine Polizei!«

WENCKE

Der Himmel über dem Fischhus hatte eine bleierne Farbe angenommen. Es sah nach einem Unwetter aus, aber Marlene döste weiterhin im Strandkorb. Postbote Holtermann staunte. »Unglaublich: Sie schläft und ist gleichzeitig wach.«

Wencke stimmte zu: »Habe ich schon oft bei ihr beobachtet. Ein Auge ist offen und das andere geschlossen.«

Jan kam grienend aus der Strandhütte. »Sag ich doch, sie ist Miss Marple. Hat hier alles im Blick!«

Marlene öffnete auch das zweite Auge. »Graa-Kraa«, kommentierte sie.

Holtermann zog die Brauen hoch: »Hört sich aber 'n büschen komisch an, euer Huhn. Irgendwie heiser.« Der Briefträger schien sich um das neue Fischhus-Maskottchen zu sorgen. »Vielleicht bekommt ihr die Seeluft nicht?«

Wencke winkte ab: »Doch, klar!« Sie wollte nicht zugeben, dass ihr ebenfalls in letzter Zeit an ihrer Henne gewisse Veränderungen aufgefallen waren. Bei ihrer Ankunft im Fischhus hatte Marlene wie ein herkömmliches Huhn geklungen – soweit sie das beurteilen konnte. Marlene war schließlich ihr erstes Huhn. Wobei Marlene, wie wahrscheinlich andere Hühner auch, durchaus verschiedene Laute von sich gab, die Wencke nach und nach auseinanderzuhalten lernte.

Da war das fröhliche »Guhck-Guck«, mit dem Marlene sie morgens begrüßte, das tiefe, kehlige Geräusch, wenn Gefahr drohte, das zu einem nervösem »Gock-Gock« wurde, wenn ihr ein Hund zu nahe kam, und das ruhelose »Gwack-Gwack«, wenn wieder ein Ei unterwegs war – das sie meistens in den Dünenrosen versteckte.

Seit Kurzem allerdings hörte sich die alte Legehenne tatsächlich merkwürdig an. Beinahe wie eine …

Holtermann unterbrach ihre Gedanken: »Wie, klar? So klar ist das nicht. Die klingt doch ganz rau und kratzig. Und welche Hühner machen ›Graa-Kraa‹? Die, die ich kenne, machen ›Gack-Gack‹ oder so.«

Holger Holtermann ging ihr mit seiner Besserwisserei auf die Nerven. Huhn war eben nicht gleich Huhn.

Wencke verschränkte die Arme vor der Brust. »Seit wann bist du denn Hühnerexperte? Ich dachte, du bist Postbediensteter. Hast du eigentlich heute nix für uns dabei?«

Holtermann reichte ihr einen Stapel Rechnungen. »Hätte ich fast vergessen: Das hier solltest du lesen!« Er reichte ihr die Zeitung.

»Wieso – was steht denn da?«, wollte sie wissen. Holtermann hielt ihr das Blatt unter die Nase. »Hohwacht ohne Wache«, las sie über Kopf.

Sofort schnappte sie sich die Zeitung: »Die Polizeiführung in Plön wird die Polizeistation am Berliner Platz in Kürze komplett schließen. Das geht aus einem behördeninternen Schreiben hervor, das der Redaktion vorliegt«, stand da. Wencke sog hektisch Luft durch die Nase. Die Wache – dicht – für immer? Das durfte nicht wahr sein!

Aufgewühlt überflog sie den restlichen Text: Der Leitende Kriminaldirektor sowie die Arbeitsgruppe Polizeireform hatten diverse Strukturveränderungen beschlossen. Das betraf nicht nur die Station in Hohwacht, nein, auch die in Ascheberg und Probsteierhagen. Laboe nicht zu vergessen.

Es folgte ein Absatz über die Polizeistation Laboe. Darüber, dass die Proteste der Einwohner nichts genutzt hatten, der Innenminister aber in einem Schreiben an die Plöner Kreisverwaltung angekündigt hatte, dass es Sprechstunden der Beamten in dem Förde-Ort geben sollte. In Hohwacht jedoch, endete der Artikel, werde das Gebäude nun selbst dienstags nicht mehr besetzt sein.

»Einen Grund für die Änderung wollte Polizeichef Jens Hallbohm auf Anfrage unserer Zeitung nicht nennen. Offenbar ist nicht einmal der unmittelbar betroffene Beamte Oke Oltmanns informiert worden, der bei der Bevölkerung seit Jahren ein Maß an Vertrauen und Ansehen besitzt.« Wencke musste sich kurzzeitig am Strandkorb festhalten. »Der arme Oschi! Die machen ihm die Wache dicht!«

Jan hatte mitgehört und schüttelte ungläubig den Kopf. »Also, ich brauche jetzt erst mal einen Schnaps«, sagte er bestimmt und nahm eine Flasche der Marke »Muschelputzer« aus einem geheimen Vorratsbehälter. Wencke war dermaßen erschüttert, dass sie seiner Ankündigung nichts entgegensetzte, obgleich es nicht mal Mittag war. Selbst die Kürzung der Öffnungszeiten der Polizeistation hatte sie damals als Schlag empfunden. Und jetzt das! Hohwacht ohne Polizei! Sie nahm Jan das Gläschen ab und stürzte die glasklare Flüssigkeit hinunter.

Tränen traten ihr in die Augen. Weil der Alkohol so stark im Rachen brannte oder weil ihr Oschi so leidtat oder wegen beidem. Sie wusste es nicht.

Sie nahm sogar ein zweites Glas und bot auch Holtermann eines an. »Meint ihr, Marlene kann helfen?«, fragte der Briefträger.

Jan genehmigte sich noch einen Schnaps. »Womit? Eiern? Sollen wir Okes Chef bewerfen oder was stellst du dir vor?«

Sie sah Jan strafend an: Eierwerfen hatte in der Gegend einen ganz schlechten Beigeschmack bekommen, seit Lütjenburgs berühmtester Eierwerfer das Gras von unten betrachtete.

Jan gab sich verständig: »Schon gut. Ich halt die Klappe.« Stillschweigend schenkte er allen noch mal nach. Sein Klarer, den sie sonst immer verschmähte, stieg ihr langsam zu Kopf.

»Ne, ich meinte eher mit einer Prophezeiung oder so«, erklärte Holtermann, »weil sie doch ein Orakel ist.«

Wencke war noch nicht ganz klar, wie Wahrsagerei die Wache retten konnte, aber sie machte sich auf den Weg in die Küche, um Kartoffelpelle zu holen.

Marlene fraß die Pelle so schnell, dass sie keine Chance hatte, ihr eine Frage zu stellen. »Und was bedeutet das jetzt?«, fragte Holtermann und blickte in die leere Schale. »Dass sie Hunger hatte«, meinte Jan und genehmigte sich einen weiteren Schluck.

Wencke dachte kurz nach, was ihr in ihrem beschwipsten Zustand nicht leichtfiel. »Das bedeutet was Gutes! Es wurde schon im alten Rom als gutes Zeichen für die Schlacht gewertet, wenn die Hühner die Schale leer pickten.«

Jan schenkte sich nach und erkundigte sich mit schwerer Zunge: »Für welche Schlacht ist das jetzt ein gutes Zeichen?«

Wencke wunderte sich, dass er das nicht wusste: »Na, die, die wir für Oschi gewinnen!« In nicht allzu weiter Ferne hörten sie Donnergrollen.

Holtermann holte eine Stulle aus seiner Tasche. »Tschuldigung, aber ich bin im Dienst – da muss ich erst eine Grundlage schaffen«, meinte er. »Mir ist nämlich schon ein bisschen tüdelig. Wie viel Prozent hat dein Muschelschnaps eigentlich?« Er kam nicht dazu, abzubeißen: Er musste sich gegen Marlene wehren, die ihn rabiat anflog und dreist nach dem Brot pickte.

In letzter Zeit, gestand sich Wencke ein, hatte ihr Huhn einen gewissen Futterneid entwickelt.

Sie verbrachte offenbar zu viel Zeit im Strandkorb – und in Gesellschaft der frechen Ostsee-Möwen.

Holtermann war erschrocken zurückgesprungen, hielt die Stulle aber festumschlossen in der Hand. Still lauschten sie Marlenes empörtem »Kraah-Kraah.« Holtermanns runde Augen hefteten sich auf sie. »Du kannst mir was erzählen, Wencke! Die Seeluft bekommt ihr definitiv nicht. Dieses verrückte Küstenhuhn hält sich für eine Möwe!«

OKE

Regen war in Norddeutschland erst, wenn die Heringe auf Augenhöhe vorbeischwammen. Lange konnte es nicht mehr dauern, bis er auf einen Fischschwarm traf. Nach der Hitze der vergangenen Tage entlud sich ein gewaltiges Sommergewitter. Der Donner übertönte das Sirren der Fahrradkette. Das Wasser lief sturzbachartig an seinem Helm hinunter und tropfte direkt in seinen Hemdkragen. Doch Oke strampelte unverzagt weiter.

Der Parkplatz am Mittelstrand war schon voller Pfützen. Als er in den Seesternweg bog, vermischte sich das Rauschen des Regens mit dem Getöse der aufgewühlten Ostsee. Es herrschte eindeutig Land unter in Brasilien.

Oke radelte auf der betonierten Straße zwischen dem Meer und den Ferienhäusern entlang, mit ihren gestutzten Hecken, lackierten Zäunen und Fahnenmasten, bis ihm die

Schenkel brannten. Sein Mors klebte am Sattel, als er in den Möwenweg schwenkte.

Bei diesem Wetter hatte er komplett freie Bahn. Fast! Um ein Haar hätte Oke einen Dreikäsehoch auf dem Roller mitgenommen, der sich in dem Regen nach Hause rettete. Wenn man erst mal den Bogen raushatte, ging es auf diesem E-Bike ziemlich flott um die Kurven.

Vor dem Haus der Christiansen erwartete ihn eine hagere Gestalt mit hochgezogenen Schultern. Der Regen trübte zwar die Sicht, aber soweit er das von seiner Warte aus beurteilen konnte, befand sich Martin Bachmann in aufgelöstem Zustand. Oke verstand immer nur »Geiselnahme«, bis er vom Rad abgestiegen und den Helm abgenommen hatte. Martin hüpfte wild gestikulierend um ihn herum. »Kommen Sie weg vom Fenster! Er hat Carmen – da drin!« Mit gedämpfter Stimme fügte er hinzu: »Und er hat gesagt, keine Polizei!«

Martin Bachmanns verzerrtes Gesicht sah nicht so aus, als ob er scherzte. Oke schob sein Rad ein kleines Stück weiter, sodass es vom Haus aus nicht mehr zu sehen war, und trat den Ständer an die richtige Stelle. Dabei fühlten sich seine Beine nach der Tour hierher wie Gummi an.

»Sie müssen sie da irgendwie rausholen«, flehte Martin Bachmann und zerrte an Okes Warnweste. Regenwasser strömte über sein Gesicht, während er aufgeregt schilderte, was er wusste.

Alarmiert griff Oke zum Diensthandy und rief Gott an. »Wir haben eine Geiselnahme – ja, in Brasilien. Ich brauche Verstärkung. Komm mir nicht mit Heiner! Ja, Spezialkräfte! Der Täter ist bewaffnet. Wir müssen vom Schlimmsten ausgehen! Er will Geld und ein Auto und ich habe nur einen durchweichten Fünf-Euro-Schein und ein schietiges E-Bike dabei!«

Als er aufgelegt hatte, wunderte er sich über sich selbst, dass er Gott angerufen hatte und nicht die Zentrale. Martin Bachmann schien immer noch nicht still stehen zu können. »Sie müssen was machen! Jetzt! Meine Frau schwebt in Lebensgefahr!«

Oke erklärte ihm, dass sie Zeit schinden mussten. »Sie gehen jetzt noch mal hin – zum vorderen Fenster.« Dann wurde ihm bewusst, dass etwas fehlte: »Wo sind Ihre kleinen Schietbüdel?«

Martin brauchte einen Augenblick, bis er verstand. »Ach so, die Kinder. Noch am Strand«, sagte Martin. »Die trinken mit der Oma Cocktails. Wahrscheinlich warten sie den Regen ab. Wenn meine Schwiegermutter überhaupt merkt, dass es regnet …«

Oke hoffte stark, dass weder die angeschickerte Großmutter noch die Gören hier auftauchten. Mit einer Handbewegung brachte er den Familienvater zum Schweigen. »Gehen Sie zum Fenster, sagen Sie dem Mann, dass Sie erst Geld vom Automaten holen müssen!«

Während sich Martins gebeugte Gestalt durch den Platzregen zum Haus kämpfte, schlich Oke sich von hinten an das Objekt, die Walther P99 im Anschlag.

Nach einem Fehltritt gab er sich große Mühe, nicht wieder gegen die Kakteen im Beet an der Hauswand zu kommen. Die Stacheln ließen sich schwer entfernen – selbst wenn sie Hosenstoff durchbohrt hatten. Stattdessen bewegte er sich einem Ninja nicht völlig unähnlich dicht an der Wand entlang.

Wenigstens war die Bollerwagendichte dem Wetter angepasst. Neugierige Feriengäste hätte er bei seinem Vorhaben nicht gebrauchen können, dachte er, als er das gekippte Fenster entdeckte. Mit größter Vorsicht plierte er hinein.

Zwar konnte er wegen des Vorhangs nicht viel sehen, doch handelte es sich sicherlich um das Bad, denn er konnte eierschalenfarbene Kacheln erkennen. Oke maß den Fensterrahmen mit den Augen ab und versuchte abzuschätzen, ob er hindurchpasste. Einen Versuch war es allemal wert.

Lautlos hebelte Oke das Fenster auf und drückte die Scheibe langsam mit der flachen Hand auf. Der Raum dahinter kam ihm nicht viel größer vor als ein Puppenzimmer. An der einen Wand hing die Toilette, an der anderen ein Handwaschbecken. Für mehr war kein Platz. Die Zimmertür war angelehnt und er hörte jetzt, wie jemand, der vermutlich Lübbe Gronau war, zischte: »Was will der denn jetzt wieder?« Offenbar hatte sich Martin gemäß Okes Anweisung am Fenster postiert. Eile war geboten.

Mit großer Kraftanstrengung hievte sich der XXL-Kommissar am nassgeregneten Sims hoch und ignorierte den grellen Schmerz in seinem Rücken. Der Mauervorsprung drückte zudem in die Achselhöhlen. Während seine Finger Halt am Rahmen suchten und seine Knie an der rauen Wand scheuerten, zog ihn sein eigenes Gewicht Richtung Erdkern. Oke fluchte leise. Fassadenkletterei würde nie zu seinen Hobbys gehören. Man kann sik dreigen as man will, de Achtersiet is ümmer hinnen, dachte er gereizt, als er nach einer gefühlten Ewigkeit Kopf und Schultern durchs Fenster gezwängt hatte. Er schnupperte. Was er roch, war der Duft eines WC-Steins, Note Zitrone.

Danach handelte er, ohne zu denken. Alles, was er je in der Polizeischule gelernt hatte, blendete er aus. Sobald er das Badfenster passiert hatte, bewegte er sich wie ein geölter Blitz in die Richtung, aus der er die Stimmen vernahm. Und als er Lübbe neben der wie ein Paket verschnürten Carmen Bachmann sah, stürzte er sich blindwütig auf ihn.

WENCKE

Es gab einiges Hin und Her, ob es eine E-Mail an Bürgermeister Bernd Busse sein sollte oder ob sie doch lieber persönlich bei ihm vorstellig werden wollten. »Eine E-Mail kann der einfach löschen«, meinte Holtermann.

»Wir könnten Leserbriefe schreiben«, lautete Edeltrauts Vorschlag. Sie war kurz rübergekommen, nachdem Oke bei ihr seine Hackepeter-Brötchen gekauft hatte. »Oschi weiß anscheinend wirklich nichts! Ich habe nämlich alle Zeitungen im Laden versteckt. Ist ihm gar nicht aufgefallen!«

Nachdem es begonnen hatte, draußen wie aus Eimern zu gießen, hatten sie es sich im Fischhus bequem gemacht, um zu beratschlagen, was nun zu tun sei. Wencke entzündete mit einem Streichholz eine Sturmlaterne. Schwefelgeruch breitete sich aus. Dann verschwand sie hinter dem Tresen, um Teewasser aufzusetzen. Einerseits, weil sie den Alkohol auf diese Weise etwas neutralisieren wollte, andererseits, weil sie sich mit etwas beschäftigen wollte, um nicht darüber nachzudenken, was es für Oke Oltmanns bedeuten würde, seine Wache zu verlieren. Der Gedanke verursachte ihr Magenschmerzen.

Die Regentropfen hämmerten laut gegen die Fensterscheiben. Hin und wieder zuckte ein Blitz am Himmel. Während sie darauf wartete, dass das Wasser kochte, betrachtete sie den Regenschleier hinter dem Glas. An der Wange spürte sie Marlenes weiche Federn. Im Haus war sie wieder ganz die Alte. Das Wasser im Kocher brodelte.

»Und was haltet ihr von einer Demo vor der Polizeidienststelle?«, fragte Jan. Alle wurden unversehens still.

»Für Demonstrationen gilt zurzeit das Gleiche wie fürs Eierwerfen«, bestimmte Wencke.

Die Plane raschelte. Roy Lundt, nass wie der sprichwörtliche Pudel, brachte einen Schwall Regenwasser in die heimelige Atmosphäre des Fischhuses. Hinter ihm fluchte die Kamerafrau: »So ein Sauwetter. Nur kurz ausgestiegen und guck dir meine Jacke an: voll nass!« Sie zog die dunkelfleckige Jeansjacke aus und hängte sie zum Trocknen über einen freien Barhocker.

Mit geschäftiger Miene kümmerte sich derweil ihr Kollege um die Kameraausrüstung, die in einer großen schwarzen Tasche steckte. Er wischte die Wassertropfen mit dem Ellbogen ab. »So ein Mistwetter aber auch!«

Wencke hob den Zeigefinger: »Es gibt kein schlechtes Wetter, nur schlechte Kleidung.« Zwar hatte sie der Guss wieder einigermaßen nüchtern werden lassen, den Redakteur mit der rotgeriebenen Höckernase hatte sie dennoch nicht mehr auf dem Schirm gehabt, musste sich Wencke eingestehen.

»Entschuldigung, Frau Husmann, dass wir hier alles nass machen«, wandte er sich nun direkt an sie.

Sie schenkte den Pfützen auf den Dielen kaum Beachtung. »Das trocknet wieder.«

Lundt blickte sich suchend im Strandkiosk um. »Hätte Marlene denn jetzt Zeit für eine Sitzung?«

Wencke lächelte. »Ja, hat sie! Und wir auch! Wir würden Sie sehr gern um einen kleinen Gefallen bitten … Es geht um einen Bericht über die Hohwachter Wache.«

In diesem Moment steckte Horst Wieczorek den Kopf durch die Lücke in der Plane. »Ich wollte bloß das Huhn ablichten, bevor ich abreise. Für Insta.« Der Urlauber stutzte, als er die Kameraleute bemerkte: »Was wird denn hier gedreht? Breaking Egg?«

OKE

Man konnte Oke Oltmanns allerhand nachsagen: dass er wortkarg war, einem gewöhnungsbedürftigen Hobby nachging und zu viel Zwiebelmett aß. Eines konnte man von ihm aber nicht behaupten: dass er es ausgenutzt hätte, wenn sich ihm eine sehr attraktive und sehr blonde Frau an den Hals warf. »Danke, danke«, stammelte die tränenüberströmte Carmen Bachmann immer wieder, nachdem er sie befreit hatte. Die Partie um ihren Mund war noch rot von dem Klebestreifen und ihre langen Haare waren am Hinterkopf vom Liegen auf dem Boden völlig verstrubbelt.

Er hätte ihr gern Trost gespendet, aber ihm fiel kein passender Satz ein. Deshalb beschränkte er sich auf: »Dor nich för.«

Bescheidenheit war den Norddeutschen eine Tugend. Außerdem war es so schwierig nun auch nicht gewesen, diesen Bagaluten zu überwältigen – alles eine Frage des Gewichts. Das Pressen durch eine enge Badezimmertür hatte ihm einigen Schwung beschert, den er nur geschickt hatte nutzen müssen. Oke hatte lediglich den Auftreffwinkel seines Körpers berechnet, eigentlich geschätzt, um den überraschten Lübbe Gronau außer Gefecht zu setzen. 140 Kilogramm Polizei im Rücken – da hatte der Geiselnehmer nicht viel entgegenzusetzen gehabt. Wucht und Überraschung waren auf seiner Seite gewesen.

Für die Polizisten, die inzwischen in dem exotisch wirkenden Garten mit der Banane eingetroffen waren, hatte es durchs Fenster so ausgesehen, als schösse eine lebendig gewordene Riesen-Bowlingkugel durchs Wohnzimmer und malmte alles nieder, was ihr in den Weg kam.

Ein Vogel zwitscherte, als sich Oke Oltmanns zu seinen Kollegen in den Vorgarten gesellte. Es hatte aufgehört zu regnen, und zwischen einigen Wolken blitzte sogar ein Sonnenstrahl hervor. Rumpelnd näherte sich auch schon ein Bollerwagen. »Bullisei«, sagte der kleine Junge mit Schnuller und zeigte auf Okes gelbe Warnweste oder vielleicht auch auf Heiners Uniform. So genau erkannte Oke das nicht. Der Vater bestätigte: »Polizei.« Dann zog er seinen Sohn in dem Handwagen langsam weiter. Schweigend lauschten sie dem Poltern, das jedes Mal entstand, wenn der Bollerwagen über ein Schlagloch ratterte.

Die Spezialeinheit wusste offenbar nicht, wie es nun weitergehen sollte. Der Einsatzleiter hielt sich im Haus auf. Zwei Scharfschützen standen unentschlossen bei der Gartenpforte herum. Beide guckten muffig. Vielleicht waren sie enttäuscht, nicht zum Zuge gekommen zu sein.

»Wow, Oschi, hab schon gehört, wie du den Gronau allein zur Strecke gebracht hast! Der ist jetzt sicher platt wie 'ne Flunder«, meinte Heiner beifällig.

Oke brummte etwas Zustimmendes. Nachdem Oke ihm einige Rippen gebrochen hatte, sollte Lübbe Gronau ins Krankenhaus gebracht werden. Sobald der mutmaßliche Mörder von Diana Christiansen und Fynn Bartelsen vernehmungsfähig war, würde er ihn ausgiebig befragen. Doch das musste wieder einmal warten.

Nach der Festnahme war Oke in Hochstimmung, musste jedoch erleben, wie schnell sich das ändern konnte.

»Dass du so in Form bist, hätte ich nicht gedacht«, bekomplimentierte ihn Heiner weiter. Oke grummelte. »Dann kannst du ja als Stuntman arbeiten, jetzt, wo du in

Hohwacht nicht mehr gebraucht wirst ...« Heiners Grinsen gefror, als er Okes Miene sah.

»Nicht mehr gebraucht?«, bellte Oke. »Was soll das heißen?«

Heiner sah ihn ängstlich an. »Ähm, ich meine nur, weil ja in der Zeitung stand ...«

Oke baute sich vor Heiner auf. »Was stand in der Zeitung?« Heiner sah aus, als hätte er schon davon gehört, dass der Überbringer einer schlechten Nachricht geköpft wurde. Doch ihm blieb nichts anderes übrig, als Oke die Wahrheit zu sagen.

Oke hatte das Gefühl, ihm würde der Boden unter den Füßen weggezogen. Die Rathjen hatte ihm keine Hoffnung gemacht, gesagt, dass die Polizeistation über kurz oder lang ... Aber dass sie so schnell endgültig geschlossen werden sollte und alle außer ihm schon darüber Bescheid wussten ... das haute ihn um.

Seine Augen suchten die des Kölners. Hatte Gott von dieser Schweinerei gewusst? Der Kollege zuckte die Schultern und machte ein betroffenes Gesicht: »Mer muss et nemme, wie et kütt«, sagte er. Es klang mitfühlend. Sollte Oke es wirklich nehmen, wie es kam?

Wortlos drehte sich Oke um und setzte sich auf sein Fahrrad. Erst jetzt wurde ihm bewusst, dass ihm die Hose nasskalt an den Beinen klebte. Kein schönes Gefühl, aber nichts im Vergleich zu dem dunklen Schmerz, der sich in sein Herz bohrte.

WENCKE

Marlene hatte orakelt, wer Bundeskanzler werden würde, im Gegenzug hatte Roy Lundt versprochen, einen zweiten Beitrag zur verwaisten Wache in Hohwacht zu bringen. Als die Fernsehleute weg waren, vertiefte sich Wencke in »Hühnerhaltung für Anfänger«. Das Buch lag aufgeschlagen vor ihr. Sie hatte einen kleinen Knick in die Seite gebogen, die mit »Ein perfektes Heim für ihre Lieblinge« überschrieben war.

Als Mitglied des Vereins »Hühner ohne Grenzen« bekam sie zwar ein schlechtes Gewissen, Marlene wenig artgerecht im Fischhus zu halten – doch man sah ja, was passierte, wenn Hühner in üble Gesellschaft gerieten und sich in den Möwen auch noch schlechte Vorbilder suchten. Sie wurden zu dreisten Räubern!

Insofern fand sie es total gerechtfertigt, dass sie Marlenes Strandkorb in einem ersten Impuls in die kleine Strandbude geschleift hatte.

»Griaß God. A Fischfrikadelle biddscheen.« Wencke sah von ihrem Buch hoch und auf einen rot-weiß-karierten Bauch mit ausgeleierten Knöpfen.

»Fisch ist aus.« Ihr Ton kam ihr selbst ein wenig ruppig vor. Aber: Konnten die Leute nicht lesen? Ständig wollten alle nur Fisch bestellen. Dabei hatte sie die neuen Tagesangebote extra auf die schwarze Tafel vor dem Fischhus geschrieben. Und was war an Seetang-Suppe verkehrt? Der bayerische Gast starrte sie zweifelnd an: »Wos sogsd?«

Wencke straffte die Schultern. »Die Meere sind über-
fischt. Bei uns gibt es deshalb regionale Algen-Smoothies.
Je nach Saison mit Feldsalat oder Grünkohl. Auch mal Mee-
res-Bratlinge oder neuerdings Seetang-Suppe. Das ist unser
Beitrag zum Schutz der Umwelt.« Insgeheim wanderten
ihre Augen zurück zum Buch. Es gab dort auch eine Bau-
anleitung für einen Wintergarten für Hühner.

Der Bauch verschwand nicht. Im Gegenteil. Er blieb.
»Guad. Bast scho. Den Smoothie biddscheen!« Dann
schaute er zu Marlene, die im Strandkorb döste, und witzelte: »Habe die Ehre!«

Jan kam mit einer Kiste Feldsalat für Wenckes Algen-
glück hinein. »Was macht der Strandkorb im Fischhus?«

Sie streckte ihr Kinn vor. »Wir müssen Marlene von der
Straße holen, damit sie nicht auf die schiefe Bahn gerät.
Sie führt sich inzwischen wie eine dahergelaufene Möwe
auf! Da vorne beim Schirmständer können wir eine Ecke
mit Einstreu herrichten. Zum Scharren. Was denkst du?«

Der Bayer hatte den Smoothie wie einen Küstenklaren
in den Rachen gekippt und wartete nun sichtlich gespannt
auf Jans Antwort.

Jan bemerkte den Blick und gab Wenckes Frage genervt
an den Gast weiter: »Und was sagen Sie dazu?«

Der Mann im karierten Hemd zuckte die Schultern:
»Kloaviech macht aa Mist.«

OKE

Als er die Haustür aufschloss, hörte er Wenckes Stimme in seiner Küche: »Holtermann sagt, er habe ihn noch nie so erlebt, selbst nicht, als er schlimm Rücken hatte.« Im Hintergrund rauschte kurz Wasser. Dann wurde der Hahn abgedreht.

»Der Ärmste – ich meine natürlich Oschi, nicht Holger Holtermann«, erwiderte Inse. »Ich habe ihn seit dem Frühstück weder gesehen noch gehört. Aber ich kann mir vorstellen, wie sehr ihn die Nachricht getroffen hat.«

Jemand schlug die Schranktür zu. »Hast du mal ein Handtuch? Hier ist keines.« Das war Wencke.

Inse zog die Schublade des antiken Vertikos auf, in der sie die Geschirrtücher aufbewahrten. Er hörte es am Ruckeln: Das Holz hatte sich im Laufe der Jahre etwas verzogen. »Hier, nimm dieses«, vernahm er Inses Stimme. »Er wusste nichts von der Schließung. Jedenfalls hat er mir nichts darüber gesagt. Aber du kennst ja Oschi, eine Auster ist geradezu offen im Vergleich zu ihm.«

Seit wann verglich Inse ihn mit Austern? Diese Muscheln gehörten dem Stamm der Weichtiere an, und wo, bitte schön, war er weich?

Oke betrachtete sich im Spiegel. Sein Bauch hatte längst nicht mehr den Umfang wie vor einem Jahr. Im Gegenteil, er fand, er sah regelrecht abgemagert, beinahe ausgezehrt aus. Vor allem sein Gesicht wirkte eingefallen. Vielleicht lag es aber auch nur am schlechten Licht im Flur. Es war hier sehr eng, weshalb Inse den Standspiegel überhaupt hatte kaufen wollen. »Es macht den Eingangsbereich einfach optisch viel größer«, hatte sie ihn damals überredet. Der Spiegel hatte nämlich den Nachteil, dass er den Weg verstellte und Oke jedes Mal den Bauch einziehen musste, wenn er in die Küche wollte.

Wollte er? Der Kommissar zögerte, zu den Frauen in die Küche zu gehen. Nun wusste er ja, dass sie die Geschichte mit der Polizeistation kannten. Wahrscheinlich würden sie ihm unangenehme Fragen nach seiner Zukunft stellen.

Austern schützten sich gegen ihre Feinde mit einer scharfkantigen Schale. Oke zog die nasse Warnweste enger um sich. Vielleicht hatte Inse doch recht. An manchen Tagen fühlte er sich selbst wie eine fossile Art aus dem Meer.

»Oschi, bist du das?« Inse hatte also doch mitbekommen, dass er zu Hause war.

Er stieß die Küchentür auf. »Moin«, sagte er mit belegter Stimme und ließ den Blick durch den Raum mit seinen alten Bauernschränken schweifen. Erst vor nicht allzu langer Zeit hatte er das Zimmer auf Inses Wunsch in einem »Algengrün« gestrichen. Weil diese Farbe nach Inses Meinung »einfach auf jeden eine magische Wirkung« hatte.

Oke war die neue Schlammfarbe wumpe. Für ihn zählten innere Werte: Es kam darauf an, ob sich etwas Leckeres hinter den Schranktüren verbarg. Das meiste aus den Schränken schien Inse jetzt allerdings hervorgekramt zu haben. Zwei Backbleche, Backpapier, Siebe, Teller, Messer – all das türmte sich neben Eimern voller Quitten auf dem runden Tisch zwischen den beiden Frauen.

»Wir machen Quitten-Chips«, informierte ihn Wencke mit übertrieben fröhlicher Stimme.

Er hatte es nicht genau verstanden: »Fisch 'n Chips?«, fragte er hoffnungsvoll.

Wencke lachte. »Ne, Quitten-Chips.«

Er konnte nichts dagegen tun, seine Lippen verkrampften sich bei der Vorstellung. »Die kannst du ruhig essen: Quitten haben ganz wenig Kalorien und außerdem viele Schleimstoffe, die dir bei der Verdauung helfen«, schwärmte Wencke.

Oke überlegte kurz, ob die Chips Seetang enthielten. Er fragte aber nicht nach. Austern waren nie sehr gesprächig.

Inse drehte an den Reglern am Backofen und setzte sich dann an den Tisch, um die Quitten zu zerteilen. Wencke ließ sich nicht aus dem Konzept bringen: »Und Kalium könntest du jetzt sicher auch gut brauchen, für deine Nerven, jetzt, da ...« Sie hatte sich verplappert. Einen Moment war nichts außer dem Umluftgebläse des Ofens in der Küche zu hören.

Fahrig hantierte Inse auf dem Küchentisch herum. Eine Quitte kullerte vom Brotbrett und landete neben seinen Füßen. Sie bückte sich danach. Beim Hochkommen sah sie ihn mitfühlend an. »Ach Oschi, es tut uns leid, dass sie die Wache schließen wollen.«

Er nickte. »Bin drüben.« Er nickte noch mal, diesmal in Richtung seiner Werkstatt.

Oke hatte vor, den Abend zwischen Klebeflaschen und Gläsern mit künstlichen Tieraugen zu verbringen. Ein tröstlicher Gedanke.

Ein letztes Mal ließ er hungrig den Blick auf der Suche nach etwas Essbarem durch den Raum schweifen und blieb am Abtropfsieb in der Spüle hängen. Wie es aussah, gab es in ihrer Küche nur Lebensmittel mit Blattrost. Über Kurz oder Lang würde er den Hungertod sterben. Spätestens am Grab würden sie es einsehen. Dann würde der eine oder andere Trauergast über ihn sagen: »De hett nich noog

Swiensback to den Gröönkohl kregen.« Statt Speck gab es in Hohwacht ja mittlerweile höchstens noch getrockneten Seetang zum Grünkohl. Wenn sie einen nicht gerade mit stippigen Quitten abspeisten.

Inse hob die hinuntergefallene Frucht auf und spülte sie unter fließendem Wasser ab. Dabei drehte sie den Kopf über die Schulter und sah ihn an, als sähe sie ihn heute zum ersten Mal. »Du bist ja ganz nass«, stellte sie überrascht fest.

»Austern leben an den Felsen flacher Tidengewässer«, antwortete er traurig und ließ zwei verdutzte Frauen in einer Küche mit schlammiger Note zurück.

BERIT

Ein Kotschieber drückte gegen den Hühnermist auf dem Stallboden und bewegte ihn Richtung Förderband. Mithilfe dieses Transportbands gelangte der Kot in die offene Lagerhalle. Hier stand sie und beobachtete, wie die Exkremente von oben herabrieselten. Unten hatte sich ein Berg angesammelt, der größer war als sie selbst. Sie hatte sich nie an den Gestank gewöhnt. Der extreme Ammoniakgeruch raubte ihr immer noch den Atem.

Zweimal die Woche wurde ausgemistet. Alles lief automatisch in ihrem Legehennenbetrieb. Die Hühner wurden sogar per Futterband gefüttert. Selbst die Eier rollten maschinell aus den Nestern aufs Band. Sie musste nur regelmäßig kontrollieren, ob die Maschinen funktionierten. Als sie die Stalltür öffnete, schallte ihr ein ohrenbetäubendes Gegacker entgegen. 39.000 Legehennen machten eine Menge Lärm. Einem unbestimmten Gefühl folgend, drehte sie sich um und stellte fest, dass Mats Meyer plötzlich hinter ihr stand. Sie fuhr zusammen. »Haben Sie mich erschreckt!«

Der Ökopolitiker entschuldigte sich eilig. Er habe sie nicht erschrecken wollen. Sie starrte ihn misstrauisch an, noch nicht begreifend, was vor sich ging. »Ich – ich – wollte mich noch für etwas anderes entschuldigen.« Unbeholfen förderte er einen Blumenstrauß hinter seinem Rücken zutage. »Wegen des Fensters …«

Unverfroren. Das war das erste Wort, das ihr in den Sinn kam. Was fiel diesem dreisten Kerl ein, hier mit Blumen aufzukreuzen? Über Monate hatte er Fynn verärgert, indem er die Wiese besetzte, hatte ihre Familie mit seinem Aufzug und Gehabe auf dem Marktplatz in Lütjenburg verhöhnt und sie schließlich in Todesangst versetzt, als er diesen Hühnergott durchs Fenster geworfen hatte. Einen Hühnergott! Das musste man sich mal vorstellen!

Es steckte mit einem Mal so viel Zorn in ihr, dass sie die Beherrschung verlor. Sie riss ihm den Strauß aus der Hand, schmiss die Blumen zu Boden und trampelte darauf herum. Hatte er erwartet, er könne ein blödes Gebinde abgeben und alles wäre gut? »Verschwinden Sie!«, zischte Berit, als sich der Wut-Nebel in ihrem Kopf etwas lichtete. Ihre Wangen fühlten sich heiß an.

Meyer senkte den Blick. »Blöd von mir, herzukommen«, stammelte er. »Ich hätte es mir denken sollen, dass Sie mich nicht sehen wollen.« Zögernd entfernte sich der ungebetene Gast.

Ihre Stimme klang schneidend, als sie hinter ihm herrief: »Sollte das irgendeine Art von Schikane werden?«

Er drehte sich noch mal zu ihr um. »Schikane? Nein! Ich wollte mich wirklich entschuldigen. Es tut mir sehr leid – alles. Und ich wollte mit Ihnen reden. Vernünftig reden – über den Maststall.«

Sie hätte fast gelacht, wenn es nicht so traurig gewesen wäre. »Vernünftig reden? Jetzt? Nach dem, was alles passiert ist?«

OKE

Der Sohn hatte ihm gesagt, wo er Berit finden würde: hinten beim Stall. Oke rümpfte die Nase. Der Gestank des Hühnermists biss in der Nase. Als er den Ökopolitiker sah, befürchtete er im ersten Moment, Meyer wollte ihr etwas antun. Oke beschleunigte seinen Schritt.

»Oschi.« Berit sagte nur seinen Namen. Ihr Gesicht war

gerötet, stellte er fest. Am Misthaufen hatte es offenbar einen Streit gegeben.

»Was machen Sie hier?«, raunzte er Meyer an.

»Ich wollte mich entschuldigen und Frau Bartelsen eigentlich eine Idee unterbreiten, es geht mir um die Wiese, man könnte sie anders nutzen, aber ich bin hier nicht erwünscht.«

Berit Bartelsen fuhr sich durch die Haare, sie schien sich zu beruhigen.

Sie sahen ihm nach, als er in seinen ausgetretenen Schuhen über den gepflasterten Platz zu seinem alten Fahrrad schlurfte. »Der kommt garantiert wieder«, meinte Berit, während sie dem schwankenden Rad nachsah. »Ich habe so ein Gefühl, dass einer wie der nicht lockerlassen kann.«

Oke fand, dass Berits Menschenkenntnis nicht allzu schlecht war. »Wenn er Probleme macht, ruf an.«

Sie gingen ein Stück vom Mist weg. »Ich habe noch eine Frage«, fing er an. »Die Ferienwohnungen betreffend.«

Als sie ihr Gesicht zu ihm hob, erkannte er an dem harten Zug um ihren Mundwinkel, dass sie inzwischen wusste, dass Bartelsen sein Geld nicht nur mit Hühnern verdient hatte. Sie fragte: »Es war Lübbe, oder? Ich habe seinen Namen in den Büchern gefunden.«

Oke nickte bedächtig. Dann berichtete er ihr, was er inzwischen wusste: »Fynn hat herausgefunden, dass Lübbe Gronau die Wohnungen jedes Mal heimlich vermietete, sobald eine Buchungslücke auftauchte. Gronau hatte Angst, dass dein Mann seine verborgenen Geschäfte auffliegen lassen würde.« Sie schwiegen eine Weile und sahen dem Laufband zu. Oke fasste sie am Arm und führte sie noch ein Stück weg. Er berichtete ihr von der illegalen Waffensammlung im Stahlspind in Gronaus Stube.

»Du hättest mir das mit der Ferienwohnung eher sagen müssen«, stellte Oke nüchtern fest.

Berit zeigte Verständnis. »Ich habe es gerade erst erfahren.« Sie lehnte sich an die Steinwand des Stalls, während hinter der Ecke der Haufen immer größer wurde. »Ach, es ist alles Mist«, seufzte sie. »Zu viel Mist in meinem Leben.«

Sein Handy klingelte. Es gehe um Okes berufliche Zukunft, teilte ihm eine näselnde Stimme aus dem Vorzimmer von Jens Hallbohm mit. Selbstredend wusste er, wie der Hase lief: Der Chef würde ihm nun persönlich ausführen, warum die Polizeistation Hohwacht schließen müsste. Die Betroffenen wurden immer zuletzt informiert. Man würde ihn abservieren und das als Beförderung darstellen. So machten sie es doch immer. Vor seinem geistigen Auge tauchten die Stellenangebote auf. Er würde sich mit dem Gedanken an ein Leben in der Asservatenkammer abfinden müssen.

Der Kommissar entschied sich, mit dem E-Bike zum Zentralrevier zu fahren. Sein Gesäß schmerzte zwar noch ein wenig von der Tour nach Brasilien, aber so konnte er wenigstens die Hiobsbotschaft hinauszögern. Wer wollte schon hören, dass er nicht mehr gebraucht wurde?

Dat is mien Dörp, dachte er, als er an der Reihe Einfamilienhäusern vorbeifuhr. Er vermisste die Zeiten, als er nur in Hohwacht tätig gewesen war.

Mit der Stufe »Turbo« kam er auf dem E-Rad gut voran. Es dauerte nicht lang und er erreichte die Landesstraße 164. Der Fahrradreifen sprang ein kleines Stück zur Seite, als er über einen herabgefallenen Stock fuhr. Die Zweige der

Bäume am Straßenrand hingen hier tief und Oke musste sich gleich darauf ducken, um dem nächsten Ast auszuweichen. Er notierte das im Geiste. Er würde dem Bauhof Bescheid geben. Solange er noch für Hohwacht zuständig sein durfte …

Alles wandelte sich, dachte er, als er an der alten Fischerei vorbeikam. Noch war das ehemalige Fischerdorf zwar weit davon entfernt, eine Tourismushochburg wie Kiel, Fehmarn oder der Weissenhäuser Strand zu sein. Aber mit seiner unberührten Natur und dem direkten Zugang zur Ostsee hatte Hohwacht in den vergangenen Jahren viele Investoren angelockt. Wie Pilze schossen an vielen Stellen neue Apartments aus dem Boden. Oke dachte an die alte Schule, die es jetzt nicht mehr gab. Dafür schicke, neue Unterkünfte für Reisende.

Auf die 800 Einwohner in dem ehemaligen Fischerdorf kamen in diesem Sommer bald 3.000 Gäste. Und es gab keine Polizeistation! Sollte er in dem Gespräch versuchen, Hallbohm umzustimmen? Oke wusste selbst, dass das Vorhaben zwecklos wäre. Einen wie Hallbohm dazu zu bewegen, seine Meinung zu ändern, dafür brauchte es mehr als ein paar Leichen und schlechte Presse. Vielleicht hätte eine Quasselstrippe wie Gott ihm das Ganze ausreden können. Aber der Kölner hatte ja die Seiten gewechselt, dachte Oke missmutig.

Oke spürte den Fahrtwind im Gesicht und das munterte ihn ein wenig auf. Erstaunlicherweise genoss er es, so vor sich hinzufahren. Der Weg durch die grüne Landschaft Schleswig-Holsteins war größtenteils flach und die Luft angenehm lau. Nur sein Autoradio fehlte ihm etwas.

Die Bebauung wurde dichter. Oke sah Läden und eine Shisha-Bar und nahm diese doch nicht richtig wahr. So weit weg war er mit seinen Gedanken. Verblüfft stellte er kurz darauf fest, dass er angekommen war.

Schwitzend stand er vor einem wuchtigen Schreibtisch aus Eichenholz. Ähnlich wie in Okes alter Dienststelle am Berliner Platz gab es in Hallbohms Büro eine Zimmerpalme. Allerdings machte dieser Gummibaum eine wesentlich bessere Figur als Okes lädierte Birkenfeige. Auf Hallbohms Schreibtisch fand sich auch kein angeschlagener Kaffeebecher. Auf einem Sideboard stand ein teurer Kaffeevollautomat mit einem Geschirrset von Rizzi.

Oke holte das blaue Gästehandtuch aus dem Rucksack, das Inse ihm vorsorglich eingepackt hatte, und tupfte sich die Stirn trocken.

Hallbohm beobachtete ihn mit verschränkten Armen von seinem schwarzen Chefsessel aus.

»Moin, Oschi! Na, alles gefunden?«

Oke neigte zustimmend das Kinn zur Brust, dachte jedoch, dass er andernfalls nicht in diesem Schicki-Micki-Büro angekommen wäre.

Das Telefon auf dem edlen Schreibtisch läutete. Hallbohm nahm ab, hörte zu und sagte: »Ja, habe ich Vincent Gott doch gesagt. Wir machen das genau so wie besprochen! Im Zweifel überreden Sie ihn, zu wechseln.« Oke tupfte sich einmal mehr die Stirn.

VINCENT

Der Zeitungsbericht mit dem Titel »Hohwacht ohne Polizei« hatte die gewünschte Wirkung erzielt: Jens Hallbohm war außer sich. Als dann noch ein Fernsehbericht folgte, einige Hohwachter sowie Annette Rathjen und ein weiteres Gewerkschaftsmitglied wurden hier interviewt, konnte man es in der Nähe des Polizeichefs nicht mehr aushalten. So sehr stand er unter nervlicher Anspannung. Annette legte auf und blinzelte ihm durch ihre runde Brille fröhlich zu. »Das wird!«

Vincent hatte in der gewieften Personalrätin glücklicherweise jemanden gefunden, der ihm half, Jens Hallbohm weichzukochen und ihn vom Schließungsplan abzubringen. Ihr Hauptargument lautete Imageverlust der Polizei in der Öffentlichkeit. Immerhin hatte Oke eine ganze Reihe von Dienstjahren auf dem Buckel und genoss im Dorf große Beliebtheit. Er selbst hatte sich in den letzten Tagen beim Chef ebenfalls den Mund fusselig geredet. Und offenbar nicht vergebens.

»Im Zweifel, bittet Hallbohm, sollen wir Oschi überreden, von Lütjenburg wieder nach Hohwacht zu wechseln.« Vincent wandte sich der Tür zu. »Wo gehst du hin? Willst du nicht warten, bis Oke raus ist, und ihm gratulieren?«

Vincent hatte die Klinke schon in der Hand. »Nä! Bloß nicht schon gratulieren! Das verdirbt die Überraschung. Wencke hat da was vorbereitet.«

OKE

Endlich legte Hallbohm den Hörer auf. »Nach den Vorkommnissen der letzten Tage – eigentlich Wochen – ist klar: Wir müssen Konsequenzen ziehen, Oschi«, begann Hallbohm. Oke quetschte das Handtuch in seiner Hand zusammen. Hallbohm seufzte: »Tja, und jetzt ist es so weit.«

Oke versuchte, das Schwindelgefühl loszuwerden, das in diesem Moment Besitz von ihm ergriffen hatte, indem er sich das Gästehandtuch wieder gegen die Stirn presste. So fühlte es sich also an, wenn die schlimmsten Albträume Wirklichkeit wurden … Jens Hallbohm räusperte sich. »Es wird jetzt natürlich erst mal wieder eine Umstellung für dich!«

Asservatenkammer. Hallbohm sprach schon von der Stelle. Eine andere kam gar nicht infrage. Oke hatte es geahnt. Seine Zunge fühlte sich mit einem Mal wie ein Fremdkörper an. Dick und schwer lag sie in seinem Mund. Er fühlte sich außer Stande, sich zu äußern.

»Du kannst ja noch mal mit Inse reden, aber ich denke, die neue Lösung ist gut. Auch, was das Geld angeht!« Er stand auf und haute Oke auf die Schulter: »So als ›Reformopfer‹ steht dir eine Anhebung bei der Besoldung quasi zu.« Hallbohm lachte jovial.

Die Unterredung war offenbar beendet, denn Hallbohm wandte sich ab. Okes Körper hingegen weigerte sich, es dem Chef gleichzutun. Er schaffte es lediglich, den Fahrradhelm von der Lehne zu fingern. Hallbohm tippte sich an die Stirn, als hätte er etwas vergessen: »Das Dienst-E-Bike! Das kannst du natürlich behalten.«

Als er sich draußen auf den Sattel schwang, überlegte der Kommissar, was genau er mit einem Elektro-Fahrrad in der Asservatenkammer anfangen sollte.

VINCENT

Partystimmung im Fischhus. Während Wencke eine Girlande quer durchs Fischhus hängte, schoss er vor Freude die erste Konfetti-Kanone leer. Sein Übermut hatte nicht nur etwas mit Okes Überraschung zu tun. Jonna hatte sich zur Feier des Tages angesagt, und er machte sich große Hoffnung, ihr heute etwas näherzukommen. Wenn er ehrlich war, sah er sie beide schon als Traumhochzeitspaar am Strand. Vielleicht konnten sie auf dem Leuchtturm heiraten. Aber erst mal wollte er mit ihr tanzen.

Im Hintergrund dudelte bereits »Viva Colonia«. Und Horst Wieczorek sang aufgekratzt mit der Band Höhner aus Köln mit: »... viva Hohwaii-a.«

Ausgelassen dichtete der gut gelaunte Urlauber den Liedtext weiter um: »Wir glauben an den Vincent Gott und han auch immer Durst.«

Bei dem Wort »Gott« trat der Ex-Postbote dicht neben

ihn. »Komm, wir machen ein Selfie für Instagram.« Wieczorek hatte, wie Vincent jetzt an dessen feucht-warmem Atem bemerkte, schon getrunken – und zwar mit Sicherheit keinen Algen-Smoothie. Gott tippte eher auf Sanddornlikör oder Muschelschnaps. Verstärkt wurde sein Eindruck dadurch, dass Marlene nicht von Jans Seite wich. Das Huhn könnte sich tatsächlich gut bei Alkoholkontrollen machen. »Darf ich mir dein Drogenspürhuhn mal ausleihen?«, fragte er Wencke.

Die Fischbudenbesitzerin ging nicht auf seine Alberei ein, denn just stolperte Edeltraut herein. Sie trug zur Feier des Tages ihre hochhackigen Schuhe und streifte mit der Hochsteckfrisur das von der Decke hängende Fischernetz: »Herrje! Ich ziehe diese unbequemen Dinger nicht wieder an! Was ich sagen wollte: Achtung, Oschi kommt!«

Sie hatten den Ablauf genau vereinbart. »Überraschung!«, rief das halbe Dutzend Dorfbewohner wie aus einem Munde, als sich Okes massiger Körper durch den Windschutz schob. Oke sah aus, als wollte er in Deckung gehen, aber Horst Wieczorek zog ihn mit aller Kraft hinein. Der Kommissar guckte fragend von einem zum anderen und wandte sich zuletzt an seine Ehefrau: »Habe ich Geburtstag?«

Typisch Oke. Wenn es um ihn selbst ging, bekam er nichts mit. »Hallbohm hat es Ihnen doch gesagt, oder?«, erkundigte sich Gott irritiert.

Okes Mimik erschlaffte. »Jo.« Der Kommissar ließ sich traurig auf einen Barhocker sinken.

Edeltraut umfasste Okes fülligen Leib zärtlich oder wollte es tun, bis sie Inses Blicke bemerkte. »Freust du dich denn gar nicht?«

Vincent drehte »Superjeilezick« von Brings etwas leiser. Oke sagte immer noch nichts.

Edeltraut näherte sich erneut ihrem Lieblingskunden. Ihr ausladender Busen stieß dabei gegen Okes Uniform. »Was guckst du denn so bregenklöterig, Oschi? Du kriegst doch deine Wache wieder!«

Oke hatte das Gegenteil vermutet. Und es dauerte, bis Vincent dem Kollegen klargemacht hatte, dass er Hallbohm missverstanden haben musste. »Er will, dass Sie zurück nach Hohwacht gehen. Und nicht nur für zwei Stunden! Die Dienststelle wird wieder in Betrieb genommen. Da kann man sehen, was öffentlicher Druck bewirkt!«, sagte er. Seine eigene Rolle bei der Rettung der Hohwachter Polizeistation spielte Vincent Gott bescheiden herunter. Stattdessen lobte er überschwänglich den Einsatz der Kollegin Annette.

Wencke brachte Oke einen Teller mit einer Fischfrikadelle im Brötchen, »ohne grünes Gedöns«: »Zur Feier des Tages!«

Okes Miene hellte sich auf. »Schöön! Noch besser, als Geburtstag zu haben.«

Die kleinen Augen mit den hellen Wimpern ruhten aufmerksam auf ihm, während er Oke Oltmanns erzählte, dass er sich als Verstärkung in Hohwacht angeboten habe. »Unnödig!«, brummte der Kollege. Der dickschädlige Eigenbrötler schien wieder der Alte zu sein. Und doch hatte Vincent das Gefühl, es läge etwas zwischen ihnen. Es wurde Zeit, diesem starrsinnigen Flachländer ein weiteres Wort auf Kölsch beizubringen: Er, Vincent Gott, war kein fieser Möpp! »Ich weiß nicht, warum ich plötzlich Hallbohms Liebling geworden bin, aber es hat doch letztlich etwas Gutes bewirkt! Und ich weiß zwar, dass es mir als Jüngerem nicht zusteht, das vorzuschlagen, aber von mir aus können wir uns jetzt auch endlich mal duzen.«

Oke rieb sich verlegen den Kopf. Schließlich verzog er den Mund. Es sah etwas merkwürdig aus, fast so, als hätte der XXL-Polizist Schmerzen. Doch Vincent hätte schwören können, dass sein Kollege versuchte, zu lächeln. Das Schmunzeln drang jedoch nicht bis an die Oberfläche. Es musste irgendwo auf halbem Weg steckengeblieben sein.

In der Zwischenzeit hatte Horst Wieczorek die Musik wieder lauter gedreht und forderte alle auf, bei seiner »Polonäse Blankenese« mitzumachen. Sein Oberhemd hing halb aus der Hose, die Haare standen ab und er lallte: »Schmeisch mal einer dasch Küschtenhuhn rüba! Ich mach euch den Wendehals.«

In dieser Beziehung, musste der frühere Postbeamte feststellen, verstand Wencke überhaupt keinen Spaß.

CARMEN

Der Urlaub lag nun schon etwas zurück. Sie räumte gerade den Abendbrottisch ab, als das Telefon klingelte. Schnell warf sie noch die klebrigen Messer in die Spüle, bevor sie ranging. »Hallo Carmen, ich könnte tot sein, und du würdest es nicht merken, weil du dich nie meldest!« Wann würde ihre Mutter aufhören, ihr ständig Vorwürfe zu machen?

»Ich hätte in fünf Minuten angerufen«, erwiderte sie und stellte mit einer Hand die Teller zusammen. Auf einem lag ein Haufen Gurkenschale. »Warte mal, Mama.« Sie rief ihre Kinder zurück, die sich bereits in ihre Zimmer verkrümelt hatten. »Cedrik, wirf die Gurkenschale in den Biomüll! Also wirklich! Nie helft ihr abräumen!« Betont langsam kamen die beiden herübergetrottet.

»Oh Mann ey, immer schimpfst du. Wir helfen doch andauernd. In meiner Klasse muss niemand so viel im Haushalt machen!«, nörgelte Carla. Carmen ignorierte ihre Tochter und flötete ins Telefon: »Na, was gibt es bei dir Neues, liebe Mama?« Dabei setzte sie sich auf die Sofalehne im Wohnzimmer, bereit für den neuesten Klatsch und Tratsch von der Küste.

»Ich war im Fischhus«, begann Maria und sie konnte ihrer Stimme anhören, dass ihre Mutter es kaum abwarten konnte, die Nachrichten aus Hohwacht loszuwerden. »Sie sagen, dieser Lübbe Gronau hatte eine psychische Störung. Er hat auch die Katze seiner Freundin umgebracht! Mit einer Zwille!«

Maria klang, als wäre dies das weitaus niederträchtigere Verbrechen, als eine Frau mit einer Ladung Pommes rot-weiß ins Jenseits zu befördern. Sie wusste nicht recht, was sie zu der toten Katze sagen sollte. »Dann hatte er wohl gerade keine Fritten zur Hand«, meinte sie lapidar. Ihre Mutter regte sich natürlich sofort über ihren Zynismus auf. Deshalb lenkte Carmen schnell ein: »Weiß man denn, warum er die Christiansen umgebracht hat?«

Maria klang jetzt wieder resolut: »Ja, weil ihr die ›Surfer Lounge‹ gebucht habt und nach Brasilien gefahren seid.«

271

»Was?«, schrie Carmen in den Hörer. Sie musste sich verhört haben.

»Komm wieder runter!«, wies ihre Mutter sie zurecht. »So meinte ich es nicht, aber er hatte offenbar Angst, dass seine Machenschaften durch euer Auftauchen auffliegen.«

Carmen schluckte. »Das glaub ich jetzt nicht …«, war alles, was ihr einfiel.

»Carmen, der Mann war gestört, manisch aggressiv oder was weiß ich. Ich bin kein Psychologe. Er hat sich in seiner Existenz bedroht gefühlt. So was in der Richtung hat Oschi jedenfalls gesagt. Der Hühnerbaron, dem ein Anteil an Gronaus Geschäft gehörte, hatte ebenfalls mitbekommen, dass sich sein Kompagnon in die eigene Tasche wirtschaftet. Tja, und den hat er auch gleich umgebracht. Mit seiner Zwille …«

Noch als die Kinder bereits in ihren Betten lagen, dachte Carmen über Lübbe Gronau nach. Sie saß wieder auf dem bequemen beigefarbenen Sofa im Wohnzimmer, jetzt mit angezogenen Füßen, und starrte Löcher in die Luft. »Hör auf zu grübeln, was hätte passieren können«, meinte Martin in aufmunterndem Ton. Er hatte sich neben sie gesetzt und strich ihr mitfühlend über den Rücken. So ganz hatte sie ihre Geiselnahme bisher nicht verdaut. »Erzähl mir lieber, was es noch Neues gibt.«

Sie zuckte die Schultern, dann fiel es ihr wieder ein. »Ach ja, stell dir vor, die Mastanlage wird wahrscheinlich nicht gebaut!«

Martin staunte. »Nicht?«

Sie schüttelte den Kopf. »Dieser Hühnerretter, dieser Meyer, soll die Witwe Bartelsen überredet haben, ihre Wiese für alternatives Wohnen in Hohwacht freizugeben. Für Bauwagen, Tiny Houses und so … Eigentlich keine schlechte Idee, oder? Und Wencke mischt natürlich auch mit. Der Verein ›Hühner ohne Grenzen‹ will auf der Wiese den ersten Gnadenhof für Legehennen aufbauen.« Sie musste bei der Vorstellung grienen. »Das ist doch mal was Neues! Aber dieses verrückte Küstenhuhn, das sich für eine Möwe hält, wird dort nicht leben. Es hat sich einer Möwenkolonie angeschlossen, kommt aber hin und wieder auf Stippvisite ins Fischhus.« Sie lachten beide.

»Vermisst du die Ostsee?« Sie musste nicht lang überlegen, was sie auf seine Frage antworten wollte. »Ganz sicher würde ich heute Abend lieber mit dir an der Bar in Brasilien hocken als auf unserem schwedischen Sofa.«

Seine hagere Gestalt verschwand in der Küche. Mit dem Kinn in die Hand gestützt starrte sie eine Weile auf den hellen Fleck, den die untergehende Sonne an diesem Augustabend auf das Laminat malte. Der warme Lichtschein lockte sie zum Fenster: Der Himmel leuchtete in fesselnden Rottönen, die ins Violett übergingen.

Auf der Straße vor ihrem Häuserblock war niemand unterwegs, obwohl die Parkplätze alle besetzt zu sein schienen. Selbst an einem Sommerabend wie diesem saßen viele Hamburger drinnen vor dem Fernseher. Obwohl sie selbst heute das Gleiche tun würde, weil sie morgen arbeiten musste, fand sie die Vorstellung deprimierend. Während sie einfach dastand und die Rippen des kalten Heizkörpers an ihren Oberschenkeln spürte, lauschte sie auf die Geräusche, die Martin in der Küche fabrizierte.

Nacheinander klappten mehrere Schranktüren, dann hörte sie Fluchen und Geschirrklirren. Mit einem Mal stand ihr Mann mit zwei Gläsern, bestückt mit quietschgelben Strohhalmen und Schirmchen, im Türrahmen. Er schien sich über seinen eigenen Einfall zu freuen, denn er griente jungenhaft: »Wie Klaas ihn machen würde: Caipirinha mit Cachaça, Limette, Zucker und sechs Eiswürfeln.«

Sein Lächeln traf auf ein begeistertes »Wow!« Sie nahm ihm beide Gläser ab und trat auf den winzigen Balkon. »Kriege ich doch noch meinen Caipi!« Als er sich etwas ungeschickt auf den zweiten kippligen Balkonstuhl setzte, musste sie aufpassen, dass nichts überschwappte. Neugierig saugte sie an ihrem Strohhalm. Der Cocktail schmeckte erfrischend kühl und leicht säuerlich, genau so, wie sie ihn mochte. »Hhm … lecker. Du könntest Klaas um einen Job als Barmann bitten«, schlug sie vor. »Der Vorteil wäre, du könntest jeden Tag in Flip-Flops zur Arbeit gehen.«

Martin schmunzelte über ihren Witz. »Abgemacht: Wir wandern aus nach Brasilien, bauen uns auf Wenckes Wiese eine Basthütte und sitzen abends in unseren Schaukelstühlen vor der Tür. Aber wehe, du fängst an, Havanna-Zigarren zu rauchen!«

HORST

Mit zunehmendem Alter hatte seine Sehkraft etwas nachgelassen, aber Kurzsichtigkeit hatte ihm nie jemand attestiert. Und das, was da in der Ferne auf den Stein-Buhnen hockte, war bestimmt keine Möwe. Jedenfalls keine hiesige. Silbermöwen oder wie die Viecher hießen.

Es saßen viele Möwen auf den Felsblöcken. Das war unzweideutig. Sie kamen stets in Scharen, um einem das Fischbrötchen abspenstig zu machen oder um grundlos herumzukrakeelen. Aber mitten unter den Seevögeln saß ein anderes Tier. Oder gab es auch Möwen mit rotem Kamm, Kehllappen und neongelber Warnweste?

Horst Wieczorek zückte sein Handy, während er geschwind auf die Buhnen zusteuerte. Tierfotos kamen bei seinen Insta-Fans gut an. 15 Likes hatte er für die fette Möwe am Strand von Laboe bekommen. Was würde da erst eine Vogel-Rarität wie diese bringen?

Bei näherer Betrachtung stellte er fest, dass es sich bei dem gefiederten Tier in der grellen Strickweste tatsächlich um ein Huhn handelte, sehr wahrscheinlich war es das aus dem Fischhus. Was machte Marlene hier? Sie schien sich für etwas im Wasser zu interessieren. Sie hockte auf dem Stein, legte den Kopf schief und rief immer wieder: »Kraah-Kraah.« Er fand, dass sie wie eine Möwe klang – wie eine beunruhigte Möwe. Sie schien auf etwas aufmerksam machen zu wollen.

Ein aufgeregt plappernder Junge, vielleicht zehn oder zwölf Jahre alt, schob sich ins Bild. »Die Möwe mit dem gelben Pulli ist ja ein Huhn!« Er drehte sich zu seiner Mutter um, die sich am Strand mit einer Frau mit Hund unterhielt. »Glaubst du, die Möwen haben das Huhn aufgezogen? So wie Baghira und Balu den kleinen Mogli?«

Der Junge hatte eine selbst gebastelte Angel dabei und lief schnurstracks damit auf sein Fotomotiv zu! Der Bengel würde seine Chance auf mehr Likes noch verscheuchen …

»Runter da!«, schimpfte Wieczorek deshalb sofort los. »Das Betreten der Buhnen an der Ostsee ist verboten!« Wild gestikulierend stürzte er auf die Steinreihe zu, denn der Junge näherte sich dem Huhn gefährlich schnell.

Die zwei Frauen, die sich in der Nähe der Felsblöcke unterhielten, warfen ihm böse Blicke zu. »Was bilden Sie sich ein? Sind Sie hier der Strandwächter, oder was?«, quakte die mit Hund.

»Ja, wirklich, lassen Sie doch mein Kind in Ruhe spielen«, meckerte die andere.

Wieczorek ließ sie reden. Er befand sich beinahe auf Höhe des Jungen und Marlene. Der kleine Kerl stocherte mit seinem Stock zwischen den Steinen herum, die am weitesten außen im Wasser lagen. Horst kletterte auf einen höher gelegenen Steinblock. Er würde die beiden in Kürze erreichen. »Ich glaub, ich hab hier was!«, rief der Junge, ohne ihn anzusehen. Konzentriert stach er mit seinem Stecken mehrmals ins Wasser. »Ja, da ist was!«

Gespannt beugten sich der Junge, das Huhn und Horst vor.

Die Mutter kam ein Stück näher. »Und was hast du Schönes entdeckt?« Der Junge zog seine Angel aus dem Wasser und winkte ihr fröhlich mit einem triefenden Stofffetzen am Ende des Stockes zu. »Ich glaube, das ist der Rand von einer Unterhose. Ist der von einer Frau oder einem Mann?«

Horst spähte weiterhin ins Wasser. Dort tauchte gerade etwas Großes auf, das zuvor zwischen den Steinen eingeklemmt gewesen sein musste. Die Frage des Jungen ließ sich nun mit Leichtigkeit beantworten.

Zwischen den Steinblöcken schwamm eine Frauenleiche. Sie hatte ein ziemlich breites Kreuz.

EPILOG
OKE

Normalerweise gab es zu solchen Anlässen Kekse. Röllchen oder Waffeln, mit oder ohne Schokoladenüberzug. Hauptsache Gebäck. Doch am Berliner Platz in Hohwacht waren sie nicht auf Pressekonferenzen vorbereitet. Es gab nichts, was sie den beiden Journalisten hätten anbieten können. Die Hackepeter-Brötchen hatte Oke längst aufgegessen.

»Aber einen Kaffee können wir wohl wenigstens anbieten, oder?« Polizeichef Hallbohm sah sich suchend um. Sein Blick blieb an der verdreckten Kaffeemaschine hängen. Persönlich mied Oke das Gerät, seit es das letzte Mal heißes Wasser gespuckt hatte. »Die ist kaputt«, murmelte er. Und fügte leise hinzu: »Schrotthupen!«

Erleichtert entdeckte er eine halbe Flasche Wasser auf seinem Schreibtisch. Innen war das Glas beschlagen. Oke wusste nicht genau, wann er sie geöffnet hatte. »Will einer ein Wasser?«, bot er an. Niemand antwortete.

Da es auch keinen Besprechungstisch in der Polizeistation gab, blieben sie der Einfachheit halber stehen. Der Pressevertreter in der ranzigen Lederjacke zückte einen winzigen Block aus seiner Gesäßtasche. Der Redakteur in dem Sakko beobachtete lediglich, wie sich Polizeichef Hallbohm gedankenverloren die Kuppen von Zeige- und Mittelfinger benetzte und seinen grauen Pony glattstrich.

Jens Hallbohm dankte den Reportern zunächst für ihr Kommen. Anschließend hielt er einen längeren Monolog über die Polizei und ihre Bedeutung, bis der Typ in der

Lederjacke ungeniert gähnte. »Dass wir nun die Hohwachter Wache nach einer übergangsweisen Schließung wieder eröffnen, hat absolut nichts mit den aktuellen Vorfällen zu tun«, führte Hallbohm aus.

Der Redakteur im Sakko, Oke kannte ihn von der Rad-Übergabe, hakte nach: »Sie reden von der Mordserie, korrekt?«

Hallbohm überhörte die Frage. Hinter der Wiedereröffnung stehe der Gedanke, Beamte in die Fläche zu bringen. Dies sei, nebenbei bemerkt, seine Idee gewesen. »Ich habe immer gesagt, wir müssen 'ran an den Bürger. Wir mussten uns dafür nur personell neu aufstellen. Und dies ist nun gelungen: Ab sofort ist Vincent Gott Oke Oltmanns' offizieller Stellvertreter.«

Der Redakteur griff sein Thema wieder auf: »Aber es fällt doch auf, dass gerade jetzt, wo auch noch Swantje Scheller tot im Wasser gefunden wurde, die Wache wiedereröffnet wird.«

Hallbohm machte den Eindruck, als würde er von einem Rudel Wölfe gejagt. Zu abscheulich waren auch die jüngsten Schlagzeilen gewesen: »Küstenhuhn findet Leiche.«

Oke rief sich die Bilder vom Tatort ins Gedächtnis – und von der Wasserleiche mit dem Loch im Kopf. Lübbe Gronau hatte inzwischen zugegeben, die Frau verfolgt, mit einer Steinschleuder getötet und in der Ostsee versenkt zu haben. Sie hatte ihn bei der Demo auf dem Marktplatz gesehen – auch das hatte er im Verlauf einer Befragung in Untersuchungshaft gestanden.

Oke konnte verstehen, dass es Hallbohm nicht leiden mochte, wenn sich alte Legehennen in den Vordergrund flatterten. Ihm wäre es ebenfalls lieber gewesen, er selbst hätte Swantje Scheller gefunden – bevor sie zur Wasserleiche geworden war. Doch die Presse liebte Marlene.

»Wäre es denkbar, dass Sie Marlene in Zukunft professionell als Leichenspürhuhn einsetzen?«, fragte jetzt die Lederjacke. Mit ernstem Gesichtsausdruck wartete der junge Mann auf eine Antwort. Als von dem blassen Hallbohm nichts kam, setzte er nach: »Ich meine, die Polizei wollte Bienen als Drogenfahnder ausbilden.«

Oke kratzte sich am Schädel und Vincent Gott lächelte in sich hinein, während Hallbohm augenscheinlich nach einer Antwort suchte.

»Sind wir zu früh?« Inse steckte den Kopf zur Tür herein. Die Polizei hatte anlässlich der Wiedereröffnung zum »Tag der offenen Tür« eingeladen. Wenn er sich nicht irrte, hatte Edeltraut, die hinter Inse stand, ein großes Kuchenpaket dabei. Er täuschte sich nicht. Sehr zur Freude der beiden Journalisten.

»Kommen Sie bloß rein, wir verhungern hier«, rief der im Sakko.

Hallbohm machte ein gequältes Gesicht. Er wusste offenbar selbst nicht, ob er sich einerseits ärgern sollte, weil seine Pressekonferenz unterbrochen wurde, oder andererseits freuen, den unliebsamen Fragen zu entkommen.

»Moin«, grüßte das Huhn von Wenckes Schulter.

Dies schien niemandem außer ihm aufzufallen oder gar zu überraschen. Mittlerweile war es allgemein bekannt, dass sich Hühner ihrer Umgebung anpassen. Das Huhn legte den Kopf schief, als in der Ferne laute Motorengeräusche zu hören waren. Kurz darauf stoppte auf dem Parkplatz vor dem Dienstgebäude röhrend Jana Schmidts roter Käfer.

Aus dem Seitenfenster ragte üppiges Gestrüpp. Seine frühere Kollegin riss die Wagentür auf: »Hier, Chef, ein neuer Benjamini! Der Alte ist garantiert hin!« Was die für einen Eindruck von ihm hatte …

Weil Inse drinnen gerade einen Anfall bekam, weil es »hier ja gar kein Geschirr mehr« gab, blieb Oke nach dem Ausladen der neuen Zimmerpalme auf dem Parkplatz. Die Sonne schien ihm warm in den Nacken. Gegenüber rückte die Blumenfrau ein paar Töpfe zurecht. Er schloss für eine Sekunde die Augen und sog die Luft ein. Lang her, dass er dazu mal gekommen war. Das Leben in den vergangenen Wochen war ihm eindeutig zu hektisch gewesen. Aber das würde sich in Zukunft hoffentlich wieder ändern. Und nach Feierabend würde er endlich in seiner Werkstatt einstauben können. Wunnervull.

Sein Blick fiel auf sein neues Dienstgefährt, das er vor der Glastür am Berliner Platz abgestellt hatte. Es war nicht so verkehrt, mit dem Ding eine Runde zu drehen. Gott und Heiner, jeder einen Donut in der Hand, gesellten sich zu ihm. Die Männer begutachteten das Fahrrad.

»Kennt ihr den?«, feixte Heiner. »Kommt ein Vampir in die Verkehrskontrolle. Fragt der Polizist: ›Haben Sie was getrunken?‹ Antwortet der Vampir: ›Ja, einen Radler.‹«

»Willst du echt weiter mit deinem schnieken E-Bike auf Streife fahren?«, informierte sich Gott scheinheilig, als er sich etwas beruhigt hatte. Bevor Oke antworten konnte, meinte Gott: »Dann weißt du hoffentlich Bescheid: erst bremsen, wenn du Gott siehst.«

Seine Kollegen klopften sich vor Freude auf die Schenkel. Und mit einem Mal, ohne recht zu wissen, wie es um ihn geschah, begannen Oke Oltmanns' Schultern zu beben und seine Augen füllten sich nach und nach mit Tränen.

Wer ihn besser kannte, sah, dass er sich ausschüttete vor Lachen. Das geschah natürlich lautlos. Anders konnte ein norddeutscher XXL-Polizist keinen Spaß haben. Es sei denn, er ging in einen Keller.

DANKSAGUNG UND NACHWORT

Ich danke Dir, lieber Leser, dass Du mein Buch gelesen hast! Denn für Dich habe ich Okes Welt und das Küstenhuhn Marlene erfunden. Ich hoffe, Du hattest so viel Spaß beim Lesen, wie ich beim Schreiben hatte!

Dass es dieses Buch in deine Hände geschafft hat, verdanke ich sehr vielen Menschen. Allen voran den hilfsbereiten Mitarbeitern des Gmeiner-Verlags und meiner großartigen Lektorin Teresa Storkenmaier. Unterstützt haben mich auch viele liebenswerte und engagierte Buchhändler, Bibliothekare, Veranstalter, Blogger, Journalisten und Polizisten wie Ingo Gillmann. Ihnen allen gebührt mein Dank. Wie auch und vor allem meiner gesamten wunderbaren Familie!

Gewidmet habe ich diesen Oke-Oltmanns-Band meinem Mann Michael. Er hat oft genug die Zähne zusammengebissen, wenn ich Wenckes Rezepte ausprobiert habe. Und er wird nie böse, wenn ich ihn nachts wecke, um zu fragen, wie groß die Chance des Opfers ist, zu überleben, wenn ihm jemand eine Portion Pommes rot-weiß ins Gesicht drückt. Und das Erstaunliche ist: Auf fast jede Frage und für fast jedes Problem hat er eine Antwort! Nur ob Hühner in Norddeutschland anders gackern als in Süddeutschland, dazu fehlt mir bis heute eine Einschätzung. Aber man kann ja nicht alles wissen!

»Küstenhuhn« ist ein Buch für alle, die Sonne, Strand und Hühner lieben. Ich wünschte, mehr Legehennen hätten wie Marlene die Chance, ihren eigenen Weg zu gehen. Mir ist bei den Recherchen erst klargeworden, wie schlau Hühner sind – und wie ulkig.

Prinz Harry, Fernsehmoderatorin Barbara Schöneberger und Unternehmerin Verona Pooth zeigen sich nicht ohne Grund in den Medien mit Huhn an ihrer Seite. Einige Promis brüten ihre Küken sogar selbst aus. So weit ist es bei mir noch nicht. Allerdings denke ich seit diesem Roman darüber nach, wie es wäre, ein Altersheim für Legehennen an der Ostsee zu eröffnen.

Hühner lieben Gesellschaft, insofern konnte Marlene nicht anders, als sich einer Möwen-Gang anzuschließen. Aber sie wird sicher hin und wieder in Hohwacht auftauchen. Wenn Du also ein krächzendes »Moin« vom nächsten Strandkorb hörst, lohnt sich ein zweiter Blick ... Vielleicht handelt es sich um das Küstenhuhn.

Oke Oltmanns' Wache im Küstenstädtchen scheint nun erst mal gerettet zu sein. Das heißt aber nicht, dass sich der XXL-Kommissar mit Rücken jetzt den verblichenen Haustieren seiner Nachbarn am Möwenweg widmen kann: Im nächsten Band schicke ich Oltmanns aufs Wasser. Denn gleich nach Abgabe des Manuskripts hat mich die Sehnsucht nach der Ostsee wieder gepackt. Von der See kann ich einfach nicht genug bekommen. Da geht es mir wie dem Rentner Horst Wieczorek.

Wenn du mit Horst oder mir in Kontakt treten möchtest, schau gern bei Instagram und Facebook vorbei. Horst zeigt seine schrägen Urlaubsbilder und bei mir findest du alles über meine Bücher, Lesungen und, wer weiß, demnächst auch über meine eigenen Hühner ...

Bis bald, herzlichst,

Patricia

Patricia Brandt

Oke Oltmanns ermittelt:

1. Fall: Krabben-Connection
ISBN 978-3-8392-2725-1

2. Fall: Imkersterben
ISBN 978-3-8392-2833-3

3. Fall: Küstenhuhn
ISBN 978-3-8392-0151-0